冬に子供が生まれる

佐藤正午

Shogo Sato

小学館

c o n t e n t s

装画　酒井駒子
装幀　bookwall（五藤友紀、松昭教）

冬に子供が生まれる

1

その年の七月、七月の雨の夜、激しい雨の夜、丸田《まるた》君のスマホにショートメッセージの着信があった。受け取ったメッセージは予言だった。数ヶ月先の未来を語っているので予言に違いなかった。ただし現実に起こりうるはずのない言い掛かりのような予言で、彼にはまったく身におぼえがなかった。送られてきた一文を最初に目にしたとき、誤配された郵便を不注意で開けてしまったような疚《やま》しささすら感じたという。目にしたのはこんな一文だった。

今年の冬、彼女はおまえの子供を産む

丸田君の回想によると、というかここからは多分に私の想像もまじるのだが、その夜十一時過ぎ、彼は自室のテレビの見える位置に立って歯を磨いていた。

磨き終わったら寝るつもりだった。すでに常用の睡眠導入剤を服用し、着替えもすませていた。前日の土曜の夜も、おとといの金曜の夜も雨だった。ベッドに入れば雨雨雨の週末が終わり、明日から次の一週間が始まる。

毎朝八時十五分までに出勤するのが彼の職場の規則で、業務開始が八時半、目覚ましは六時四十五分にセットしてあった。

外の雨は土砂降りだった。梅雨《つゆ》明けはまだ先で、予報では翌日も雨だった。明日からまた金曜まで繰り返すことになる朝の時間割に頭をやりながら、彼は歯ブラシを持つ手を機械的に動かし、視線の先のテレビ画面を眺めていた。

窓越しに伝わる雨音のせいもあってテレビの音声はよく聞き取れなかったが、どんな番組かは知っていた。何が進行中なのかも画面を見ればわかった。カメラが追う人物の発言内容は字幕でも表示されていたからだ。

ちなみに朝の時間割というのは、目覚ましを止めるところから始まって、勤め先の地階でIDカードを読み取り機にかざして出勤時刻を記録するまで、およそ九十分の日課のことである。毎朝決まった手順でコーヒーをいれ、マーガリンとジャムを塗ったトーストを一枚食べ、定期券を持ってバスに乗り、いつものバス停で降りていつもの道順で歩く。歯磨き中にそんなことが頭をよぎるくらいだから、彼は熱心にその番組に見入っていたわけではない。途中で冷蔵庫を開けて瓶詰めジャムの残量を確認したかもしれない。ついでに明日仕事終わりに買って帰る食料品の確認とかも。

テレビに映っているのは高校時代の同級生だった。名前もよく思い出せないのだが、確か高校二年のときの同級生だ。いまや有名人となったその人物に密着したドキュメンタリー番組が十一時から始まり、十分くらい過ぎたところだった。

聞きなじみのあるナレーターの声は、途切れ途切れに耳に届いていた。「音楽シーンを牽引《けんいん》」だとか、「カリスマ」だとか、「チャートの常連」であるとか。それとは別に、撮影現場でカメラの側からスタッフの質問が投げかけられているようだったが声は聞こえず、質問された側の素っ気ない回答だけ字幕で知ることができた。

(結成時のメンバーとは違う)

と高校二年時の同級生は答えていた。

(ベースが入れ替わった。その一人だけ)

そして次の質問にはこう答えた。

(いや一度も。ずっと会っていない)

彼の歯磨きはそのあたりで終わった。

あとは口を漱《すす》ぎ、CMに入ったところでテレビを消し、スマホを持ってベッドに入る。それがいつもの日曜の夜の習慣だった。

ところが七月のその雨の夜、激しい雨の夜、洗面所から戻ってリモコンを手にしかけた丸田君は気が変わった。

あらたに画面に登場した見覚えのある男女の顔に気づき、テレビの前に立ちつくして、有名人の同級生を囲んだ彼らのお喋《しゃべ》りに注意を傾けた。正確には、彼らが喋るたび画面にあらわれる字幕に目をこらした。

(この机だった?)

（うん、隣にあいつがいて、バンドの話を持ちかけた、ベースやるやつがいなかったから）

（それ、そばで見てた気がする、古文の授業中）

（化学の授業中、橋本《はしもと》先生の）

（化学じゃないよ、橋本先生は古文）

（じゃあ古文の授業中）

（古文の授業中にバンド結成したの？）

（そう、あいつが乗り気で、そこから始まった）

彼らは母校の教室にいた。

どうやら高校二年時の教室のようだった。

丸田君の記憶している約二十年前の教室、机と椅子《いす》の配置、中庭に面した窓や外の景色がほぼ当時のまま画面に映し出された。昔と変わったのは同級生たちの容姿だけだ。彼らのお喋りは続いた。バンド結成時にベースを弾いていたあいつの噂《うわさ》を語る者がいて、その男がいま地元で暮らしていることがわかり、人気バンドのヴォーカルの表情がやや曇ったように見えた。

だがかつての同級生たちはその男の話題にこだわった。中のひとりが冗談めいたことを喋り、喋ると同時に字幕が出た。

その字幕を読んだとたん丸田君は息を呑《の》んだ。

（マルユウ、あんた有名になりそこねたね？　そう言ったら笑ってた）

（あ、おれも同じこと言った）

（みんなからさんざん言われてるらしいよ）

（笑ってた？）

丸田君が驚いたのは、唐突に文字で表示されてほんの一、二秒で消えてしまった「マルユウ」の意味を一目で理解したからだ。それは昔の呼び名だった。その綽名《あだな》で呼ばれていたのは丸田君自身だった。

（苦笑？　でも幸せそうだった）

（独りなのかな）

（結婚してるさ、みんなしてるよ、ワッキーを除いて）

（野球のコーチやってるらしいね）

（マルユウが？）

ここでまた丸田君は目を見張った。さっきの字幕は見まちがいかとも思っていたのだ。

（野球少年だったでしょう）

（誰かと人違いしてないか）

（野球やってたよ、中学のときからギターも弾いてたけど）

（人違いなわけない。本人の口から聞いたんだから）

（野球少年だったのかなあ、まったく記憶にない）

（直接会って聞いたら？）

（そこまではね）

(積もる話があるでしょう)

(積もる話? ないよ、爺《じい》さんになってからだよ、そういうのは)

(これまで一度も会ってないの?)

(うん、バンド抜けて以来、音沙汰《おとさた》なし。この二十年、一度も)

そこで同級生たちの出番は終わった。

そのあと話題の主との再会は用意されていなかった。最後まで生唾《なまつば》を呑んで見ていたのだが、番組の残り時間はもう少なく、バンドの人気が出るまえに脱退して有名になりそこねたというその元メンバー単独での登場もなかった。

番組のテーマ曲とエンドロールが流れ、音楽シーンを牽引しているカリスマの同級生が移動用のワゴン車に乗りこみ、休日の何時間かを地元で過ごした感想を一言二言つぶやいて東京へ向かうと画面はCMに替わった。CM終わりを待ってみたが、次はニュース番組の予告でそのあとまたCMだった。

だから結局、マルユウと呼ばれた男の二十年後の姿を、一般の視聴者が目にすることはなかったし、それが誰のことなのかもよくわからなかった。丸田君にもわからなかった。

あるいは番組のなかでマルユウと呼ばれていたのは彼自身のことなのかもしれなかった。学生時代に彼らからマルユウと呼ばれていたのは彼の記憶では彼自身なのだから。

むかし彼らにマルユウと呼ばれていたのがこの僕で、バンドを抜けて有名になりそこねた男がいま彼らにマルユウと呼ばれているのなら、ふたりは同一人物ということにならないか。

彼は頭を整理するためにベッドの端に腰をおろした。

テレビを消すと外の雨音が際立った。

洪水の不安をかきたてるほどの轟音《ごうおん》とともに彼が最初に意識したのは、自分は何か大事なことを忘れているのではないか、たとえば誰かとの大事な約束を忘れたまま毎日を漫然と暮らしているのではないか？　といった根拠のない、漠然とした焦りだった。そのせいで誰かに歯がゆい思いをさせているのではないか。知らないところで誰かを失望させているのではないか？

今年に入って春先、三月あたりから、彼はときどきそうした理由のない焦りに見舞われることがあった。しかもそうした焦りに見舞われる頻度は、時が経《た》つにつれて増えていた。彼は何ヶ月かの間に、自分自身の過去の記憶に不信感をいだく経験を積んでいた。

その経験を足場に考えると、有名になりそこねたマルユウが自分である可能性はゼロではなかった。

あんた有名になりそこねたね？　と誰かにはっきり言われた記憶はなかったが、それに近いニュアンスの言葉なら、いや言葉ではなく空気なら、話し相手とのあいだに感じ取ったおぼえがあった。いつどこで、と具体的には思い出せないにしても、そんな場面をこの二十年のあいだに何度か経験してきたような気がする。

だが一方で、ドキュメンタリー番組のなかで同級生たちが語っていたマルユウと彼には明らかに異なる点があった。

彼は結婚はしていない。

野球のコーチもしていない。

子供のときから野球がうまかったのは事実だった。彼の父親は高校三年のとき甲子園に出場して、卒業後も野球を続け、のちに少年野球の監督になった。その父親の血をひいているのだ。ただ野球一筋というか野球馬鹿《ばか》というかの父親とは違い、彼はギターも弾いたし、弾き語りで人前で歌ったこともある。

……そうだった、野球選手として大成することを望んだ父の期待にそむいて僕は音楽の道を選んだのだ、と丸田君は過去の記憶をひとつ拾いあげた。そしてまたすぐに、目の前の何も映していないテレビ画面に視線を向けたまま、首を左右に振った。

それが正しい過去の記憶だろうか、正しいとすれば、自分はいつプロのミュージシャンになる夢を断念したのか。

丸田君はもういちど過去へ心を飛ばしてみた。

息子をプロ野球選手にすることしか考えていない父親の目を盗んで、僕は少年の頃から小説や詩も読んだし、アコースティックギターも弾いた。高校時代は、チームとしては甲子園には行けなかったが野球部の投手で、夜は受験勉強もして、偏差値の高い大学をめざした。合格したら野球部に入る予定だった。けれど人生は予定どおりに進まなかった。進学後、にわかに野球への関心を失い、ギターの弦を張り直した。左投げの投手に諦《あきら》めをつけ、おぼつかない右手の指でギターの練習に熱中した。……そうだった、僕が野球をやめたのは、続けたくても続けられなかったからだ。利き腕に、投手として致命的な怪我《けが》を負ったからなのだ。

だが、それが事実だとしても腑《ふ》に落ちなかった。

利き腕の怪我が原因で野球をやめてしまい、左から右へギターを持ち替えたのが事実だとしても、それは大学進学後の話だし、高校時代にプロのミュージシャンを志していた記憶などなかった。もちろん高校二年のとき古文の授業中に隣の席から「ベースをやるやつがいないから」とバンドに誘われた記憶もなかった。いくら思い出してみてもベースギターという楽器に触れた経験もなかった。というよりも、バンドを組んだ経験じたいなかった。だいいち、プロとして成功したあの同級生とは教室でろくに口をきいたことすらなかったのだ。


ではテレビで見た字幕は何だったのか？

いったい彼らがマルユウと呼んでいたのは誰なのか？


感覚的にはものの数分、ベッドの端に腰をおろして過去を旅していたつもりが、時刻は午前0時30分をまわっていた。

彼がスマホの時刻表示に目をやったのはそのとき、直前に、耳になじみのない着信音を聞いたからである。

硝子《ガラス》の風鈴の奏でる音に似ていた。雨音にかき消されても不思議ではない軽やかな音色で、短く一度だけ鳴って止《や》んだ。

現実に引き戻されてスマホ画面をタップしなければ、彼はあと一時間でも二時間でも考え事に沈んでいたかもしれなかった。歯を磨くまえに錠剤をのんでいたのに眠気は感じなかった。いつもの夜とは勝手が違った。使い慣れたスマホがそんな音をたてるのを聞いたのは初めてだった。

送信者名は不明で、０９０から始まる発信元の電話番号が表示されているだけだった。メッセージを一目見た瞬間、彼は見てはいけないものを見たように思った。

それから彼は急に落ち着きをなくし、ベッドを離れて窓際まで歩いた。カーテンをずらして表の街灯に激しく降りかかる白い雨粒を見た。街灯の近辺に人影は見えなかった。停《と》まっている車も走っている車も一台も見えなかった。

何かの間違いだ。メッセージは番号を間違えて送信されたのだと彼は思った。マルユウの綽名の件もきっとそうなのだ。彼らは人違いをしている。子供の頃からマルユウと呼ばれていたのはこの僕だが、彼らはいま誰か別の人物をマルユウと呼んでいる。

窓際に立った丸田君はカーテンに左手を添えたまま振り返り、ベッドに放《ほう》り出してあるスマホを見た。さっきと同じ風鈴の音が聞こえた気がしたからだった。

空耳に違いない。そう思いながらベッドに歩み寄り、スマホをつかんだ。やはり二通目は届いていなかった。空耳だ。彼は誤配されたメッセージの発信元番号に目をやった。こちらからその番号に電話をかけて、相手に誤りを認めさせることを思いつき、その前にもう一度、二度、三度、何度となく読んだ。

今年の冬、彼女はおまえの子供を産む

これは未来の予言。

起こりうるはずのない未来の予言。

だがこれは、まったく身におぼえのない予言とは言い切れないかもしれない。

メッセージの一文を繰り返し読むうち彼の目つきは自信のないものに変わった。今年の冬、彼女はおまえの子供を産む。これは誤配じゃないのかもしれない。なぜなら、彼女はたぶん実在するからだ。これまで三十八年の人生の、どの時代かの記憶の場面に、彼女と呼ぶにふさわしい人物がいるからだ。今年の冬、彼女はおまえの子供を産む。自分で呼び寄せたつもりもない過去の記憶の断片がむこうから迫ってくるのを彼は感じていた。その彼女に該当する人物がいまにも目の前に現れて、当時の姿で何事か語りかけてくるような予感がした。それを待つだけ、簡単なこと、むこうから正体を見せてくれる、頭の中でという意味だが、いますぐにも再会をはたせる。彼は目を閉じて待ってみた。今年の冬、彼女はおまえの子供を産む。すると実際のところ、誰か、過去からやって来た誰か、懐かしさに心が疼《うず》くようなひとの影が浮かんだ。黒一色の影ではなく、人物のイメージが、紺色のスーツを身にまとい、臙脂《えんじ》色の細いネクタイをして、片手に本のようなものを持って。今年の冬、彼女はおまえの子供を産む。数秒浮かんでこちらに片手を差し出したのだが、それが誰なのか、肝心の顔が見えなかった。

彼は例によってあの焦りを感じた。予言の送り主の電話番号をタップすることも忘れてベッドの脇《わき》に立ちつくしていた。窓の外では雨が降りつづいていた。激しい雨音とともに雷が鳴っていた。

いつもの錠剤は効かなかった。焦りは彼の頭のど真ん中に居すわっていた。その焦りをしずめるために彼が手をあてたのは左胸だった。心臓の鼓動が手のひらにくっきりと伝わった。今年の冬、彼女は僕の子供を産む。身におぼえのない予言がそこに命を持って脈打っていた。

私のような人間の常識で言えば、丸田君はそのときひとつの妄想に取り憑《つ》かれていた。彼はこう思っていた。僕は大事なことを忘れているのかもしれない。何かとてつもなく大きな約束を果たさないまま生きているのかもしれない。漫然と、平気でいままで生きてきたのかもしれない。そしてそのせいできっと誰かに歯がゆい思いをさせている。失望させている。誰か、顔は見えないけれど、どこかにいるその誰かを、深く失望させている。

2

八月、八月初旬、八月初旬の炎天下の午後、小学生のときからマルセイと綽名で呼ばれていた丸田誠一郎《せいいちろう》の葬儀がとりおこなわれた。参列者の数は少なかった。通夜の客よりさらに少なかった。

故人とは幼馴染《おさななじ》みでもあった佐渡理《さどおさむ》は、通夜にも葬儀にも出た。ほかに高校の卒業年度の同窓会役員が二名、葬儀に列席し、高校二年時の同級生だった男女が三人、こちらは佐渡君同様二日続けて顔をみせた。全員が地元にいる人間で、遠方から駆けつけた者はいなかった。

佐渡君によれば、葬儀会場に故人の血縁者はいなかった。喪主である妻のほうの身内も現れなかった。高校の同級生たちがスマホで連絡を取り合って集まらなければ、ひどくもの寂しい葬儀になっていたはずだった。あるいはその日が日曜でなければ実際にそうなっていたかもしれなかった。

喪主席の丸田真秀《まほ》の様子があまりに孤立無援で頼りなげに映ったので、佐渡君は同級生三人と車に同乗して火葬場まで行った。火葬が終わるのを待ち、骨上《こつあ》げにも加わった。葬儀会場でお悔やみを述べてからさきは、火葬場で焼かれた骨を骨壺《こつつぼ》におさめて型通りの儀式が全てすむまで、喪主に親身に話しかける者はいなかった。佐渡君も彼女にかける言葉は見つけられず、ただ別れ際に目礼して、ふたたび車に乗り込むことしかできなかった。

その帰り道、雨が降り出した。

夕方四時をまわったころ、急にあたりが薄暗くなり、天候は激変した。火葬場から市街地へ戻るあいだに豪雨になった。

車を運転していた昔の同級生に自宅の住所を訊《たず》ねられたが、佐渡君は詳しくは答えず、近所のコンビニの前で降ろしてもらった。車内でのほかの三人のお喋りがうるさかったせいもあった。帰宅して妻や子供の顔を見るまえに、彼は十分でも五分でもいいから一人になりたかった。

コンビニの軒下に出してある灰皿のそばに立って降りしきる雨を眺めていると電話が鳴った。営業チームの部下からの電話だった。取引先が主催するイベントへの「顔出し」の代役を頼んでいた部下だった。佐渡君はいちど深呼吸をして、相手に余分な感情が伝わらないよう留意した声で喋った。

「急な雨で大変だったろう」

「いいえ、自分はもう引き上げたあとだったので」

「なにごともなく?」

「ええ、ドリンクの差し入れも指示どおりに。先方から佐渡さんによろしくとのことでした」

「せっかくの日曜に悪かったね」

電話を切ったあとも雨脚が弱まらなかったので、佐渡君は店内に入ってビニール傘と、煙草《タバコ》とライターを買った。外へ出ると地響きを思わせる音をあげて雨はいっそう強まっていた。

景色は白い水煙につつまれていた。焦点のさだまらない目つきで通りを眺め、佐渡君はひさしぶりに煙草を一本吸った。喫煙とはいわば緩慢な自殺……だったか、ひところよく聞かされたそんな文句を思い浮かべながら。

吸い終わると踏ん切りをつけて傘をひらいた。

だがビニール傘はものの役に立たず、自宅まで歩いていくうちに喪服は肩からずぶ濡《ぬ》れになった。帰宅後、玄関まで出迎えた妻の美典《みのり》さんが清めの塩をかけるのをためらったほどだった。

その場で脱いだ上着を手渡すと彼女はこう言った。

「夏休みに天神山《てんじんやま》に登る約束をしてた？」

妻にいきなり脈絡のない問いかけをされることには慣れていたし、佐渡君はそれで面食らったわけではなかった。

ただ、コンビニから自宅まで歩くあいだ記憶をたどっていて、その記憶にも「天神山」は絡んでいたから、妻の口にした言葉が佐渡君じしんの昔の「夏休み」や「約束」を指しているようにも解釈されて、いっとき混乱した。あくまでいっときで、妻が過去ではなく現在の話をしているのはもちろんだった。

つまり息子の「夏休み」、息子との「約束」の話だ。

「何だっけ、それ」と佐渡君は時間のばしに聞き返した。

「パパと約束したって創理《そうすけ》が言ってるんだけど」

「したかな」

彼は靴を脱いで、スリッパに履き替えた。

「おぼえてないの？」

「したかもしれない。創理は？」

「友だちの家に遊びに行ってる」

「近所？」

「新井《あらい》くんの家、自転車で」

彼は腰をかがめ、湿った靴下も両方脱いだ。

「新井くんて」

「転校生の新井くん」

「……ああ」

彼は靴下を持ったまま廊下を歩いて浴室へ向かった。妻の声がすぐに追いかけてきた。

「天神山に登って何をするつもり」

「たしか天体観測の約束、だったかな」

「ちゃんと答えて」

「星座を見るんだよ」

「ねえ……」

「この雨だし、車で迎えに行ったほうがよくないか。新井くんの家はどのへん？」

「さっき電話をかけて創理と話した。雨がひどくて自転車じゃ帰れないから、新井くんちで晩ご飯ご馳走《ちそう》になって、泊めてもらうんだって。でもそういうわけにいかないから、いくら夏休みでも、あとでわたしが迎えに行く、雨の様子を見て」

「うん、それがいい」

「ねえ、あの話、しないと言ったよね」

佐渡君には妻の言いたいことがわかっていた。わからないふりをするつもりもなかった。ただ振り返って妻の顔を見て話すのがそのときは億劫《おっくう》だった。脱いだ靴下の始末のために浴室に通じるドアを開けたのだが、洗濯機の横の籠《かご》に靴下を放りこんだあと、気が変わってネクタイを解き、シャツのボタンを外しはじめた。このまま妻と対面して話し合うまえに一人で気持ちの整理をつけたかった。息子と約束した山登りよりも、死んでしまった旧友の、高校時代の綽名のことを彼は気にかけていた。

「さきにシャワーを浴びるよ」と彼は言った。

「創理にはあの話、しないと言ったよね?」妻が念を押した。

「……ああ」

「絶対にしないで。ただでさえいまクラスの中で孤立しかけてるんだから、転校生の新井くんのせいで」

ドアを閉める寸前に妻はそう言った。

❄

火葬場から戻る車中、佐渡君は余計な口をはさまず同乗者のお喋りを聞いていた。

彼らは会葬者の数の少なさを話題にした。マルユウの進学した都内の大学での放縦な生活、中退して地元に戻ってからの職歴について語った。マルユウの実家や、兄弟不和や、ギャンブル癖や、密《ひそ》かな恋愛や、誰にも報告されなかった結婚や、マルユウの妻、旧姓杉森《すぎもり》真秀の妊娠にも触れた。最後にマルユウの死因に疑問が呈されて話は行き止まりになった。

このうち確固たる事実は会葬者の数の少なさのみで、あとはどれも噂の範疇《はんちゅう》を出なかった。しかもそれ以前に彼らは故人の綽名を取り違えていた。

「きのうの夜」と運転席の同級生がまた最初からやり直した。「お通夜の席には、子供たちがいっぱい来てたのよ、あれ、十人くらいはいたよね」

「少年野球の教え子たちだろう」

「今日は一人も来なかったけど」

「今日は試合だったんだよ、リトルリーグの」

「引率のおとなもいたよね、子供たちと一緒に、年配の、あれ監督さん？　コーチ？　ちゃんとした喪服も着てたし、最初あたし、マルユウのお父さんかと思った」

「いや、そんなはずない。マルユウのおやじさんは癌《がん》で亡くなってる、何年か前に」

「前任の監督さんとか？」

「いや、マルユウの前に監督やってたのは、確かマルユウのおやじさんだよ」

「ああ、それはおれも聞いたことある。前の監督はマルユウのおやじさんだ。マルユウが引き継いだんだろう。野球一家だったし、あそこは」

「じゃあ、あれはお兄さん？」

「アニキはあり得ないって、絶縁状態なんだから」

「そういえば佐渡くん、ゆうべ挨拶《あいさつ》してなかった？」

「知り合いか？　おれたちも知ってる人か」

「いや」とだけ答えて佐渡君はスマホに視線を落とした。

彼らは間違っている。

死んでしまった同級生のことをマルユウと呼んでいる。

それは思い込みによる記憶違いで、今日火葬場で焼かれたのは小学生のときからマルセイと呼ばれていた旧友なのだが、佐渡君はあえて黙っていた。いまこの場で昔の綽名に拘《こだわ》って訂正すれば、彼らは不意を突かれて混乱するだろう。訝《いぶか》しげな視線が彼に集まるだろう。みんなを敵にまわすかもしれない。きみたちの記憶は間違っていると指摘されたとたん、彼らはむきになって反論してくるかもしれない。いいや、佐渡、おまえこそ間違っている、死んだのはマルセイなんかじゃなくてマルユウなのだと。

昔の綽名がマルユウだったかマルセイだったか。そんな不毛な言い争いを幼馴染みの葬式の日にするのは、想像しただけでも耐えられなかった。

「なんだかつらいな、いくら絶縁してるからってさ」

「なにが」

「葬式に親族が来ないなんて」

「お母さんが気の毒だよね」

「なんで」

「だって兄弟喧嘩《げんか》のせいで、息子のお葬式にも出られないわけでしょう、マルユウのお兄さんに気兼ねして」

「それもあるかもしれないけど、それだけじゃないって。おれが思うに、母親のほうも、マルユウが死んで少しはせいせいしてるところもあるんじゃないか？」

「せいせいって、そんな……」

「かもな。病気で衰弱して死んだわけでもないしな。突然逝《い》っちゃったわけだから、金の無心ばかりしてた息子が」

「血のつながった家族といっても、金銭問題がからむとそこはな」

「真秀ちゃんとお義母《かあ》さんの仲もビミョーだったのかなあ」

「ビミョーも何も、会ったこともなかったんじゃないか？　あいつら結婚したって誰も知らなかったし、披露宴どころか式だって挙げてないはずだよ、な？　佐渡」

佐渡君はスマホ画面から顔をあげなかった。

彼らの記憶違いはおそらく、先月放送されたあのドキュメンタリー番組のせいなのだ。全国放送のテレビ番組中、同級生らによって丸田誠一郎の昔の綽名が誤って口にされ、結果マルセイとマルユウの入れ替わりが起きた。佐渡君の考えでは、彼らの記憶はあれですっかり上書きされてしまった。

「なんか、やっぱりつらいな」

「つらいね」

「なんで死んじゃうかなあ、この年で」

「やっぱり……」

「やっぱり、もとをたどれば、って言いたいんだろ」

「……どうしても、バンド諦めちゃって自分だけ有名になりそこねたっていうのがね、後々まで」

「いまさらだよ」

「警察の捜査は進んでるのかな」

「捜査？　あて逃げの？」

「いや、そっちじゃなくて」

「え？　噂に過ぎないってさっき言っただろう。おまえ、よそで変な噂広めるなよ」

「そうだよ、真秀ちゃんとだって、誰ひとりちゃんとした話はしてないんだし。気をつけないと、口は災いのもとだよ」

「警察が動いてるなら、葬式はもうちょっとにぎやかになったはずなんだ、報道の人間とか来て」

「だよね。そんな噂広まったら、真秀ちゃん可哀想《かわいそう》すぎる」

「……そう言うけどな、あて逃げは防犯カメラの映像に残ってるだろうし、もう一つの噂のほうだって」

「佐渡くん、この道でいいの？」

「佐渡はほんとに何も聞いてないのか？」

記憶はすっかり上書きされてしまい、彼らにとって高校時代の丸田誠一郎はマルユウになった。その後の経歴は本人のまま、昔の綽名だけが入れ替わった。高校時代にバンド活動をはじめて、大学進学直後に突如バンドを抜け、大学を中退し、地元に戻って肉親に煙たがられ、ギャンブル癖から転職を繰り返し、少年野球のコーチを生き甲斐《がい》にして、あのときバンドを抜けなきゃよかったのに、おかげで有名になりそこねたね？　と事情を知る者たちから言われつづけ、あれが不運のつき始めだったと陰でも言われ、そしてその不運の果てに自ら命を絶ったとされる古い友人。たとえ悪い噂が全部事実だったとしても、佐渡君にとって彼は子供の頃からマルセイの綽名で呼び慣れていた唯一無二の丸田誠一郎という人間なのだが、その彼が今後、佐渡君を除いたほかの同級生たちの記憶には、マルユウこと丸田誠一郎として留《とど》まることになるのだ。

「そっとしといてやれ、佐渡は、マルユウとは小学校のときから一緒だったんだ」

「……わかったよ。佐渡、あんまり深く考え込むな」

「この道でいいのね？」

「それにしてもさ、最近事件が続くよな」

「事件？　ああれか、ゴルフ場で人が二人消えたっていう」

「あれもおかしな事件だよ。プレイ中にゴルフカートごと失踪《しっそう》したっていうんだから。警察はそっちの捜査で忙しいのかもな」

「失踪事件はマルユウとは何の関係もないでしょう」

「いやそれがさ、聞いた話では」

「佐渡くん、家はこのへん？」

そこのコンビニで降ろしてほしいと佐渡君は頼んだ。

❄

シャワーのあと佐渡君はキッチンへ入っていき、夕食の支度をしている妻の背後に立った。

「孤立？」と彼は言った。

妻のほうも、夫がときどき脈絡もなく、というか時間差をつけて脈絡のつかみにくい質問をするのには慣れていたから、さして戸惑わなかった。

「うん」と彼女は振り向かずに答えた。

「いじめられてるのか、新井くんと二人？」

「いじめじゃない、そんな大げさな問題じゃない、ただ孤立しかけてる、転校生の新井くんとばかり遊んでるから。孤立って、お義母さんの言葉だけど」

「おふくろの言葉って？」

「電話で」

「いつ」

「おとといの晩」

おとといの晩は仕事で、ゆうべはマルセイの通夜で、帰宅時間が遅くなったことを思い出しながら佐渡君はバスタオルで頭を拭《ふ》き、妻の話に耳を傾けた。

「お義母さんが言うには、クラスのみんなと分け隔てなく遊ぶように、もっと集団行動になじむように、親として注意ぶかく見守ったほうがいい、創理は一人っ子だし、あなたたち夫婦は共働きで、あの子は昔でいう『鍵《かぎ》っ子』だから、注意の行き届かない点もあるでしょう、担任の井上《いのうえ》先生といちどお話ししてみたら？　だって」

「おふくろはどうして創理の学校のことに詳しいんだ」

「創理が話したのよ、新井くんのこと。ママが仕事で遅くなるときはおばあちゃんちに寄るように言ったのはあなたでしょう」

「クラスで孤立しかけてると創理がこぼしたのか？　おふくろに」

「創理は学校の友だちの話をしただけよ。お義母さんが心配してるのは、付き合う相手によって人は良くも悪くも変わってしまう、とくに子供は感化されやすいから気をつけなさいってこと、わたしたち親が」

「おふくろはもう六十五だ」

「だから？」

と料理の手を止めずに聞き返されて、彼は返す言葉に詰まった。

ＩＨヒーターにかけた鍋《なべ》の中にスライスした玉葱《たまねぎ》と牛肉が放り込まれた。マッシュルームと小麦粉も足された。妻が木べらを使って炒《いた》めると盛大に油がはじけてしばし雨音が掻《か》き消された。

「喪服のポケットに煙草が入ってたけど」夫が言葉に詰まっている隙《すき》に妻が言った。「どういうつもり？　自分で自分の命を縮めたいの？」

佐渡君は都合の悪い質問には答えず、話を戻した。

「おふくろは、朱に交われば赤くなるとか、そういうことわざを好む世代なんだ。子供のころ僕もさんざん聞かされた」

「そうね、朱に交われば赤くなる、そう言ってた、電話でも」

組板《まないた》のそばに口のあいたトマト缶が用意されている。夕食の献立が息子の好み優先であることがそれでわかった。

「たいがい取り越し苦労に終わるんだ、年寄りの心配は」

彼はバスタオルを首にかけると冷蔵庫をあけて缶ビールを取り出した。

「お義母さんね」背中を向け合ったまま妻が言った。「創理にスマホの使い方を教えて一緒に遊んでるみたい、ゲームアプリ入れて。そのうち誕生日プレゼントにスマホを買ってあげるとか言って来るかも。クラスの半分くらいの子はスマホ持ってるらしいから。そしたらもっといろんな子と一緒に遊べるし」

「新井くんは」

「え？」

鍋の中にトマトが入った。計量カップから水が注がれ、コンソメ顆粒《かりゅう》も振り入れられた。妻の手は醬油《しょうゆ》のペットボトルに伸びた。

「新井くんはそんなに問題のある子か？」

「さあ」

「さあって、何回も会ってるんだろう」

「わたしはただ、お義母さんの使う古いことわざは正しいと思う」

「僕は一回だけ会って挨拶されたけど、普通の、おとなしい子に見えたな」

そう言ったとたん妻が吐息まじりに笑ったのが聞き取れた。

彼はビールを一息に飲めるだけ飲み、間を置いた。

「普通かなあ」妻は首を傾《かし》げてみせた。

彼は自分からは何も言わずに待った。やがて妻はこう言った。

「だって、新井くんは、ＵＦＯを見たんだよ」

「…………」

「創理はその話、信じてるんだよ。あなたは知らないでしょうけどわたしの前では、僕もＵＦＯを見たいんだって拗《す》ねたこともある」

「どこで」佐渡君は思わず訊ねてしまった。「天神山でか？」

すると妻はＩＨヒーターの温度を調節したあとで振り向いて、夫の顔を見た。

「何を言ってるの」

悪ふざけを叱《しか》るような鋭い目で見られたので、佐渡君はすぐに後悔したし、軽率な質問をした自分の顔が妻の目にどう映っているのかも気になった。

何とも答えられないでいる夫の態度に妻は焦《じ》れたようだった。

「冗談でも訊《き》かないで、どこでUFOを見たかなんて。ね？　宇宙船に乗った宇宙人を見たと言ってるのよ。新井くんはそういう嘘《うそ》をつく子供だから、お義母さんもわたしも心配してるのよ。ひとと違うものを見たりする子供だから」

「……そうか」とつぶやいて、佐渡君は手にした缶ビールの飲み口に視線を落とした。「そういうことか」

「そう、そういうことなの」

と妻が一つため息をつき、わざとらしい言葉遣いをして料理用のエプロンをはずしにかかった。

「だからお願いしてるの。あの話、絶対に創理にはしないでください」

佐渡君が返事をためらっていると、妻はこぶしを作り二の腕を軽く殴った。

「わかった？」

「……ああ」

「じゃあいまから迎えにいってくるね」

「……雨は、だいじょうぶか」

「ほら、ぼんやりしないで、鍋を焦がさないように見てて」

妻が息子に語ることを禁じたあの話とは、佐渡君が小学校三年のとき、それと高校を卒業した春に、二度遭遇したＵＦＯ体験だった。とくに妻は、夫の二度目の体験のほうを息子に隠したがっているのだと佐渡君には感じ取れた。

私のような部外者、つまり世間一般の人間の記憶では、その二度目の体験とは、山道で起きた悲惨な自動車事故のことである。

佐渡君はこれまで、二十年間、誰にもその事故について話したことがなかった。ただひとり妻の美典さんだけが例外で、まだ息子が生まれる前、いや正式に結婚するよりも前、迷いを振りきってこの相手と一生をともにすると心を決めたとき、そして彼女も同じ思いでいると確信できたとき、彼は自分が体験した事故の顚末《てんまつ》を打ち明けることにした。今後長い人生をともにする相手だからこそ、話しておくべきだと思ったのだ。自分が体験したまま、見たままを話すことで、そしてそれを世間一般の解釈ではなく体験者の立場に寄り添って理解してもらうことで、彼女は自分にとって特別な存在になるだろう。

なったはずだと信じたのは、自分ひとりの思い込みに過ぎなかったのかもしれない。息子を迎えに妻が家を出たあと、彼はぼんやりキッチンに佇《たたず》んでそんなことを考え始めていた。あのとき話したことを、自分が望んだようには、彼女は最初から受け止めていなかったのかもしれない。いくら言葉を費やしても、彼女のあの事故の見方は何も変えられなかったのかもしれない。あれは突発的な不幸な事故であり、不幸な事故から立ち直った男と出会い、結婚した、彼女にとってはただそれだけの話だったのかもしれない。

ＩＨヒーターにかけっぱなしの鍋がぐつぐつ音を立てていた。単調に降りつづく雨音のように彼の耳に聞こえていた。新井くんの家まで車を運転している妻の横顔を想像しながら、同じ意味だが十年一緒に暮らしてきた女の顔を見慣れぬ他人の顔のように思い描きながら、彼はさきほど妻が手早く調理したハヤシライスのソースが煮立つ様子を眺めていた。それが焦げる寸前でようやくヒーターのスイッチを切った。

室内の静けさが意識された。

高校卒業の年から二十年、事故の話は妻以外の誰にもしたことがなかったし、加えて、あの日一緒に車に乗っていて事故に遭った友人たちとも、当事者どうし語り合う機会を一度も持たなかった。そのことに対する後悔がいまになって強く意識された。たぶん、佐渡君はこう思っていたはずだ。あのとき同乗していた友人の一人、丸田誠一郎、あのマルセイと語り合う機会は、今後、もう二度と持てないのだと。

外の気配に耳をすますとベランダの屋根から滴り落ちる雨だれの音が聞きとれた。激しい雨はやんだようだった。火葬場からの帰り道、マルセイの妻も雨に降られただろう、と彼は想像した。自宅に帰り着いたときには喪服も、骨壺をおさめた白木の箱も濡れていただろう。夫の遺影を前に彼女はいま独りで何を思っているだろう。マルセイは結婚するとき、やはり妻となる相手にだけはあの事故の話をしていただろうか。していたとすれば、彼女はその話をどう受け止めただろう。

葬儀会場でも、火葬場での待ち時間にも、別れ際にも、佐渡君は何の言葉もかけられずもどかしい思いを味わったのだが、いま目の前に彼女がいたなら、こう言って話しかけたかもしれなかった。

なあ杉森、マルセイから話を聞いていたか？

もちろんその質問に彼女がどう答えたところで無意味だった。たとえ彼女がうなずいたとしても、だから？　どうなるというものでもないことはわかっていた。マルセイは死んだ。小学校時代からの幼馴染みだったマルセイは駐車場のビルの最上階から身を投げて死んだのだ。佐渡君は無性に煙草が吸いたかった。だが喪服のポケットの煙草は妻の手ですでに処分され、キッチンのまわりには見当たらなかった。

できれば私もここで彼に煙草を吸わせてやりたいところだが、彼の妻がその命を縮める煙草をどこへやったのか想像がつかない。

3

八月中旬、よく晴れた八月中旬のお盆休みの初日、丸田君は午前中にバスで共同霊園まで出かけて墓参りをすませた。それからまた市内循環バスを乗り継いで、父が独りで住む実家のある町のバス停で降りた。

霊園の駐車場でも、バス停から実家まで歩く道筋でも、父とばったり出くわすことはなかった。連絡を取り合っていたわけではないので、彼はただ漠然とその朝偶然の出会いを期待して、ちょっと読みたい本があるのでいまから家に寄ってもいいだろうか？　と父の機嫌をうかがっている自分を想像していたのだが、そんな都合のいい偶然は起きなかった。

時刻は正午近かった。

実家まで歩く途中、コンビニを通り過ぎたところで電話を入れてみると、父は家にはいないようだった。携帯電話のほうも鳴らしてみたが応答はなかった。バスに乗っているあいだに父の車とすれ違ったのかもしれない。ちょうど入れ違いに父は墓参りに向かっているのかもしれなかった。

しばらく迷ったあげく、彼は日盛《ひざか》りの道を引き返してコンビニに立ち寄り、冷たい緑茶とおにぎりを買った。レジ袋をぶらさげて残りの道を歩き、車庫に父の車がないのを確認したうえで、合鍵を使い、無人の実家にあがりこんだ。

玄関の上がり口には外出のさいに父の脱いだ室内履きのスリッパが、爪先《つまさき》を廊下側に向けて、左右ぴったり揃《そろ》えて置かれていた。

行儀良く父の帰りを待つように並んでいるスリッパを数秒眺めてから、汗をかいていた丸田君はシャツのボタンをいちばん下まではずし、靴下は脱いで丸めてスニーカーの中に押し込み、裸足《はだし》になって仄暗《ほのぐら》い廊下に立った。

どこかの窓が開け放たれているらしく、廊下をそよ風が通り抜けて、木陰に入ったような涼感があった。そよ風は懐かしい家の匂《にお》いをともなっていた。母が生きていた頃、祖母もまだ健在で彼がこの家から毎朝高校に通っていた頃、およそ二十年前の時代へといざなう匂いだった。彼はすぐにそれが仏壇の線香の燃えつきた匂いだと思いあたった。鼻からゆるやかに息を吸って、過去へ飛び、高校の制服を身にまとった少年に戻って記憶をたどろうと試みたが、そこまでは難しかった。この家の壁に当時から染みついていたはずの匂いが強く意識されただけだった。

今朝父は仏壇に線香をあげてから出かけたのだろうか。それとも今日にかぎらず父は、母が祖母の慣習を引き継いだように、母の代わりにいまでも毎朝仏壇に線香をあげているのだろうか。はおっていたシャツを暑苦しく感じて彼はハンガーを借りるために父の寝室のドアを開けた。母が昔そうしていた通り、ベッドは寝た形跡がないほど丁寧にメイクしてあった。壁の一面に幅広のサッシュ窓が二枚あり、レースのカーテンに漉《こ》された光に溢《あふ》れて室内は明るかった。

白く光る窓に一カ所、遮光幕を垂らしたような黒い影の部分があり、よく見るとカーテンレールに吊《つる》された喪服だった。町内で誰かお年寄りが亡くなったのかもしれない。今夜の通夜に備えて準備をしているのかもしれない。あるいはすでに葬儀に参列したあとで、クリーニングに出すつもりで吊してあるのかもしれない。彼は半袖《そで》のボタンダウンシャツを脱いでハンガーにかけ、喪服の隣に吊した。すこし迷ったあとでジーンズも脱ぎ、ざっと二つ折りにしてベッドの上に置いた。開け放した窓から風がレースのカーテンを膨らませ、水色と白のチェック柄のシャツが一度は仰向《あおむ》けになるほど浮きあがった。


Tシャツとトランクス姿になると彼はふたたび廊下に出て、二階への階段をのぼり、高校卒業まで自室として使っていた部屋に入った。

その部屋の窓も開け放たれていて、レースのカーテン越しに風が通っていた。

彼は壁際の本棚の正面に立った。

それが久しぶりに実家にあがりこんだ目的なので、ほかには目もくれなかった。十八歳まで自分が寝ていたベッドにも、受験勉強をした机にも、抽《ひ》き出《だ》しの中身にも、昔は壁に何枚か貼《は》っていたポスターが父の手によって剝《は》がされていることにも関心を払わなかった。

本棚は高さと幅が一メートルほどで、四段に仕切られ、上から下まで文庫本が隙間なく詰め込まれていた。文庫本よりサイズの大きい本も十数冊あったが、それらは本棚の上に横に重ねて二列に積んであった。

横積みの本のわきには古いトランジスタラジオと、写真立てがひとつ置かれていた。写真立ての中の写真は、二人の男の子を背後から撮影したもので、ひとりは彼自身のようだったが、もうひとりが誰なのか思い出せなかった。三十年ほど前に撮影された写真に違いなく、いまとなっては誰なのか思い出せない遊び仲間の少年が、右腕を伸ばしてとなりの丸田少年の肩にまわしていた。肩を抱かれた丸田少年の背中には斜めにストラップが掛かっていて、腰の横に水筒らしきものが見える。だがその写真をいくら眺めても何の感慨もわかなかった。

丸田君は本棚の前にあぐらをかいてすわると、上の段の端から順に文庫本の背文字を読んでいった。

彼が探そうとしている本は、記憶では、文庫本だった。

記憶といっても、確たる記憶ではなく、例のメッセージを受け取った先月の雨の晩を皮切りに、この数週間、たびたび不意打ちで襲ってくる本のイメージに過ぎなかった。過去にいちど手にしたことのある、想像では、自分にとって特別な意味を持つはずの一冊の本。誰かに、じかに手渡された特別なもの、文庫本らしきもの。

何がどう特別なのかは見当もつかない。

見当がつくくらいなら、最初から本を探す必要もない。

自分は誰かを深く失望させている、いまこの瞬間にも、誰だかわからないひとを、どこか知らないところで……そういった焦りからくる不安が、思い過ごしでないとすれば、たびたび頭に浮かぶイメージもきっと実在するはずだった。漠とした日々の不安が、漠とした本のイメージを引き寄せている、と考えられるからだ。だから実在する本をいま一度手にすることで、丸田君の考えでは、日々止むことのない焦燥と不安に根拠が与えられるはずだった。

今年の冬、彼女はおまえの子供を産む

突然の言い掛かりめいたあのメッセージの——あれが誤配ではないとして——おまえが丸田君自身を指しているのであれば、彼女もまた、丸田君がここに実在するように、どこかに実在するはずだった。しかも日が経つにつれ、本のイメージは増殖しつつあった。特別な本をめぐる一つの場面が分割され、片手で本をささえて開かれたページ、ページをめくる指、ページを押さえる指、栞《しおり》をはさんで本を閉じる手つきまで見ることができた。その白い手はやはり女性のものだった。本のもともとの所有者、それが彼女かもしれなかった。彼女が栞をはさんで手渡してくれた、そのときの記憶がカット割りされてよみがえっているのかもしれなかった。

　問題は、本のタイトルが不明な点だったが、いまのところ不明でも、実在する本のタイトルを一目見れば即座に記憶がもどり、これだ！　と見分ける自信が彼にはあった。根拠はないがそんな気がした。本棚に並んだ文庫本の背文字を一冊残らず目視することで問題は解決するはずだった。

　そして彼は実際にそうした。本棚の一段目から四段目まで、右端から左端へと順に、時間をかけて、すべての本の背文字を読んでいった。これだ！　と感じるものは見分けられなかったが、一周しただけでは見逃しがあるかもしれないので、文庫本の背を人差し指でなぞりながら二周目に入った。本棚の一段目と二段目はあぐらをかいた姿勢のままそれをやり、三段目にかかると、上体を斜めに傾けて、四段目ではほとんど顔を横向きにして床に寝そべるような恰好《かっこう》になって文庫本の背文字を読み続けた。

これだ！ と思うものは二周目でも見分けられなかった。

三周目に入った。外では蟬《せみ》が鳴いていた。窓から風は通っていても部屋のなかは蒸し暑く、簡単に見つかる予定でいたものが見つからない苛立《いらだ》ちもあって、汗が止まらなかった。ハンカチもスマホも手もとにはなかった。父の寝室に置いてきたジーンズのポケットに入れてあったので吹き出す汗は手の甲で拭《ぬぐ》うしかなく、本探しにどのくらい時間をかけているのか、いまが何時何分なのか確かめようもなかった。Tシャツもトランクスも汗で湿っていた。彼は喉《のど》の渇きをおぼえた。コンビニで買って来たおにぎりのことも思い出した。いったん昼食休憩をとって態勢を立て直すべきだ。三周目の出だしで彼は本棚の前から離れ、次はタオルを持って出直すつもりで階段を降りた。だが二周して見つからないものが三周目で見つかるとも思えなかった。

一階に降りると父の寝室で電話の着信音が鳴っていた。

彼はベッドに寝かせていたジーンズのポケットから鳴り止んだばかりのスマホを取り出すと、それが父からの着信であることを確認しながらリビングへ向かった。

リビングの窓も一枚開け放たれていた。窓はそのままにしてエアコンを作動させ、リビングと続きのキッチンへ歩きかけたとき、境目のカウンターの端に置かれた固定電話が鳴り始めた。呼び出し音一回で出てみると父からだった。

「まだ合鍵を持ってたのか」と父は言った。

「ご無沙汰《ぶさた》してます」と彼は応《こた》えた。

「不審者はおまえか」

何を言っているのかわからないので彼は黙った。

「大石《おおいし》さんから携帯に留守電が入ってたんだ、見慣れない若いひとがお宅の鍵を開けているのを見た、と」

「お母さんの墓参りをすませてから寄ってみた」

「そうか。大石さんはおまえだと気づかなかったんだな」

「いまどこですか」

「野球場だ。昼飯食って、いまから試合だ。あの奥さん、おまえはまだ東京にいると勘違いしてるんじゃないか、何回も同じ説明をしてるんだが」

「野球やってるの」

「本人がこそこそ隠れてるんじゃ、勘違いも責められないか」

「また野球やってるの」

「ああ子供たちの練習を見てる。また監督に復帰した。成り手がいないから引き受けた」

「帰りは？」

「夜だな」

「じゃあ窓は閉めておく？　そのまま？」

「窓？　どっちでもいい。その後あっちの話はどうだ、理学療法士の試験は、どうなった」

「……うん、まあぼちぼち」

「そうか、まあ頑張れ」

電話は性急に切られた。

受話器を戻したあと、まだ合鍵を持ってたのか、で始まって、まあ頑張れ、でぷっつり切れた父とのやりとりを彼は頭に再生してみた。そしていつものように気が塞《ふさ》いだ。

本人がこそこそ隠れてるんじゃ、勘違いも責められないか、と言った父の嫌味が耳に残っていた。こそこそしているつもりはなかったが、実家に寄りつかない息子の態度が父の目にはそう映るのかもしれなかった。父と話すといつも、話しているときは聞き流した言葉があとからどんよりした気分を運んでくる。それはどういう意味？　と即座に聞き返さなかったことが悔やまれたりもする。理学療法士の試験？　僕はそんな試験など受けるつもりはない、といまの電話で明確に伝えるべきだったろうか。その件については何回も同じ説明をしているのだが。したつもりなのだが、あのひとは憶《おぼ》えていないのか。聞きたくない話は聞かなかったことにして忘れてしまうのか。

お父さん、僕がいまの職場に勤め出したのは、高校時代の野球部のチームメイトにそこの医療法人の理事長の身内がいてね、何回も話したよね？　入院中のお母さんを見舞ったとき、たまたまそいつと会って立ち話になって、就職口を探しているなら事務方に空きがあるからうちで働いてみないかと誘われて、たいしてあてにもしていなかったのがむこうは本気で、とんとん拍子に話が進んだ。ただそれだけの話。僕はもともと介護の仕事に関《かか》わりたかったとか、そういうんじゃないんだ。事務方の仕事は仕事で覚えてもらって、本人のやる気次第では専門学校に通って理学療法士とか、作業療法士とかの資格を取ってそっちへ進む道もあると、就職が決まったときにそいつがわざわざお母さんの病室に来てくれて、一緒になってお母さんを安心させるようなことを喋った。確かにそういう経緯はあった。けどそれはそのときかぎり。お母さんが生きているときも死んだあとも、ご覧のとおり、僕は同じ仕事を続けている。医療事務の職場にもう何年も勤めている。就職の世話をしてくれたその男とは一年に数えるくらいしか会わないし、会っても挨拶ていど。そいつは理事に出世した。あのときお母さんの病室で喋ったことなんてとっくに忘れてるし、僕だって当時から本気で聞いてたわけじゃなかった。はっきり言って、僕はいまのままがいいんだ。いまの仕事をこの先も続けられるならずっと定年まで続けていきたいんだ。残念ながらあなたの期待にはこたえられないんだ。

❄

キッチンのダイニングテーブルの椅子に腰かけておにぎりをしっかり咀嚼《そしゃく》し、ペットボトルの緑茶を味わううちに彼の気持ちはだんだんとほぐれて平静を取り戻した。
エアコンの急速運転のおかげで室内は適温に近づき、汗まみれになっていたTシャツとトランクスの生地もだいぶ乾いて軽くなった。

どんよりした気分から抜け出すと再度、本探しに頭を向けることもできた。

だが彼はすぐにはキッチンから動かなかった。本棚四段ぶんの文庫本の背文字はもう見飽きていたし、目をこらして二周したのをもう一周するのも気が進まなかった。探している文庫本が、高校を卒業するまでに自分が読んだ百冊ほどのなかに実在するのか、怪しい気がして、探しはじめたときの自信は揺らいでいた。探す意欲も薄らいでいた。ひょっとして、たびたび頭に浮かぶイメージの断片は、文庫本ではないのかもしれない。本ですらないのかもしれない。あるいは本は本でも、さっきはざっと目を走らせただけの、本棚の上に横積みにされたサイズの大きい単行本、あの中に探すべき一冊は埋もれているのかもしれない。

彼は目を細めて視線をキッチンの片隅の一点に向けた。

そうやって意識を無にして、細かい記憶をよみがえらせようと試みた。具体的には流し台の下の、開き戸の扉の、取っ手に通してぶら下げてある、洗い物のあと手を拭くためのタオルの捩《ねじ》れた形状を何分間か凝視していたのだが、時間の無駄だった。一片の記憶も戻らなかった。外出前の父の手によっていっぱい開かれているキッチンの小窓の、網戸の外では相変わらず蟬の声がうるさかった。

とにかくもういっぺん二階に上がって、三周目に挑戦するだけはしてみよう。さっきはざっと見ただけの単行本のほうも見直してみよう。それで収穫がなければ終わりにしようと彼は決めた。いまのところ、本以外に、手がかりになるものは何もないのだし。

ところがテーブルに手をついて腰をあげかけた次の瞬間、本以外のものへと彼の気は逸《そ》れていた。

（……それにしてもあの写真）彼はふと思った。（あれは不思議な写真だな？）

横積みの古い本の隣に置かれた写真立て。

写真立てに飾られているキャビネ判のモノクロ写真。

顔の見えない子供の写真が写真立てに入れて飾ってある。それがまず不思議だ。あの写真を特別な一枚として写真立てに保存しようと考えたのは、子供のときの自分なのか、それとも家族の誰か、祖母か、母か、あるいは父がそうしたのか。そのまえになぜ正面からではなくあえて背後からふたりの子供を撮影したのだろう。写真を撮影したのは誰で、撮影された子供のひとりは小学生の自分だとしても、もうひとりは誰だったのか。

彼は考え深い目つきになってペットボトルを口にふくんだ。顎《あご》をそらして一息に飲んだが、一息に飲んだというには喉を通った緑茶の量はあまりにも物足りなかった。空のペットボトルの軽さを頼りなく感じて椅子を立ち、彼は冷蔵庫を開けて飲み物を探した。父が煮出して作った麦茶が冷やしてあるはずだった。

思ったとおり麦茶は大量に冷やしてあった。冷蔵庫の扉のポケットに円筒形のプラスチックの水差しが三本並べて立ててあり、中を満たしているのはチョコレート色に近い暗褐色の、彼が記憶している通りの丸田家の麦茶だった。彼は手前の一つを取り出し、コップにトクトク注いで喉を鳴らして飲んだ。想像していたよりずっと冷えていた。祖母や母が生きていた時代と寸分変わらぬ麦茶の風味が鼻の奥から頭の芯《しん》まで、痛みの感覚とともに突き抜けていった。飲み終えると彼はちょっとだけ顔をしかめた。そして次に、しかめた顔の筋肉を緩めてもとの表情に戻ったとたん、彼の考え深い目つきは過去の一場面に焦点を合わせていた。

麦茶のほのかな苦みがまだ舌に残っているあいだに彼が見たものは、真夏の竹やぶのイメージだった。

青竹の、群生林。

青々と繁《しげ》る竹の葉。

空気が緑色に見える。

そこかしこに伸びている竹、竹、竹に取り囲まれた斜面。

麦茶を飲みほしたばかりのコップの縁に鼻をくっつけて、彼は目を閉じた。

……斜面、なだらかな斜面に、直立する青竹の、夥《おびただ》しい数の、不規則に並んだ青竹の、視線のやり場を誤ると迷路のようにも見える空間。竹の葉に溶け込んだ太陽の光が行く手の空気を緑色に染めている。その柔らかな土の斜面を登る、彼の視界のなかに、少年がいる。半ズボンにスニーカーを履いた少年の足が、斜面の黒土を踏みしめる。一歩一歩踏みしめるたびにカタカタ音が鳴る。少年の腰のあたりで、何か音をたてて揺れている。水筒にちがいない。背中に斜交《はすか》いにかけたストラップが見える。水筒だ。水筒の中身は祖母が冷やして持たせてくれた麦茶。少年は小学生時代の彼自身。そうと気づいたとき、斜面を登る丸田少年の背中に声がかかる。甲高《かんだか》い声が、息を切らして、

（マサル！）

と呼ぶ。

（マサル！　さどくん、待ってやろう）

彼は目を閉じたままコップの縁を噛《か》んだ。

……斜面の途中、ぽつりぽつりと歪《いびつ》なかたちの平たい石が埋め込まれて階段状の足場を作っている。両足を踏ん張ってその石の上に立ち、少年は後ろから来る仲間を振り返り、額の汗をぬぐう、手の甲で。それから水筒のキャップを開け、中の冷えた麦茶を……。

（マサル、おまえ、ペース速すぎ、さどくん、待ってやろう）

（おまえのクラスの友だちだろ）

（はん？）

（おまえが連れてきたんだろ）

（だってしょうがねーじゃん、友だちになってやりなさいって、言われたんだから）

（おまえがおまえの担任に言われたんだろ）

（昼ご飯食べたばっかりだから、おなか痛くなりそうなんだってさどくん）

麦茶のコップの縁を噛んだまま、目を閉じたまま彼は記憶を引き寄せる。一緒に竹林の斜面にいるのは誰か。

僕のことを「マサル」と下の名前で呼び、「おまえ」とも呼ぶ仲間は誰か。その仲間が「さどくん」と呼ぶのは誰か。

さど、という苗字《みようじ》はしっかり耳の奥に残っている。何回も聞いたことがある、なじみのある苗字だ。サドガシマの佐渡。子供の頃だけじゃない、もっと時間がたって、半ズボンを穿《は》かない年齢になってからも。……詰め襟の学生服の佐渡くん。

そうか、佐渡くんは高校時代の同級生だ。たしか高校二年のときの。そうだ、佐渡くんとは同じ小学校にも、中学校にも、高校にも通ったのだ。

佐渡、下の名前は、オサム。漢字で書くと、佐渡理。僕は昔の佐渡くんのことをよく知っている。いつのまにか付き合いが途絶えたが、二十年前、高校を卒業するまではよく知っていた。

あの佐渡くんなんだ。顔もぼんやり思い出せる。けど、もうひとりは？　互いを「おまえ」と呼び合う、もっと親しかった小学校時代の友人は誰なのか。あるいはそいつが、写真立ての中の写真に一緒に並んでいる相棒なのか。小学校時代とはいえ、当時の親友の名前と顔をおぼえていないのはどういうことだろう。

目を閉じた彼はさらに記憶をたぐり寄せる。

コップの底にこびりついた、微《かす》かに焦げ味をともなった麦茶の匂いを嗅《か》ぎあてながら、すぐそこに、手が届きそうなくらいに近くまで来ている佐渡くんに問いかけてみる。佐渡くん、もうひとりは誰だっけ。僕たち三人で、あの夏、竹やぶに入って何をやってたんだっけ。あの竹やぶ、どこだったっけ。

（マルユウ）

佐渡くんの声が言う。

（マルユウ、きみは昔と変わらないな）

（何が）

（おまえのその水筒だよ）横から別の誰かが言う。（ほんと変わらねーな、ばあちゃんが麦茶入れて持たせてくれたのか？）

（きみだって変わらない）と佐渡くんがその誰かに言う。

（おれ？）

（きみたちは昔と変わらない）と佐渡くんは言う。

きみたち……

（きみたちはよく似てるな）

感心したふうに大人の声が言う。

（背恰好も、髪型も、Tシャツと半ズボンも、履いてる靴だって同じじゃないか。血色のいいほうがマルユウくんか、で、こっちが……）

で、こっちが？

（見違えたな、あたり前だけど、すっかり大人になった、きみがあのときのマルユウくんか、で、こっちが）

（はい、お久しぶりです）

(再会できて嬉《うれ》しいよ、ふたりとも、希望した大学に合格したんだって?)
(はい。で、こいつが佐渡です)
(ああ佐渡くん、噂の佐渡くん、もうひとりの目撃者だね)

目撃者!

(じゃあ出発しよう、十年ぶりにあの場所に立ってみよう、三人とも車に乗って、天神山再訪といこう)

天神山!　……テンジンヤマニノボレ

(サイホウ)隣の男が言う。(天神山サイホウ?)
(再び、訪れる)
(はん?)
(サイホウの漢字)
(知ってるってそのくらい。優等生ぶるな、野球バカのくせして)
(じゃあ訊くな)
(おまえに訊いてねーよ)

（じゃあ僕の隣にすわるな）

（マルユウ）車の助手席から佐渡くんが振り返って言う。（きみは昔と変わらないな）

（何が）

（おまえのその水筒だよ、ほんと変わらねーな、ばあちゃんが麦茶入れて持たせてくれたのか？）

（きみだって変わらない）

（おれ？）

（きみたちは昔と変わらない）と佐渡くんは言う。（マルユウと――――、ふたりとも）

マルユウと――――、ふたりとも……

（変わらない？）

運転席の男が口をはさむ。車は山道のカーブを登っている。

（僕の目には、ずいぶんと変わったように見えるんだが。昔は、背の高さも同じで、ふたりの見分けがつきにくかったんだが。名前だって丸田くんだし、どっちがどっちか）

（わかります）佐渡くんが笑う。（僕も、転校してきて初めてふたりに会ったとき）

（うん、十年前、僕も初対面のとき）

と運転席の男が言う。

（マルユウとマルセイの区別がつかなかった）

コップの縁を噛んでいた歯の力がふっと緩み、上下の唇が物言いたげにわずかに離れた。

マルユウと、マルセイだ。

彼は目をひらいた。あいつだ。

小学生のときいつも一緒にいたのはあいつだ。夏休みに竹やぶに入って遊んだのも、あの写真立ての写真の中で僕の肩に手をかけて並んで立っているのももちろんあいつだ。だから僕たちは揃って目撃者になったのだし、十年後、天神山再訪のときも、誰か、昔の僕たちのことを知る、年配のひとの運転する車の後部座席に同乗していたのだ。あの年配の男性は誰だっけ？　小学生の僕たちは何を目撃し、何のために、十年後、再び天神山に登ろうとしていたんだっけ？　……いや、そんなことよりも、僕はなぜいまのいままで小学校時代にいちばん仲の良かった大切な友だちの存在を忘れていたのだろう。いつのまにあいつとは疎遠になってしまったのだろう。互いを「おまえ」と呼び合っていた相棒はいまどこで何をしているんだろう？

丸田君はコップをテーブルに置くとすぐさまスマホをつかんだ。コップを置いた手も、スマホをつかんだ手も、どちらも左手であることをそのとき強く意識した。意識したその場で、
あれ？　丸田さんて左利きだった？

つい先週、昼休みに食堂で向かい合った同僚に言われた言葉が思い出された。あのときはスプー

ンを左手に持っていたのだ。それから立て続けに、同僚とは別の女性の声が耳によみがえった。先週よりもずっと遠い過去から、誰だかわからないけれど、若い女性の問いかけが聞こえた。

ねえ、きちんと三角食べできてるね？　それもお父さんのしつけ？

問いかけているのは誰で、三角食べとは何だったか。左手でスマホをつかんだことに何か意味があるのか。いやそれよりも僕の左手はいま何の目的でスマホをつかんだのだったか。

また記憶に不具合が起きていた。不確かな記憶が次々に連想を呼び、脳内に犇《ひし》めきあうようだった。自分はもとから左利きだったのかそれとも右利きだったのかすら咄嗟《とっさ》に判断がつかなかった。先週の記憶と遥《はる》か彼方《かなた》の記憶、八歳の自分と、十八歳の自分と、三十八歳のいま実家のキッチンに立っている自分とを一本の線で繋《つな》ぐことが難しかった。

ただそのときの彼にとっては、不確かな記憶の中のほかの何よりも、三角食べの意味よりも、あるいは利き腕が右か左かよりも、小学校時代の相棒の消息を明らかにすることのほうが重要だった。そのためにスマホをつかんでいたのだ。だから彼はそのことに集中した。皺《しわ》だらけのトランクスに、よれよれのTシャツ一枚の恰好でキッチンに立って、いま自分が手にしているスマホに意識の焦点を絞った。ここに何かひとつ、確かなものがある。

確かなものは父の寝室に吊してあった喪服。カーテンを膨らませた風。本棚を埋めた文庫本。写真立てに飾られた写真。さっき父からかかった電話。しっかり嚙んで食べたおにぎり二個。コップ一杯の冷えた麦茶。それから、この手の中のスマホ。……そうだ、あのメッセージだ。

予言の送り主はあいつだ。

僕のことを「おまえ」と呼び、メッセージにしろ何にしろ言葉を投げつけてくる人間はあいつのほかにいない。もしあれが誤配ではなく僕に宛《あ》てられたものなら書いたのはあいつなのだ。

自分がいま、何をするつもりでスマホを握りしめていたのか思い出すと、彼は保存してあるメッセージを表示させ、ためらわずにアンダーラインの引かれた送信者番号をタップした。

やがて聞こえはじめた呼び出し音を十回まで数えた。

相手は電話に出なかった。先月、逡巡《しゅんじゅん》のすえ最初に自宅からかけてみたとき、今月に入って、勤務先の病院から昼休みに二度目に試みたときとまったく同じだった。どちらのときも、十回鳴らして諦めたのだ。折り返しもなかった。この相手は電話に出るつもりがないらしい、と彼は二度とも考えたことを憶えていた。

つまりあいつは僕からの応答を待ってはいないのだ、謎《なぞ》の予言を一方的に送りつけてきただけで、と三度目はそう考えながら、彼は虚《むな》しく鳴りつづける音を聞いていた。あと五回。十五回まで鳴らして出なければ諦める。おそらく無駄だろうが、あともう五回。二十回まで鳴らして出なければほんとうに諦める。しかし呼び出し音は二十回鳴り終わるまえに途切れた。

途切れたのは電波が遮断されたためではなく電話がつながったのだということに彼は数秒気づかなかった。あわてて耳にあて直した電話からは、息づかいが伝わってきた。どこか戸外にいて呼吸を整えているのか、意味のある言葉を発する前の、ひとの息づかいだけが聞こえ、それが電話を通して頬《ほお》に吹きつける風のようにも感じ取れた。竹やぶの竹の葉が一斉にそよいで緑の光を滴らせる、記憶の景色が見えた。生唾を呑んで、待ってみたが相手は沈黙している。おまえか？　と彼は言った。

マルセイ、おまえなのか？

一《ひ》と間置いて答えたのは女性の声だった。

いいえ、違います。

そのきわめて事務的な否定に下着姿の彼は困惑し、女性の声から滲《にじ》み出している仄《ほの》かな敵意を受け取り、そして次に、また少し間を置いたのち彼女の発した言葉に打ちのめされた。ねえマルユウ、と彼女は言った。何回鳴らしても彼に電話はつながらないよ、きみはもう彼とは話せないんだよ、マルユウ。

4

九月、九月に入ったある月曜の朝、日中は真夏日になるだろうと予報の出ていた月曜の朝九時頃、佐渡君は通勤の途中で道草を食っていた。

合服の紺のスーツ姿でリュックを背負い、革靴で地面を踏みしめて快晴の青空を見上げていた。佐渡君のかたわらには高齢の男性がふたり立ち、おなじく視線を上に向けていたが、そのふたりは高い支柱のてっぺんに設置された大時計の文字盤を見ていた。大時計の針は正しい時刻を示していなかった。

経緯はこうだ。ほんの数分前、勤め先の最寄りのバス停で下車して、街路樹の青葉が日差しを斜めにうけて梢《こずえ》の葉だけ黄緑に染まっているのに目をやりながら歩いていると藪《やぶ》から棒に、お年寄りに呼びとめられた。あなたの腕時計はいま何時をさしているか？　公園の時計と同じ時刻をさしているかと問われたので、後ろについて緑地の中へ入って行き、その大時計がよく見える位置まで移動して見くらべてみると、二十分ほどくい違っていた。園内にはもうひとり高齢の男性が待っていて、肘《ひじ》打ちでも食らわすような勢いで佐渡君に歩み寄り、腕時計をはめた自身の手首と佐渡君の手首とを真横に並べて、交互に見て比較したすえに、合っている、と言った。おれの腕時計と、このひとの腕時計は、合っている。このひとのスマートフォンの時計とも、合っている。要は大時計の針のほうが二十分ほど未来を進んでいる。それがわかると佐渡君は用済みになった。町内会の顔役といった風体の、そろって半袖シャツにベストを重ね着したふたりの高齢男性は、それっきり通りすがりの会社員には関心を払わず、ふたたび大時計を見上げて、あの針を二十分過去に戻してやるにはどのような手順を踏むべきかの相談をはじめた。

佐渡君はその場を立ち去りかねていた。

ふたりの老人に釣られて視線を上げた先の、ずっと遠方の空、広大無辺の青空に目を奪われて立ちつくしていた。

佐渡君は徐々に、天空の弧をなぞるように顎をそらせてゆき、視線をほとんど真上に向けた。誰に気兼ねなく青空を眺めて、広大無辺などと感じ入るのは久しぶりのことだった。頭上の空を見上げるという他愛《たわい》ない行為に時間をつぶすのが久しぶりだった。先月、息子の夏休みの最終週、家族三人で天神山の頂上まで登ったときのことを佐渡君は思い出した。そのとき佐渡君は妻の目を気にして、視線を空に向けないよう努力していた。場所が場所なので、何か良からぬものを空に探しているのではないかと妻に疑われるのを心配したのだが、考えてみれば、いや考えるまでもなく、ただ空を見上げるのに妻に気兼ねするのはおかしなことだった。妻はその挙動に気づいていただろうか。のびのびと空を振り仰ぐことのほうがむしろ自然で、それを自身に禁じる夫の努力は、妻の目には挙動不審に映っただろうか。

思う存分空を振り仰ぎ、そばのふたりの話し声を聞くともなく聞いていると、どうやら、大時計が誤った時刻を示していること以外にも改善すべき問題があって、公園入口の夜間照明の電球が切れかけているらしかった。電球の取り替えは市の公園課に、大時計を寄贈したのはロータリークラブだからそっちへ連絡を入れるのが筋だろう、と彼らの話し合いは進行していた。

ふだんの佐渡君ならそれを聞いて、勤め先の顧客であるロータリークラブ会員に心当たりをつけていたかもしれない。各種看板からモニュメントの企画、設計、製作、メンテナンスも我が社の業務内容の一端なのだからと、些細《ささい》な糸口でものちの仕事に結びつく可能性を切り捨てず、彼らの話し合いに割り込んで名刺を取り出すことさえしたかもしれなかった。だがこのとき佐渡君の頭はそのようには働かなかった。彼はぴくりとも動かず、身体《からだ》の向きも変えず立ちつくしていた。

彼の目は、青く澄みきった空と、視界の端に浮かぶちぎれ雲しか映していなかった。薄い唇のような形のちぎれ雲はゆっくり流れていた。まぶたを開きつづけているせいで光が目に染みて、痛みを感じたが、彼はまばたきを堪《こら》えた。何度目かに堪えきれず、いちど両目を閉じて、また開いて見ると、上空一面に、透明な膜が張られていた。張られているように彼の視覚は感じ取った。なぜ透明な膜を視覚として感じ取れるかといえば、その透明な膜の一部分が、光の干渉をうけて色彩を放ったからだった。シャボン玉の表面が虹《にじ》色に発色して見えるように。

ちぎれ雲はいま彼の頭上まで流れてきていた。合わさっていた唇が次第にひらいて、掠《かす》れた白絵具で描いたような口の形になったその雲を目印にして、彼は上空の観察を続けた。

彼の顎の先端はほとんど真上を向き、喉もとの皮膚は限界まで突っぱっていた。やがて、白い掠れ雲にあいた口から、またしても七色の光が放たれるのを目にした。その直後、雲が下降を開始した。みずから意志を持ち、身震いして大きく口をあけた雲が降りて来るように見えた。だがそれは一瞬の錯覚、視覚のぶれで、実際に下に降りて来るのは雲ではなく、透明な膜のほうだった。透明な膜をまとったなにものかだった。彼は通勤用のリュックを背負ったまま気をつけの姿勢を取り、そのなにものかとの接近をイメージした。静かに深く息を吸い、目を閉じ、タイミングを測って、一、二の、三で爪先立って、頭上の雲の方角をめがけて伸びあがった。いまや地上近くまで降りて来て、ホバリングの音をたてている透明な膜のなかへ、シャボン玉さながらに薄く透明な膜の内部へと迷うことなく頭を挿し入れ、首、肩、両腕、両脚まですっぽり入り込み、すると革靴を履いた足が地面から離れ、靴底が踏み場をなくした頼りなさを感じるのと同時に、地球の引力から一気に解放され身体が本来あるべき重量を失って一枚の木の葉のように舞い上がって、こんどは上昇をはじめた透明な膜ごと天空へ吸いこまれていく、そんな感覚に身をゆだねた。ものの数秒だがゆだねることができた。それから彼は現実の、電話の着信音を耳にした。元通りの自分、土の地面をしっかりと踏みしめて立っている自分に気づいた。通勤リュックの重みも背中に戻った。

電話をかけてきたのは松本《まつもと》という人物だった。松本姓の知人には二、三心あたりがあったし、ディスプレイに「松本」と発信者名が表示されたからには登録番号に違いなかったが、知人のなかのどの松本氏なのか、どんな用向きの電話なのかはとっさに判断がつかなかった。気を落ち着けてあとで折り返すつもりで佐渡君は着信音が鳴り止むのを待ち、目についた木陰のベンチまで歩いてそこに腰をおろした。

時刻は九時十分になろうとしていた。

大時計のそばにも、もうどこにも、さきほど言葉をかわした老人たちの姿は見えなかった。園内のベンチでやすんでいるのも自分ひとりだった。腰をおろしたベンチは同じ木製のテーブルと対になっていて、テーブルをはさんだ向かいにもう一台ベンチがあった。佐渡君のすわった位置から正面に、幹のまっすぐな若々しい銀杏《いちょう》の木が二本並んでいた。周囲の樹木のなかでその二本が抜きん出て背が高かった。

左手には、交叉点《こうさてん》のロータリーに似た丸い芝の台地があり、大時計のモニュメントはその中央に聳《そび》えている。反対側の右手には、遠景として、市街地の先になだらかな山の全形が見えた。しばらくそっちの方角を眺めていると、車道を往来する車の気配がいっとき遠のく時間があり、あたりが静まって、朝陽《あさひ》を浴びた木々から水滴がしたたり落ちるように小鳥の鳴き交わす声が耳についた。

ふだんならとっくに会社に着いている時刻だった。

月曜は営業チームの週一ミーティングが持たれる日だから始業時刻の九時半よりもなおさら早めの出社を心がけている。だが佐渡君はリュックを肩から下ろしてテーブルに置き、もう少し時間を潰《つぶ》すことにした。会社の入っているビルまでこの公園から歩いて三分の距離だし遅刻の心配は無用だ。電話をかけてきた松本氏が誰なのかここでつきとめておく時間くらいはある。

そう思って、何かヒントになる書き込みを探そうとスケジュールアプリを開いているところへ、おはようございます、と挨拶の声がした。顔をあげると、向かいのベンチの横にアロハシャツを着た男が立っていた。製作チームの望月《もちづき》という男だった。

「あ、おはようございます」佐渡君は挨拶を返した。

相手はそのまま何か言いたそうな顔でそこに立っている。だが何も言わないし、向かいのベンチに腰かける素振《そぶ》りも見せない。通勤途中なのだからむろんそんなところにすわるわけがない。佐渡君も勧めない。

「いつも、ここで?」

とようやくむこうから言いかけたのと同時に、

「毎朝この公園を通って?」

とこちらが発した声量のほうが勝っていた。毎朝この公園を通って通勤してるの?

「いや毎朝は通りませんけど」と望月が答えた。

切り口上の答えを聞いてみると、「そう」と相槌《あいづち》を打つほかに言葉を思いつかなかった。するとちょっとだけ間を置いて、相手がなめらかに続きを喋った。

「今朝はたまたま妻の用事があって、車を停めた場所がいつもと違っていたので、そこからだとこの公園を突っ切ったほうが早いかと思って」

「そう。車をいつもと違う駐車場に」

「え?」

「いつもと違う場所で奥さんを降ろしたんじゃないの」

「いやいつも降ろしてもらうのは僕だから」

「……ああ、なるほど」

「佐渡さんと同じです」

「僕と同じ？　何が」

「車の運転はしないでしょう、僕もしない」

奇妙なことに、このときこの望月の発言が、さきほど電話をかけてきた「松本」の件を思い出させた。この時点で、佐渡君はそれが誰なのか見当がついた。高校の同窓の松本だろう。だがいったんそのことは頭の隅に追いやり、目の前の男に訊ねた。

「毎朝奥さんに送ってもらってるの」

「ええ妻の通勤路の途中なので」望月は腕時計の時刻を見た。「佐渡さんは、いつもここで一服してから出社ですか」

そう問い返された佐渡君は、左手に持ったスマホと、右手の指先に挟んだ煙草に目をやった。火を点《つ》けたまま忘れていたので灰が長くなっているのに気づいた。

「いやいつもではないよ」と答えて、佐渡君は一言付け加えた。「もちろん」

それから煙草を地面に落として靴底で、細かい砂粒を均《なら》すようにして踏み消した。頭の隅に追いやっていた「松本」がまた戻ってきた。さっき電話をかけてきたのは、先月、マルセイの葬儀の日、車に同乗していた松本だろう。たしか火葬場からの帰り、あのどしゃぶりに見舞われた車中で電話番号を交換したのだ。何かちいさな頼み事をされて、そのうち電話するからと言われて。松本が口にしたのは、何か、ちいさいけれど気の重くなる頼み事で、生返事で相手をしたおぼえがあるが、具体的な用件は思い出せない。

営業チームのリーダーが煙草の吸いさしを足もとで始末するのを見届けたのち、望月が気のない相槌を打った。

「そうなんだ」

「うん、僕もたまたま。今朝が初めて」

「だってずっとあっちを見てたでしょう」

望月は佐渡君が眺めていた緑の山のほうへ顎をしゃくった。左右対称の円錐《えんすい》でも円錐台でもなく、ひらがなのへの字に近い輪郭を見せている天神山のほうへ。

「その様子がなんだか、ここであの山を眺めてから出勤するのが毎朝のルーティン？　ぽく見えたんですよ。それでちょっと、声をかけるのもためらったんだけど、邪魔しちゃ悪いかと思って」

「ああ、いや、夏休みに登ったんだよ、家族で」

「天神山に？　家族でキャンプですか、『星の降る天地』で」

「いや夜じゃなくて、昼間に。スケボーの初心者コースを体験してきた。東側の『緑と風の大地』のほうで……『光と風の大地』だったっけ？」

「スケボー、佐渡さんが？」

「うん息子と。ホームページでお勧めしてある通り、アスレチック遊具もいろいろ試した、滑車を使ったロープ渡りとか。そのあと家族三人でバーベキュー、半日楽しんで夕方には帰って来られる」

「奥さんの運転する車で」

「まあ、そういうことだね」

「ところで佐渡さん」

そうだ、そういえばあのどしゃぶりの日、一緒に車に乗っていた松本はこう言った。高校のとき変わった先生がいただろう、ボクは助手席にしか乗ったことありませんだとか、運転は愛妻にまかせっきりでとかイバってた先生。松本のその発言をきっかけに、またひとしきり雑談になった。いたかそんな先生？　だれのこと？　名前は忘れたけど、国語の先生、ムラタとかイワタとかそんな名前。それもしかして湊《みなと》先生のこと？　ああそうかも。国語のほら、宮重《みやしげ》大根のふとしく立てし……の湊先生でしょ、高校のときじゃなくて、中学のときの？　うんたぶんその湊先生。だれだそれ？　きみは中学校が違うでしょ。違うけどさ、宮重大根の小説なら高校の教材で読まされたよ、中学じゃないだろそれ。うそ、そうだった？　とにかくいたんだよ、俺たちの中学に、自分では運転しない理由もなんかこじつけみたいなこと喋ってたなあ、どんな理由だったかな、憶えてない？　え、記憶があたしごっちゃになってる？　なってると思うよ。じゃああれ？　わたくしはその人を常に先生と呼んでいた……とかのほう、湊先生は？　どっちだっていいって教材の話は、もしかして佐渡くんは、憶えてないか？

「ところで佐渡さん」

「あのホームページを製作したのは望月くんだった？」

「ええポスターも、パンフレットも僕です。ところで佐渡さん」

「なに」

「いまの煙草のポイ捨てはいただけない」

「…………」

「ここで煙草を吸うのもどうかと思うけど、吸うにしても携帯用の灰皿ぐらい持っていないと」

「そうだね。まずいね」

「営業チームのトップが公共の場所で吸殻をポイ捨てなんて、人に見られたらまずいどころじゃない。これでうちが公園課のクリーンキャンペーンの宣伝請けおったら、詐欺でしょう」

「市の公園課から、うちに？」

「いまのは喩《たと》え話。でもその吸殻は拾ったほうがいい」

アロハシャツの男は真顔だった。

佐渡君のほうが年長なのだが、年の差は一つで、入社年度は望月が先、しかもあとから入社した佐渡君は製作チームの一員として仕事をしていた時期がある。大所帯の広告代理店ではないからもともと営業チームと製作チームの線引きも曖昧といえば曖昧だし、社内の人間関係はそのぶん複雑で、合同会議の最中にもときおり、口のききかたや態度に気をつけるべきなのは相手なのか自分なのかわからなくなったりもする。だがいま明らかに正しい意見を述べているのは望月のほうだろう。

佐渡君は無言でベンチからいったん離れ、腰をかがめてテーブルの脚のそばに手を伸ばして吸殻をつまみ上げた。

「じゃあ僕はお先に」

「いや、僕も一緒に行こう」

とハイビスカス柄のアロハの背中に呼びかけてすぐ、電話がまた鳴りはじめた。「松本」から二度目の電話だった。あの松本にちがいない。二十年前の同級生であり、市内アーケード街に店をかまえる老舗《しにせ》和菓子店の跡継ぎである松本君だ。

足をとめてこちらを見ている望月に「すまない、やっぱり僕はあとから」と軽く手を上げて彼は電話に出た。拾った吸殻は望月がふたたび背中をむける前に上着のポケットに入れてみせた。

「佐渡くんいま話せるか？」

「ああ松本くん、さっきはごめん、ちょっとばたばたしていて」

「いやこっちこそ朝っぱらからごめん。じつはね、こないだお願いした件で電話してるんだ」

「うん」

「今朝、先方から連絡が来てね、日時の指定があって、それが急で申し訳ないが今日、今日の午後二時、ということらしいんだ。佐渡くん時間つくれるか？」

何のための時間かもわからないまま佐渡君は聞き返した。

「……時間て、どのくらい？」

「二時間くらいかな。長くて三時間とか、たぶん」

「いやあ、それはきびしいかも」

「だよな、あまりに急な話だもんな。けど、そこをなんとかお願いできないかな、一時間だけでも顔を出せないか？　いまのとこ都合つくのは俺と、あと赤城《あかぎ》さんも来れると言ってる」

　赤城さんはマルセイの葬儀の日、火葬場までの行き帰りに運転手役をつとめてくれた同級生だった。結婚して夫側の姓を名乗っているはずだが、昔の仲間はみな赤城さんと旧姓で呼んでいる。

「わざわざ東京から話を聞きに来てくれるのにさ、待ってるのが僕と赤城さんのふたりだけではね、いかにも気の毒だろう、先方はなるだけ大勢の証言を取りたがってるわけだし」

「証言」

「証言はちょっと重いか？　いや、やっぱ証言でしょう、なかでもとくに佐渡くんの口から語られる証言とか欲しがってるわけでしょう、表に出ていない逸話とか、秘話とか？」

「僕の……？　なぜ」

「だってほら、佐渡くんは小学校のときからの」

「……ああ。そうだったね」

「そうだったねって、人事《ひとごと》じゃないよ、佐渡くんはさ、マルユウとは小学校のときからの長いつきあいだったろう？　むこうもそのへんはちゃんと下調べしたうえで来るはずだからね、佐渡くんがいるのといないのとでは大違いだと思うんだよ。何とかならない？」

「松本くん、返事は少し待ってもらえるか」

　この申し出を断るにしても佐渡君は即答は避けることにした。

「じつはまだ出社前なんだよ。このままだと会議に遅刻しそうだから、またのちほど、会議がすみ次第、まあ午後のスケジュールと相談てことになるけど、時間の調整がつくかどうか検討してみて、こちらから折り返し……」

「そうしてくれる？　できれば、三十分でもいいからさ」

「うん、じゃあ……」しかし電話は切らせてもらえなかった。

「これは佐渡くんにとっても悪い話ではないと思うんだよ。悪い話どころか、またとないチャンスでしょう。出版された本に自分の名前が刻まれるなんて、そうそうある話ではないからね。さっき赤城さんとも話したんだけど」

「本？　雑誌の記事ではなかったの」

「うん最初は雑誌だね。連載の企画が会議で通って、それで今日の急な取材の話になったかと思うんだけど。でも記事が連載されたらゆくゆくは本になるわけでしょう、違う？　成功したバンドの『誕生秘話』みたいな第一章があってさ、そこに証言者として僕らの名前が載るんだよ。バンドの軌跡をたどるストーリーといっても、主人公はまあヴォーカルだから、僕らのワッキーだから、しかも高校時代に彼が、マルユウと、あとふたり私立高の音楽仲間に声かけて結成したわけだ——その後全員東京に出て、マルユウが抜けてベースのメンバーの入れ替えがあり、そこから成功への輝かしい道のりが始まった。てことは『誕生秘話』の第一章では、地元で結成した当時のメンバーからひとりだけ脱落した、つまり、のちに有名になりそこねたマルユウにスポットライトが当たらないか？　だって高校二年生だった主人公のヴォーカルが、まっさきにバンドに誘ったのは同じ教室で机が隣だったマルユウなんだよ。そのマルユウがバンド結成から二年も経たないうちに、東京に行ったとたん突然脱退してしまう。その理由は？　大学に進学してまもなくマルユウに何が起きた？　いやそれ以前に、地元でどんな変化の兆しがあった？　ライターの本田《ほんだ》さんて人がさ、私立高出身の同級生たちじゃなくて僕らの証言を欲しがってるのは、きっとそういうことだと思うよ。ベースを弾いていた初期メンバーが心変わりしてバンドをやめてしまった理由。その謎を解き明かしたいんだよ。で、さっき赤城さんとも話したんだけど」

「すまない松本くん」

と呼びかけて彼は園内の大時計に視線をむけた。大時計の針は九時四十五分をさしていた。

「いま出勤の途中であまり時間が……」

「もうちょっとだけ聞いて佐渡くん、これはね、僕らにとってもだけど、むしろマルユウにとって良い記念になると思うんだよ。いえば供養になるだろう。あのバンドのヒストリーが書かれた本の中に、丸田誠一郎の名前を刻んで残すことは。そう思わないか？　もちろんライターの人は、原稿を面白くするために、ついでにマルユウの話を聞きたがるだけかもしれない。けど、僕らが質問にありのままを答えれば結果的に、昔の彼の思い出を残すことになる。違う？　そのためにも佐渡くんは知ってること話しておくべきだよ。だって、彼は三十八で死んで、しかもあんな死に方で、身内からも目をそむけられて、このままじゃじきにみんなの記憶から消えてしまう。それじゃあまりに酷《ひど》すぎるだろう。じつをいえば佐渡くん、僕はこう思ってたんだ——彼は死んでしまったが、彼の子を身ごもった妻がこの世にいる、それがせめてもの、ささやかな救いだろう。そう思ってたんだ。残された妻が、彼の血を受け継いだ子供を産み育てるだろう。やがて子供に父親の思い出を語って聞かせるだろう。ところがさ、その妻だって怪しいもんだ。裏でいったい何を考えてるのか。

まだ夫が生きていた頃から、裏で何をやっていたのか。さっきも赤城さんとその話をしたんだが」

「松本くん？　何の話をしてるの」

「何も聞いていないのか佐渡くんは」

「うん聞いてない。杉森さんがどうかした？」

「男がいるんだよ」

と相手はそこから声をひそめた。

「男が家に出入りしているんだ。男と会ってるんだよ身重のからだで。夫が死んで四十九日もまだなのに。考えられるか？　死んだ夫の子を身ごもっている妻にそんなまねができるか、ふつう？　異常だよ。いまそんな行動をとるというのは、夫が生きていたときに何をしていたか、世間に邪推されるのを覚悟のうえだろう」

「……それは確かなこと？　ただの噂とかそういうのじゃないの？」

「いやれっきとした事実だ」松本は断言した。「現場を見た人間がいる」

現場という言葉の正確な意味をつかめぬまま佐渡君は黙った。聞き返せば教えてくれるのかもしれないし、聞き返すのを待っているのかもしれないが、口に出して訊ねるのも億劫だった。大時計の針はもうじき九時五十分に達しようとしている。

「佐渡くん憶えてるか」待ちきれずにむこうが喋った。「高校二年のとき僕らは同じクラスだったろう。同じクラスにもうひとり、丸田姓の男がいただろう、マルユウとは別に。憶えてるか？」

ああもちろん憶えていると佐渡君は沈黙で答えた。

そのもうひとりの丸田姓の男こそが、いまきみが口にしているマルユウの綽名で呼ばれていた僕らのクラスメイトだ。きみたちはふたりの丸田姓の男の綽名を混同しているんだ。

そいつだよ、と佐渡君の沈黙にかまわず電話の相手は言った。

佐渡君は次の質問をするために声をしぼり出した。

「そいつが何」

「杉森の不倫相手。杉森はあの丸田とできてる」

佐渡君はもう言葉を口にしなかった。

「いつからだと思う?」と電話の声は続けて言った。そして自分で立てた疑問に自分で答えた。

「おそらく妊娠前からだ」

そんなはずはないと佐渡君にはわかっていた。

マルセイと結婚していた杉森真秀が裏でマルユウと不倫し、あげくマルユウの子供を妊娠しているなどそんな俗悪なことが起きうるはずもないと頭ではわかっていた。だが同時に、三人を昔から知っている佐渡君にはそのいわゆる現場が、現実に噂どおりであったとしても、抵抗なく受け容《い》れられる事実に思えてならなかった。マルセイの死後、彼の家の前に立っているマルユウ。インターホンに応えて玄関のドアを解錠する杉森真秀。これは私の脚色ではなく、脚色など入る余地もなく、佐渡君はそのとき直感的にその場面を見ていた。軋《きし》んだ音をたててドアが開き、言葉もなくただ張り詰めた顔を見合わせるふたり。それから、人目も憚《はばか》らず中へ招き入れる女と、黙って従う男の様子が、もう一度ドアが軋んで閉まりきるまで佐渡君には見えるような気がしてならなかった。

5

高校時代、高校時代の三年間、丸田君にはどう記憶をたどっても胸を張って友だちと呼べるクラスメイトはいなかった。学校の外でも気安く口をきいたり家に遊びに行ったりする関係を友だちと定義するなら——彼はそのくらいのゆるい条件を設定して当時を思い出してみたのだが——男の友だちも女の友だちもひとりもいなかった。すくなくとも三年生の二学期まではそうだった。

進学校の野球部員として彼は、新入生のなかでは実力が頭ひとつ抜けていてそれなりの目で見られていたし、二年生で早くも全試合の先発投手を任されるようになり、三年生がいなくなると投票で新チームの副キャプテンにも選ばれた。だがどの学年においても、野球のグラウンド以外の場所で人目をひく生徒ではなかった。

とくに二年生のクラスでは同じ丸田姓の丸田誠一郎の陰にかくれて目立たなかった。「丸田くん」と誰かが口にすればそれは丸田誠一郎のことで、もうひとりのほうは女子生徒のあいだで話題にのぼることも少なかった。たまさか話題になっても、物静かなほうの丸田くん、と但し書きが付いた。野球部の丸田くんと但し書きが付く場合もあったが、そうすると必ず、うそ、あの丸田くんて野球部なんだ？　と驚く女子生徒がいた。それで坊主なんだ？

「そうだよ。前も言ったじゃん」

「見えないね。補欠？」

「補欠じゃないよ。試合に出てるんだよ」

「うそ。見えないね」

「しかもピッチャーなんだよ。前も言ったけど」

彼が部活で野球をやっていることはクラスの一部に知られてはいたが、放課後、練習用のユニホームに着替えて汗を流している丸田君を知る者はもっと少なかった。マウンドに立ってスパイクで足もとの土を掻いている姿や、スリークォーターの投球フォームを実際に見たことのある同級生の数は限られていた。教室での物静かなたたずまいに、右打者の懐《ふところ》をえぐる速球で三振をとる野球部エースのイメージを重ねられる同級生は、たぶん三人くらいしかいなかった。

丸田誠一郎のほうが同姓の丸田君を陰に追いやって注目を集めたのは、文化祭でワッキーの相棒としてステージに立ち、アコースティックギターでB'zの曲を掻き鳴らして文字通りスポットライトを浴びたからだ。

ヴォーカル担当のワッキーのほうはもっと前から校内で有名だった。脇島田《わきしまだ》という苗字の、細身のしなやかな身体つきをした美少年で、入学したときから特別目立つ生徒だった。一年生の分際で

「卒業生を送る会」の演《だ》し物に飛び入り参加し、伴奏なしでそのときもB'zの曲を熱唱して鳥肌もの、という伝説を作りあげていた。すでに他のクラスや上級生のクラスからも女子生徒が見物に来るくらいの人気者だった。文化祭のときは生徒の母親たちも見物に来た。そのワッキーとコンビを組んだ同級生として丸田誠一郎がついでに注目を集めないはずがなかった。

物静かなほうの丸田君は、教室ではたいてい話の輪から外れてひとりで、机に頰杖《ほおづえ》のポーズをとり、窓越しにあいまいな視線をさまよわせていた。教室の窓からは学校の正門が見え、赤茶色の鉄の正門のむこうには車の往来の少ない灰色の通学路が見えた。正門の内側、校舎玄関とのあいだの敷地には蘇鉄《そてつ》や、竜舌蘭《りゅうぜつらん》や、躑躅《つつじ》の植わった円形の浮島のような緑の花壇があった。机が窓際だったこともあるし、野球の練習と勉強と両方とも手を抜かないせいで毎日疲れてぼけっと窓の外を見ていただけなのだが、その様子がまわりからは孤独を好む性質のようにも映った。物静かなうえに、という意味だ。

教室での話の輪の中心にはもちろんワッキーがいて、そのそばにはいつも丸田誠一郎の姿があった。ほかにもワッキーべったりの男子が数名いたが、丸田誠一郎以外は全員、脇島田組の下っ端みたいに女子からは見なされていた。

話の輪などなくても、常に象徴的にクラスの中心にいるのはワッキーで、彼の一言、一挙手一投足、あるいはちょっとした気分までもが波紋となって隅々の生徒に伝播《でんぱ》するかのようだった。授業中ですら、教師ではなくワッキーの示すお手本が、クラス全体の方向性を決定することがあった。

あるとき、年配の男性教師が、体育の授業終わりで頬を赤く火照《ほて》らせて席についている女子生徒を見て、

「おや、外で一杯ひっかけてきましたね？」

そう言い放ったことがあり、そのときクラス中が態度表明を保留して、我慢くらべのようになって息を殺しているなかで、最初にワッキーが溜《た》めていた息をぷっと吐き出した。次の瞬間あちこちで笑いが弾《はじ》けて、それからクラスが一体となって笑った。不用意な発言をした男性教師がかえって困惑したほどの爆発的な笑いが沸き起こった。窓際のいちばん後ろの席でぼんやりしていた丸田君も、何が起きたかわからないまま、そのときばかりは頬杖をやめてとりあえず笑みを浮かべた。

その後これは流行語になった。

「おや、また一杯ひっかけてきましたね？」

教師の口まねをした台詞《せりふ》が飽きずに繰り返され、当の女子生徒はうつむきがちに日々を送るようになったが、誰も止めなかった。その台詞を誰かが口にするたびにワッキーが率先して笑ったからだ。二度目は笑えないと密かに思い、現に笑いに加わらない生徒も少数いたが、芸のない繰り返しを諫《いさ》める生徒はいなかった。笑われる女子生徒を気の毒に思ってもそこまでの世話は誰も焼かなかった。

ところで、ワッキーは最初からみんなにワッキーと綽名で呼ばれていた。とくに取り巻きの男子、もしくは距離の近さをアピールしたがる男子からはそう呼ばれていた。女子生徒の場合は、ワッキ

ーとは口もきいたことのない者もふくめてほぼ全員陰で噂をするときはワッキーと呼んでいた。「ワッキーの笑うときの声って、ハスキーでセクシーだよね」とか「ワッキーの笑いのツボ、たぶんわたしの祖父と同じ」とか。ちなみに文化祭のとき舞台を初めて見た母親たちの黄色い声援も「ワッキー！」で統一されていた。

そのワッキーは最初、相棒の丸田誠一郎のことを「丸田」と呼び捨てにして、もうひとりの物静かなほうは数に入れない扱いをしていたのだが、いつの頃からか、ふたりの丸田君と同じ中学出身の同級生が――たとえば佐渡君などが――「マルセイ」と自然に呼びかけているのにようやく気づいて、軽く嫉妬《しっと》しながらも遅れてその綽名を採用することにした。

ワッキーが丸田誠一郎をマルセイと呼ぶようになると、クラスの半数はすぐに真似《まね》をした。つまり男子生徒のほとんどはマルセイの綽名で丸田誠一郎を呼ぶようになった。

だがもうひとりの丸田君をマルユウと呼ぶのは少数派だった。呼びかける用事も、隙も見出せないから当然で、マルユウの綽名はクラス全体には行き渡らなかった。野球部の物静かな丸田君をマルユウの綽名と結びつけて把握しているのは、いつまでたっても同じ中学出身の一部の生徒に限られていた。

もとはといえば中学時代ふたりの丸田少年は、学校の中でも外でも同じ丸田家の二卵性双生児のように一緒に行動していたので、必要にせまられて同級生たちは彼らをマルセイ／マルユウと区別して呼んだのだし、もっと時代をさかのぼれば小学生のとき、よそから転校してきた佐渡君がふたりの仲良しの丸田くんを前にして困惑したそのとき、その瞬間にこの呼び名が誕生したのだともいえる。つまり名付け親は転校生だった佐渡君で、それが小学校高学年と中学校の三年をかけて着々と周囲に広まり、本人たちも公認する呼び名となっていた。

だが高校入学と同時に彼らは別々の道を歩きはじめた。

一方の丸田誠一郎が野球にきっぱり見切りをつけ、もう一方の丸田君がギターを放り出して硬式野球部に入部し、新入生としてのクラスも別々になってしまうと、ふたりの仲は急速に疎遠になっていった。

二年生で偶然また同じクラスになった時点では、すでに、たがいへの関心は薄れていた。たった一年でふたりとも中学時代とは別の顔をした少年に成長し、どちらの丸田君も相手の丸田君をもうさして必要としなくなっていた。まわりから見ても、もともと色白でなで肩の丸田誠一郎と、より日に焼けて精悍《せいかん》になった坊主頭の丸田君とでは見間違いようがなかった。見た目の印象からは、かつて二卵性双生児と言われていた中学時代は想像もつかなかった。

だから実用的かどうかの点でいえば、マルセイ／マルユウの綽名は、それを初めて耳にした生徒にとっては、とくに有効ではなかった。二年時のクラスにはほかに鈴木《すずき》姓の男子がふたり、高橋《たかはし》姓の男子もふたりいたが、彼らを綽名で呼び分けようとは誰も考えなかったし、丸田姓のふたりの場合だけ特別扱いする理由もなかった。ふたりと同じ中学出身の生徒が——なかでも小学校から一緒だった佐渡君などが——丸田誠一郎をそれでもマルセイと呼ぶのは、長年の習慣というかもはや惰性に過ぎなかった。

とはいえマルセイ／マルユウの綽名は昔から一組のセットとして口にされてきた由緒があるわけで、惰性とはまったく無縁に丸田誠一郎をマルセイと呼び出した同級生たちも、そのことは頭では理解していた。ただ頭でいっぺんに理解したのが裏目に出て、たまにどっちがどっちだったか失念したときにマルセイの発音に勝手に「マル静」と文字を当てはめて、物静かなほうの丸田君の綽名がマルセイだと我流に解釈してしまう生徒もなかにはいた。その思いこみの強い生徒からまちがってマルユウと呼ばれた丸田誠一郎が無精《ぶしょう》して、自分は「マル誠」という意味でのマルセイなんだよとくだくだ説明せずに受け流したので、誤解は誤解のまま放置されたりもした。

そのことが原因かどうかはわからないが、時が移り、生徒たちが文系理系の進路を決めて三年生に進級する頃になると、マルセイとマルユウの二つとも丸田誠一郎の綽名で、呼ぶほうの気分によって両方使えるのだと信じこんでいる同級生もちらほらいた。だがその間違いに気づいても、いまさら正す者はいなかった。三年生になればクラスの大半は別れ別れになるのだし、みんな目の色を変えて受験勉強に集中して、昔の級友の綽名のことなどどうせ忘れてしまうのだから気を揉《も》むほどの問題でもなかった。

三年生の夏、七月中旬の一週間だけ、野球部のエースとして丸田君は全校生徒の注目を集めた。甲子園出場をかけた県大会トーナメントをベスト16まで勝ち進んだからだ。例年なら一勝もできずに現地解散していたチームの躍進は、生徒のみならず教職員や、卒業生や、野球部員の家族たちにまで衝撃を与えた。

一回戦に勝利した次の日の朝礼で、校長がこれを竜舌蘭の開花になぞらえて「私の知るかぎり本校開闢《かいびゃく》以来の快挙」と呼び野球部の健闘をたたえたほどだった。その年の初夏、たまたまだが正門そばの浮島花壇に植わっている竜舌蘭が黄色い花をつけていたのだ。竜舌蘭の花が咲くのは一説には六十年か七十年かに一度で吉兆とされているらしかった。

一回戦を突破した野球部はこの朝礼から一週間、二回戦と三回戦と四回戦を僅差《きんさ》のスコアながら勝ち上がった。

もう一つ勝てば準々決勝進出という試合の前日、丸田君は席の近い同級生から腫《は》れ物にさわるような扱いをうけ、ほどほどの励ましの言葉をかけられた。翌日の対戦相手は優勝候補筆頭のシード校だったから、生徒間では竜舌蘭の吉兆に期待するよりも、どちらかといえば「ご愁傷さま」っぽいムードのほうが優勢だった。校長をふくめた校内全体としては、ここまでじゅうぶん頑張った、明日は潔く負けてこい、みたいな空気だった。

むろん全体の空気を読めない少数派もいて、おまえの右腕が奇跡を生むんだ丸田、と真面目《まじめ》な顔で握手を求めた男子もいたし、夢をあきらめないで！　とメッセージカードを添えた差し入れをそっと渡してくれた女子もいた。野球部のマネージャーになりたいと問い合わせてくる下級生すらいた。チームのキャプテンと一緒に新聞部の特集記事「夏のヒーロー」の取材もうけた。陰では知ったかぶりをする生徒もいて、あいつ中学んときからめっちゃ野球うまくて「マル優」って呼ばれるくらいだったんだけど、高校入ったら急に目立たなくなって「マル静」とかバカにされてたんだよ、うん、去年まで、などと触れまわった。

丸田君はその夏、自身の左腕がくりだす速球とスライダーのコントロールに格別自信を持っていた。自信なら高校入学時からないこともなく、二年の夏の県大会のときだって上級生の内野陣がザルじゃなかったら確実に一勝はできたはずだと思っていたのだが、今大会四つ勝利を積み重ねたことで恨みは晴れ、自信はより深まっていた。対戦相手がどこだろうと臆《おく》する気持ちはなかった。磨きをかけたスライダーの切れにものをいわせる。この日のために趣味のギターを封印して高校時代を野球に捧《ささ》げてきたのだ。

ベスト8進出のかかった試合当日、市営野球場のスタンドには一年生と二年生の多くが応援にかけつけた。三年生は受験科目の授業が優先されたので希望者のみ、ぱらぱら来た。

卒業生、野球部OB、野球部員の家族も大勢来た。慣れないことなので組織立った応援団の編成は間に合わなかったが、楽器を持ち込んだブラスバンド部員が若干名いて、それっぽい楽曲を奏でる一角もスタンドには見られた。あとで知らされたことだがスタンドの隅には丸田君の母と祖母が並んで腰かけ、少し離れたところでは父も観戦していた。

その試合に先発した丸田君は6イニングで一五〇球近く投じ、長打は二塁打二本に抑えて自責点も3しか付かなかったが、相手チームに計12点取られた。今年度の内野陣も（外野陣も）ここ一番の試合ではザルだった。スコアボードの自軍のEの数字は8と表示されていた。丸田君の父はそこで席を立って球場をあとにした。1イニングだけリリーフした二年生投手がさらに8点取られ、試合は7回コールド負けで片がついた。

長い夏休みを過ごすあいだに、夏休み以前の出来事の記憶は色褪《いろあ》せていった。県大会での野球部の勝利数も、その数だけ勝利投手になった三年生エースの孤軍奮闘も、新学期を迎えた生徒たちにはもはや「言われてみればそんなこともあったか」程度の記憶でしかなかった。

最後になったあの試合で、マウンド上で捕手のサインにきっぱり首を振った6回表二死満塁の場面などは、当のバッテリー以外は誰も記憶していなかった。そのときエースの意地で投げたストレートを左中間に痛打され3点追加されたのだが、チームのキャプテンでもある捕手は試合後、これまでずっとわだかまっていた怒りを吐き出すように、三振取ってカッコつけたかったのか？ 結果どうなった、見ろ、おまえの見栄《みえ》のせいでコールドゲームだ、みじめの上塗りだ、野球は九人でやるんだからな、もっとバックを信頼するべきだろ、おれのこともキャプテンと呼ぶべきだろ、みんなと同じように、と丸田君をなじった。いまさら？ とは心に思ったけれど、丸田君は何も言い返せなかった。

それ以降、何も言い返さなかったことでかえってこのキャプテンと丸田君の関係はきまずくなったが、すでにチームは解散し下級生の新体制に移行していたし、同じ三年生でもむこうは理系クラスで、丸田君のほうは私立文系志望クラスなので、教室で顔を合わせる機会もなくとくに表立った騒ぎなどは持ち上がらなかった。

三年生のその私立文系志望クラスに、二学期になって丸田君に積極的に話しかける生徒はいなかった。終わってしまった高校野球の話題を蒸し返す者は皆無で、彼らの関心はすでに秋の学内行事、体育祭や文化祭に移っていた。学内行事には関心が薄く、中間試験や期末試験や、それからもっと先に控える大学受験にのみ目標をしぼって通学している生徒もむろん進学校なのでいっぱいいた。

丸田君自身は、夏休み中から、とっくにほかのことは忘れて受験勉強一本に打ち込んでいた。以前から都内の一流といわれる私立を目指していて、その大学のユニホームを着ていずれは神宮球場のマウンドに立つつもりでいた。甲子園出場がかなわなくても彼は少しも落ち込んでいなかった。最後の試合でのコールド負けも落ち込む理由にはならなかった。強豪校相手に自責点3で6回を投げ抜いたのはむしろ上首尾で、父の見立てどおり、もっと上でも通用する実力の証明だと考えていた。丸田君の父は敗戦の夜、一方的なスコアにはまったく触れず、

「あのチームで大学でも通用するのはおまえひとりだ」

と短い感想を述べたのだ。

それは中学三年のとき、やはり野球部の試合を観戦した父が「高校に行っても通用しそうなのはおまえと、あと二人くらいだ」と断定した口調とそっくりだった。「あと二人」の中に友人のマルセイが含まれていなかったこともあり、当時は父の冷酷な評価に反発も感じたのだが、今回の「おまえひとり」は頼もしかった。選手の技量を見きわめる父の眼力を無条件に信用したのではなく、喩えるなら一回当たった占い師から「きみにはもうひとつ先の未来がある」と太鼓判を押されたようで頼りがいがあった。

おかげで彼は夏休み中、いささかの迷いも不安もなく勉強一本に集中できた。野球の朝練で早起きが身についていたので、早朝から日替わりで受験科目の国語と英語と日本史の勉強に取り組み、塾にも通い、塾のない日は学校から与えられた課題をこなし、夜は夜で壁に江夏豊と野茂英雄のポ

スターを貼った自室にこもって志望校の過去の入試問題を解いた。八月には一週間、学習塾主催でおこなわれた受験生特別合宿にも参加した。

丸田君は受験勉強を旅立ちの準備として捉《とら》えていた。

来年の春には親もとを巣立ち、大学生となって一段高いレベルの野球に挑戦する。そのために受験勉強をやるしかなかった。都内まで車で日帰り可能な距離の移動を、旅立ちとか巣立ちとか呼ぶのが大げさなら呼び方は何でもよかった。なんなら引っ越しと呼んでもよかった。端的に、引っ越しに必要な手続きとして彼は受験勉強を捉えていた。多分にそんな感じだった。

夏休み明けの二学期と三学期も意味合いは同じだった。丸田君にとって野球部を退部したあとの高校生活は、都内に引っ越して一人暮らしを始めるまでの準備期間でしかなかった。

ところが二学期に入ってしばらくたった頃、丸田君の受験一色の日常にちょっとした隙、明るい差し色の入りこむ隙が生じ、やがてそこから思春期の誰にもありがちな変化が訪れることになる。

きっかけはこうだ。

日曜の午後、塾帰りにいつもの道をバス停へ向かっていると、一台の軽自動車が目に止まった。車体の色が青とも紺とも言い切れない、どっち寄りかといえばやや紺寄りの、なんともすかっとしないくすんだ色味の軽自動車だった。その車の後部に女のひとが二人貼りついていた。

一人はぱっと見ふくよかな身体つきのおばさん、もう一人は三十歳前後の女性で、彼女たちは軽自動車後部の左右に分かれて立ち、その車を押すために協力している模様だった。彼が通りを渡って近づいて行くと、二人ともどこか恥じらうような、光を眩《まぶ》しがるような曖昧な笑顔でちらっと視線を振って、すぐに二度見した。軽自動車の運転席でハンドルを操作しているのも女性だったが、

「あら。手伝ってくれるの？」

と最初に声をかけてきたのは中年のふくよかなおばさんだった。

若い女性のほうは笑みを浮かべるだけで、運転席からは何の声もかからなかった。彼は片方の肩に掛けていたリュックをきちんと背負い直し、二人の女性の中間位置で軽自動車を真後ろから押し始めた。思ったよりも抵抗が少なく車はゆるゆると前進した。

右側のおばさんがまた話しかけてきた。

「ちょうどいいところに来てくれて助かったよ。バッテリーがあがったみたいなのよ。そこのクリーニング屋さんで洗濯物を受け取って、戻ってみたらもうエンジンがかからなかったの。それでお願いして押してもらってるの。彼女はお店の店員さん、クリーニング屋さんの」

彼は左側の胸当てエプロンをつけた女性と会釈《えしゃく》を交わし、それから右に視線を戻した。

「うん、ご親切に甘えて、もうひとり手伝ってもらってる。クリーニング屋さんのお隣の、お蕎麦《そば》屋さんの奥さん、手を貸したいけど自動車押す自信はありませんておっしゃるから、かわりに運転してもらってる。けどもう大丈夫、きみが来てくれたからには百人力だね。そこから曲がって裏道に入ったらわたしが運転するから、あとはひとりでも押せるよね」

彼が返事をする前におばさんは運転席の窓へ首を伸ばすようにして、「すみません、ハンドルを左へ！」と大声をあげた。

左の脇道に入ってなおも押していくと、商店街と平行に走る裏道に突き当たり、もういちど蕎麦屋の奥さんにこんどは右へハンドルを切ってもらい、パーキングブレーキを引いてもらい、無事にその裏道の端っこに軽自動車をのせることができた。そこでクリーニング屋の店員さんと蕎麦屋の奥さんはお役御免になった。軽自動車の持ち主のおばさんに何度も頭を下げられて、二人とも笑って手を振って商店街のほうへ引き返していった。

ふたりきりになるとふくよかな中年女性がすぐに彼に言った。

「じゃあ、お願い」

「誰か呼んだほうがよくないですか」彼は思いつきで意見を言ってみた。「車を修理できるひと」

「そりゃそのほうがいいに違いないけど」相手は聞く耳は持っていた。「あいにく旅行中なのよ。いつも見てもらってるひと、さっきクルマ屋さんに電話したら、沖縄旅行だって。だからここは、通りかかったのも何かの縁だし、もう丸田くんに押してもらうしかないでしょう。わたしのことわかってるよね、丸田くん」

「はい。いや、でも……」

「うん?」

「僕ひとりで押せるなら押しますけど、どこまで？　先生の家、この近所ですか」

「なにを言ってるの。わたしは丸田くんに家まで車を押させるつもりなんかないよ。あのね、この道、いまみたいに一台も車が通ってないと細長い滑走路みたいでしょう？　ほら向こうのほう見て、ずっと下ってるのがわかるでしょう。平坦《へいたん》に見えてここから緩い勾配《こうばい》になってるのよ。この下り坂を利用してエンジンをかけます。丸田くんの力で押してもらって、車が坂道を転がり出したら、運転席でわたしがエンジンキーをひねる。いわゆる押しがけね」

「押しがけ」

「心配そうな顔しなくてもだいじょうぶ、初めてじゃないから。何回も経験あるから。先月も一回やったばっかりだから。そのときは夫と娘と二人がかりで押してもらったけど、でもあれは平坦な道だったからね、この坂道なら丸田くん一人でじゅうぶん。それにしても、まさかのまさかだわ。あの丸田くんに押しがけ手伝ってもらうとは思いもしなかった。真秀が聞いたらズルいってむくれるわ、きっと」

「ずるい？」

「うん。お母さんだけズルいって」

「杉森先生」

「うん？」

「僕のことほんとに憶えてます？」

「なにを言い出すのよ、急に。わたしをいくつだと思ってるの。きみたちの学年が卒業してからまだ六年しか経ってないんだよ」

「先生の受け持ちだった丸田じゃなくて、僕は隣のクラスの」

言い終わらないうちに杉森先生が彼の左腕をぽん、ぽんと二回叩《たた》いた。

「わかってる、わかってる。わたしの受け持ちだったのはマルセイで、きみはマルユウでしょう。

そんなことわかってるよ。さっききみがむこうで『手伝いましょうか?』って近づいてきたときから幸運に感謝している」

それから杉森先生は緩い勾配のついている細長い道の前後両方向へ目をやり、車が来ないことを確認して運転席へ向かったが、そのあいだにもこんなことを喋った。

「きみは知らないだろうけど、わたしたち、マルユウのファンだから。きみの出る試合は何回も見てるし。去年の負けた試合も、今年の初勝利の試合も、野球場の応援席で見てるし。せーので『マルユウ!』て叫んだことだってあるよ、きみの耳には届いてなくてもせいいっぱいの大声で叫んだよ。今年初めて勝ったときなんて、わたしたち、感動して涙が出た。わたしたちって、わたしと、娘の真秀のふたりだけど」

「えっ、うそ」と思わず洩《も》れた言葉が杉森先生の耳に届いた。

杉森先生は車に乗り込む直前に振り向いて、元生徒の軽薄さを咎《とが》めるような厳粛な顔つきで、でも軽い冗談に取れなくもないようなことを言った。

「えっうそって、なに? なにその驚いた顔。さんざん応援させるだけさせといて。しかも小学校の恩師にむかって、えっ嘘って」

「あ、いえ、いまのはそうじゃなくて」

彼が驚いたのは、先生と一緒に娘の杉森真秀が試合の応援に来ていたという意外な事実だったのだが、それは言う暇がなかった。

言い訳を封じるかのように軽自動車のドアが閉まった。

すぐに運転席の窓から「マルユウ、位置について」と指示が聞こえ、言われたとおり彼が車の背後にまわると、「じゃあ、せーので始めて」とまた指示が来た。

彼は両足を踏ん張り、両手両腕に出せるかぎりの力をこめた。パーキングブレーキの解除された軽自動車はこんども思ったよりスムーズに動きはじめた。押しながら彼は一歩一歩ゆっくり歩を進め、徐々に惰力がついて速度があがり、普通に歩く速さからやがて駆け足に近くなった。

駆け足になってみると、いま駆けている道に下り勾配がついているのが実感できた。上体がやや前のめりになり、両腕の先に力が伝わりづらくなったことを感じたとたん、指先の感触が消え、てのひらが空をつかみ、軽自動車はひとりでに飛び出していった。

彼は走るのをやめ、緩やかな坂道の途中で、しばし待った。

学習塾の教材の詰まったリュックを背負ってそこに立ち、次に何が起きるのか待ってみた。だがそれ以上は何も起きなかった。杉森先生はブレーキすら踏まず、御礼の合図なのか、運転席の窓から一瞬右手のこぶしを突き出してみせただけだった。坂道の途中に彼を置き去りにしたまま、押しがけで息を吹き返した車は見る見る遠ざかっていった。

❄

それから二週間後、翌々週の日曜のほぼ同時刻に、同じ場所で杉森先生とまた会った。学習塾からの帰りに商店街を通り、クリーニング屋の前に停車している軽自動車を目がけて走っていき、こんどは彼のほうから声をかけた。

杉森先生はそばに来て息を弾ませている丸田君に気づくと、あら！　と再会を喜ぶ顔になって、せんだっての押しがけの御礼を述べた。彼は軽自動車のエンジンの調子を訊ね、調子いいよこの通り、よかったら家まで乗せていこうか？　と誘われて、いえ方向違いだしもうじきバスも来るしと遠慮して、とそんな感じで自然に話せたのだが、そのあとが続かなかった。弾む息を整えることくらいしか彼にはもう思いつかず、杉森先生は杉森先生で、

「そう」

と運転席から、目もとに慈愛の笑みをうかべて言ったきり長話をするつもりもなさそうで、パーキングブレーキを解除して、シフトレバーの頭をてのひらで包みこむように握るとローに入れた。

「あの」物足りなさから丸田君は呼びかけた。

「うん？　やっぱり乗ってく？」

「いえ」

「何？」

「真秀さん、元気ですか」

杉森先生はシフトレバーを握ったまま表情を変えた。

「真秀がどうかしたの」

「いえ別に」

「学校でまた何かあった？」

「いえ何も、最近あんまり顔を見ないので」

「顔を見ないってどういうこと」

「三年になってクラスが替わって。あ、いえ、ときどき顔は見るけど話をしないので」

「教室で会ってるでしょう、日本史の選択授業で一緒なんでしょう？　週に二回？　三回？」

「三回です」

「週に三回も同じ教室で授業を受けてるのに、真秀が元気かってわたしに聞いてるの」

「すいません」彼は考えなしに謝って、また言い直した。「話をしないというのも嘘で、先生に野球の応援のこと聞いてから、御礼を言おうと一回声をかけました。……けど、なんか、その話題には触れられたくなさそうだったし、うるさく話しかけるのも迷惑かなと思って」

「その一回だけ」

「はい」

「迷惑なわけないでしょう」

「迷惑じゃないですか」

「わたしも真秀もきみのファンなんだから、話しかけられて迷惑なわけないでしょう」

「じゃあ……僕の思い過ごしかも」

「思い過ごしよ」

「すいません、変なこと言って、驚かせて」

「ほんとよ、真秀さん元気ですか？　なんて、突然言うから驚いたわよ。また学校でなんかあったのかと思って」

「いえ、学校では何も」

「だったらいいの。来週、日本史の教室でもう一回話しかけてごらん」

「あの、先生」

「うん？」

「それ何のことですか」

「それって？」

「学校でまた何かあったのかって、もしかして前に真秀さんに何かあったんですか学校で」

この質問に杉森先生は、彼が記憶する小学校時代の杉森先生そっくりに肩をかくんと落とし、短い吐息をついてみせた。

「丸田くん」

「はい」

「マルユウ」

「はい」

「あなた、ききしにまさるね」

「何ですか？」

「聞きしに勝る、ボンヤリさんだね」

「……僕が？」

「二年生のとき真秀と同じクラスだったんでしょう？」

「そうですけど」

杉森先生は首をゆるく左右に振った。それから伏し目になり、つづけて舌打ちでもしそうな様子だったが、次に彼を見あげた顔にはまた例の、お気に入りの生徒に向けるような慈愛の笑みが浮かんでいた。

「マルユウは、ほんとに野球にしか興味がなかったんだね。二年生の教室では窓の外の花壇しか見てなかったんだね」

彼にはどう答えようもなかった。

言われて一年前の教室の様子を思い描いてみたが、目に浮かんだのは窓から差し込む白い光と、その光を反射している机上のノートの眩しさだけだった。杉森真秀や、佐渡理や、マルセイら級友たちの顔は見えてこなかった。いまより一歳だけ若かったその頃の自分自身の顔すら見えなかった。

言葉に詰まっている丸田君におかまいなく、軽自動車のウィンカーが点けられ、発進させるためアクセルペダルが踏み込まれた。

「真秀の言うとおりだ」

後方の車に注意をむけながら、最後に捨て台詞を残して、その日杉森先生は去っていった。

❄

駅ビルに入っている大きな書店の文庫本の棚の前で、杉森先生に声をかけられたのはそれからさらに一ヶ月後、十一月も後半になってからである。

もちろんその一ヶ月のあいだも彼は日曜の塾通いをやめてはいなかったのだが、帰り道で杉森先生の軽自動車を見かけたことは一度もなかった。杉森先生のほうがクリーニング屋に立ち寄る時間や曜日を何らかの都合で変更したせいなのか、それとも彼が学習塾を出る時間をちょっとだけずらしたせいでそうなったのか、二回続いた偶然がふっつり途切れてしまった訳はどちらとも言い難《がた》かった。ただ確かなのは、一ヶ月後の祝日に書店で出会ったとき、こんどは杉森先生のほうから話しかけられて丸田君がバツの悪さを感じていたことだ。


「マルユウ、きみは真秀に直接訊いたらしいね」

杉森先生は、振り向いた丸田君にいきなり言った。いままで見せたことのない若やいだ笑顔で、まるで先生らしくない、同い年の友人をからかうような気安い口調で。

「去年の出来事を真秀に訊いたでしょう？　学校で何かあったのかって」

「ああ、はい」

「それで？」

何が、それで？　なのか、彼はよくわからない曖昧な表情で杉森先生を見た。

「ちゃんとのみこめた？　自分の知らないところで世界が動いていること」

彼がなおも曖昧にうなずいてみせると、それで？　と杉森先生はさらに追い込んできた。

「どんな感想なのかな？　マルユウとしては」

感想と言われても答えようがなかった。

自分の知らないところで去年起きていた出来事よりも、自分の知らないところで最近の自分の行動が杉森真秀から母親に筒抜けであること、むしろそっちに彼は驚いていた。真秀さんは、その日にあったことは何でも先生に報告するんですね？　と確認をとっておきたい気持ちのほうが強かった。

「ね」と言って杉森先生は彼の腕に手を触れた。「去年のこと、真秀に訊いたんでしょう？」

「はい」

「真秀はどう答えたの」

「え？」丸田君は顔をあげた。

「二年生のときクラスで何が起きたか、真秀はきみに教えた？」

「……はい」

「何が起きたと言ってた？」

彼は杉森先生の顔を正視したが、さっきから同じ笑みが貼りついたままだった。日本史の授業で隣り合わせにすわってこちらから声をかけ、言葉をかわしたところまでは杉森真秀からこの母親に確実に伝わっている。それは間違いない。けれどそれ以外のことはどうなのか。

「何があったか、先生は知ってるんでしょう」

「知ってるよ、もちろん」

「知ってるなら、どうして、僕に訊くんですか」

「真秀はきみに話したんだよね、去年の出来事を?」

「はい」

「わたしも真秀から話を聞いてる、去年ね」

そう言ったあと、杉森先生はひとの気配を感じたのかいちど背後を振り返ってから、「あのね」と続けた。「いま頃になって丸田くんが聞いた話と、わたしが去年聞いた話が同じとはかぎらないでしょう。真秀だって何から何まで正直に話していないかもしれない。丸田くんかわたしかどちらかに、嘘をついているかもしれない。小さな嘘かもしれないけど。だからふたりで答え合わせしよう」

「真秀さんからは」棚に整然と並んだ文庫本の背表紙へ彼は目を逸らした。「どこまで話を聞いてるんですか」

「去年?」

「去年の話じゃなくて、ほかにも」彼は文庫本の背文字を指でたどった。「最近の、なんていうか……その日にあったことの、報告とかは」

「きみの話ってこと?」

「何か聞いてますか」

「いろいろ聞いてるよ、最近はとくにマルユウの話題中心。言ったでしょう、わたしたちふたりともマルユウのファンだから、親子共通の話題なのよ、以前から」

「はあ」

「はあって、がっかりする話じゃないでしょう」

「がっかりはしてませんけど」

「じゃあ何、いまの、はあってため息は」

「真秀さんは、あったことを何でも先生に報告するんですね」

「そりゃそうよ、ほかでもないマルユウのことだからね。あのマルユウに教室で話しかけられたなんて真秀には大事件だし、隠そうとしても出ちゃうよね、顔に」

大事件は誇張にしても、本人のいないところで母親からそういう言葉を聞かされているこの状況が決まりが悪かった。

棚から一冊文庫本を抜き出しながら彼はぼそっと言った。

「そんなこと言われると会いづらいですよ」

「うん?」

「だって今日」

「今日?」

「このあと……あ」

自分から罠にはまってぺろっと喋ってしまったと気づいたときにはすでに遅く、杉森先生は要点を押さえたようだった。

「今日このあと? 真秀とは日本史の授業で会ってるだけだと思ってたのに、そうじゃなかったの? 学校の外でも会ったりしてるのもう?」

彼は否定しなかった。答えにつまって間があいたので、いまさら否定しても嘘に聞こえると思って返事もしなかった。

「なんだ、そういうことかあ」杉森先生が嘆いた。「それでか、あの子がひとりでバスで出かけたのは」

嘆きの声に聞こえて丸田君は居心地が悪かった。今朝、杉森家でどんな会話がなされていたのか想像すると、杉森先生と杉森真秀の母娘《おやこ》ともどもに申し訳が立たない思いがした。

「それで、待ち合わせ場所がここ？」

「……いいえ」

とだけ答えて口をつぐみ、さきほどまでのようには笑っていない相手の顔をうかがうと、彼が恐れたほど機嫌を損ねたふうでもなく、今日このあとの行動をそれ以上深追いすることもなくて、ごく淡泊な口ぶりで、

「真秀がね、丸田くんのこと、こう言ってたよ」

と思わぬことを話し出した。

「日本史の教室で、視線を感じて横を見たら、マルユウが話しかけてきた。『ねえ杉森、去年のクラスで何があったか教えてくれないか？』って、おどおどした目で訊いてきた。まるで自分が犯した過ちのツグナイをしたがってる、そんなひとの目で」

「償い？」

「うん償い。真秀はそう言ってた。いままでずっと自分本位で、友だちのきみに無関心でいてごめ

んなさい、昔の友だちのことを忘れてしまっていてごめんなさい、マルユウの目がそんな表情を浮かべていたんだと、わたしはその話を聞いて解釈したけど？」

彼はこれを聞いて、いっそう決まりが悪かった。

学校の外でふたりで会っていることを杉森真秀は母親に喋っていない。母娘のあいだでもそこは内緒なのだ。ただ一方で、彼は杉森真秀本人の口から「償い」などという言葉を聞かされたおぼえがなかった。教室で話しかけたときに限らず、あのときどんな表情の目をしていたとか指摘されたことはなかった。償いをしたがっているひとのような？　おどおどした目？　母と娘のあいだで何がどれだけ話し合われ、何がどんな理由で伝わらない内緒ごとになるのか、その区分けを今後のために知りたかった。

「だってあなたたち」杉森先生の話しぶりに勢いがついた。「中学のときはもともと仲良しだったでしょう。もちろんマルセイや、あと佐渡くんもそうだったけど、みんなで集まってギター弾いたり、もっと親しくお喋りしてたでしょう。とくにきみと真秀は、一緒に数学の先生に理不尽な目にあわされて、おなじ怒りを共有した仲間だったんじゃないの、子供なりに？　そうだったでしょう？　いいのよ憶えてないふりなんかしなくても、中学時代の話は真秀から聞いてるんだから、中学時代に」

彼は憶えていないふりをしていたのではなく、そういえばそういうこともあったっけと中学時代、杉森真秀とマルセイと三人一緒に数学教師の嫌がらせを受けたことを思い出していた。杉森先生はぼんやりしている彼の手から文庫本を取りあげて、表紙に目を走らせながら喋りつづけた。

「それが高校生になったとたん、別人みたいによそよそしくなって、口もきかなくなって、みんなやりたいことは別々だからそれぞれの道を進むのは当然だろうけど、新しい友だちができるのも当然だけど、それにしてもきみたちは極端すぎる。同じ高校に通ってるのに、校舎の廊下で会っても、お互いに知らないひとのような目をしてすれ違うのはどうかと思う。昔の友だちが、まったく見知らぬひとの目をしてるのに気づいたら悲しいでしょう。泣きたくなるでしょう、自分が記憶ごと捨てられてしまったみたいで。たぶんずっとそんなふうに感じていたから、マルユウに話しかけられて真秀は嬉しかったんだと思うよ。その話を聞いて先生もなんだか嬉しかった。ほのぼのした気持ちになった。おまけに今日はきみから耳寄りな情報も聞き出せたしね、これをきっかけに昔みたいにみんなで集まってみたらいい、できたらこんどはマルセイや佐渡くんも一緒に誘って、償いの言葉を掛け合ってみたらいい。ね、ところでマルユウ、この詩集」

「先生」そこでようやく彼は口をひらいた。

「何?」杉森先生はさっき丸田君の手から取りあげた文庫本を返そうとした。「あなた詩を読むのが好きなの?」

「マルセイと真秀さんはもう無理ですよ。あのふたりが、中学のときみたいに一緒に会ったりするのは」

杉森先生の顔が曇った。

「たぶんお互いのことひどく嫌ってる。あのふたりは見知らぬひとどうし以上だと思う。だって真秀さんのせいでマルセイは差し歯になったし、真秀さんはそのことを謝罪する気持ちもないみたいだし。先生も知ってるんでしょう？」

知っているともいないとも答えずに、杉森先生は娘の二年時のクラスでの出来事に思いを馳《は》せているふうだった。

「うちの高校の花壇に竜舌蘭が植わってるんですよ。何十年に一回しか花をつけないそうで、校長先生もよく自慢げに生徒に話をするんですけど、去年、学校のシンボルみたいなその竜舌蘭の葉っぱを切り取ったやつがいたんです。悪戯《いたずら》好きの誰かが、大きな葉っぱを教室に持ち込んで、真秀さんの机の中に隠した。それで最初に彼女が事件の犯人扱いされた、馬鹿馬鹿しいけど。でもその話の前に、僕がボンヤリさんだから気づかなかった出来事がもう一つあって、ある教師が授業中に、真秀さんの顔が赤いのを見て『一杯ひっかけてきましたね？』と笑いものにしたことがあったんです。そのせいで、真秀さんはクラスで『のんべえ』とか『酒豪』とか綽名がつけられていた、こっちも馬鹿馬鹿しいけど。なぜその話と竜舌蘭の話が結びつくかというと、校長によれば竜舌蘭はテキーラの原料になるそうで、原料といっても葉っぱが原料なのかは疑問だけど、でもその話を聞いた誰かが、悪ふざけで」

「マルユウわかった、もういいよ」杉森先生が文庫本の詩集を押し付けてきた。

「いいんですか。答え合わせ」

「うん、わたしが真秀から聞いたのと同じ。馬鹿馬鹿しい話が二つきっかけで、真秀はかっとなってマルセイの歯を折った。正気に戻ったら、手の甲にひどい怪我もしていた。そうでしょう？」

「僕はそのとき教室にいなかったんです。野球の試合があって、午後から」

「だから?」

「いや、だからと言われても、それがボンヤリさんの言い訳にはならないけど、でも……」

そのとき杉森先生は目もとに笑みを浮かべかけて、また人の気配を感じたのか後ろを振り返った。でも……と言いかけた言葉をそのせいで彼は呑みこむことになった。

でも僕は、そんなことが理由で真秀さんがマルセイに暴力をふるったとは思えない、と本当は言いたかったのだ。彼女が「償い」という言葉を口にしたと聞いたあとでは、なおさら。もしかしたら僕の自分本位が、昔の友人たちへの無関心が、彼女とマルセイのあいだで起きた事の、直接の引き金ではなくても、遠因になっているのかもしれないと。だからこそ彼女はずっと僕にその「償い」を求めていたのかもしれないと。

「実は先生もデートなんだ」笑顔で向き直ると杉森先生はそう言った。「旦那《だんな》さんとね。だからさきに行くね」

「あの先生」

「その詩集はやめたほうがいいよマルユウ。それはあの子がずっと前から飽きちゃってる詩人だし、いまごろ読んでたら、きっと舐《な》められるよ」

「マルセイのことですけど」

うんわかってる、と杉森先生はその場を歩き去るまえにしっかりとうなずいてみせた。マルセイと真秀の関係がどうであっても、きみは遠慮しないでマルセイにも声をかけてあげるといい、きみたちふたり、小学校のときからあんなに仲が良かったんだもの、マルセイとの友情は大事になさい、この話は真秀には報告しないでおくから、と真面目な顔で先生は彼に約束した。

❄

だがその約束にほとんど意味はなかった。

それから四ヶ月ほど時が経ち、翌年、卒業式も終えて三月下旬を迎えるまで、マルセイとは口をきく機会がなかったからである。彼はマルセイの高校卒業後の進路を知らなかったし、久しぶりに会って喋ってみるとそれはお互いさまで、マルセイも彼が東京のどこの大学を受験したかも知らなかった。ちなみに三月初めにおこなわれた卒業式でもふたりは顔を合わせなかった。彼にしてもマルセイにしてもその日相手を見かけた記憶が残っていなかった。あるいは校舎の廊下で、たがいに見知らぬ人の目をしてすれ違っていたのかもしれないが。

三月下旬の再会の機会を作ったのは杉森先生だった。

過去にいちど記事にした小学生たちの「その後の成長」を、区切りの十年目に再度おなじ顔ぶれで取り上げたいと発案したのは地元新聞社の記者だったとしても、記者との橋渡し役を自発的につとめたのは杉森先生である。

丸田君が大学の合格通知を受け取ってまもなく、杉森先生は電話をかけてきて、「おめでとう」の祝福の言葉のあとで、新聞社から取材依頼の話があることを伝えた。最初にきみの考えを聞いて、もし返事がOKなら、このあとマルセイにも、それから佐渡君にも電話をかけるつもりだと言った。

十年前、記者の運転する車で天神山の頂《いただき》まで登って話を聞かれたこと、話を聞かれたというより目撃証言を求められたこと、写真を何枚も撮られたこと、だが顔のうつっている写真は一枚も新聞には載らなかったこと等々を、丸田君は十年よりもっと遠い昔の出来事のように振り返りながら、あまり歯切れのよくない返事をした。

「それはＯＫってこと？　いいの？」

と杉森先生に念をおされて、

「はい、べつに、僕は、かまいませんけど」

と繰り返した。

同じ記者と会って当時と同じことを再現するのなら半日がつぶれることになるが、それくらいの時間は惜しくない。東京での学生生活の準備を整えるために、母と一緒にむこうとこっちを往復する予定以外には、いまは受験でなまった筋力をダンベルで鍛えたり、毎朝ランニングをしたり、たまに父にキャッチボールの相手をしてもらうくらいしかすることがなく、むしろ時間は余っている。新生活のスタート前に、見納めに天神山に登るのもいいかもしれない。登っておけばまた次の十年後、懐かしい思い出になるかもしれない。

ＯＫの返事を伝えた次の日には、杉森先生から早くも取材日の連絡が入った。たぶんマルセイも佐渡君も似たような返事をしたのだろう。杉森先生の話によると、ふたりとも同様に都内の大学への進学が決まっているそうで、新しい住まいへ引っ越す日程もだいたい三人同時期になる。記者の要望と、三人のスケジュールとを杉森先生が調整して、取材をうけるのは三月第四週の月曜日に決まった。

電話ではなく杉森先生とじかに、最後に会って話したのは、その取材日前日のことだった。そのとき杉森先生は歩道ぎわに駐車した車から降り立つと、大声で、マルユウ！　と呼んで丸田君を振り向かせた。

近寄ってみると、助手席には同乗者がいた。あらたまって紹介はされなかったが、杉森先生の夫、つまり杉森真秀の父親にちがいなかった。中学校の数学の教師で、一八〇センチを超える長身で、怒ると無口になる、くらいしか杉森真秀の話には出ていなかったその父親は、

「ほら、この子がマルユウ」

と妻に教えられて、大柄な身体をのっそりした動作で傾け、助手席側の窓の外にいる娘の友人を視界に入れると、ああそうか、きみが噂の、

「きさしにまさるのまさるくんか」

と言って丸田君をまごつかせた。そしてそれっきり妻と丸田君との会話には口をはさまなかった。

車の前を回って歩道側まで来た杉森先生は、夫が煙草を吸いはじめるのを横目で見て、

「真秀は先に行ってるはずよ」と丸田君に話しかけた。「携帯電話を見るんでしょ、一緒に？」

「はい」と彼はうなずいただけで、じゃあ僕も行きます、と待ち合わせ場所へ急いでいいのか、それともちゃんと挨拶を残して行くべきなのか、この場合、これから会う相手の両親に何と挨拶をするのがふさわしいのか？　困っていると、

「明日の取材」杉森先生がついでの連絡事項のように言った。

「藍沢《あいざわ》先生も立ち会われるそうだから」

「誰ですか？」

「学年主任だった藍沢先生。以前の取材のときも付き添いで一緒に行かれたでしょう。いまは、同じ小学校で教頭先生をされてる。取材の話が来たとき、藍沢先生から最初わたしに電話がかかってきたのよ、あのときの三人と連絡が取れないだろうかって。それでわたしが一役買ったわけ。あの先生、明日は自分がバイクで先導するってはりきってたよ、十年前に走った同じ道を」

「……そうですか」

「いやだ憶えてないの？　藍沢先生のこと」

「いえ憶えてます、なんとなく」

「気もそぞろ？」杉森先生は笑顔になった。「残り二日だもんね。地元に残る友だちと名残《なご》りを惜しんで、あさってには東京に引っ越しだしね、新聞社の取材受けてる場合じゃないか」

「いやそんなことは、別に」

「ねえマルユウ」杉森先生は笑顔を消した。「十年前の蒸し返し取材なんて、ほんとは迷惑だった？　きみたちがしたくないこと、わたしが無理やり押しつけたんじゃない？」

どう言えばいいのか、ほんの僅《わず》か間をおいてから彼は答えた。

「そんなことないですよ」

「そう？」

「ぜんぜん迷惑なんかじゃないです、新聞に記事が載ったら、高校卒業の記念にもなるし、マルセイも佐渡くんも迷惑がってなんかいないと思う」

「そう」

「たぶんそうです。二人と話したわけじゃないけど」

「じゃあ余計なことをしたとわたしを責めてるのは真秀だけ？」

「え？」

「どうもそんな感じ。あさって東京へ出発だっていうのに、前の日に山登りなんかさせて、もしものことがあったらどうするの？　そう言いたがってる。口には出さなくてもね。慎重派だから、あの子は」

「もしものことって何ですか」

「さあ」杉森先生は眉《まゆ》を吊《つ》り上げてみせた。「あなたたちが宇宙人に攫《さら》われる心配？」

この発言をまともに聞いたわけではなかったが、笑ってごまかすこともできなかった。反応にとぼしい表情のまま彼は、宇宙人という久しぶりに耳にした単語に懐かしさをおぼえ、淡い緑に霞《かす》んだ山の方角へぼんやりと視線を投げた。

「冗談よ。真秀はきっと、マルユウと一緒にいる時間が一日削られるんでむくれてるんだね」

「一日なんて、そんな」

彼は小学生時代に心を飛ばしながら答えた。

「午前中で済みますよ。いまさらあの山に登っても、十年前と同じで、何も起きっこないし、何も起きないことの確認だけして、山を降りるんです。十年前とおんなじです。記者のひともたぶんわかってるんですよ。歩いて山登りするわけでもないし、車でさっと行って、昔話を、小学校のときの昔話を繰り返して帰ってくるだけです。だからたいして時間はかからないって、そんなふうに僕から伝えてたんですけど」

「真秀に？」

「はい、だって明日の午後は……あ」

杉森先生は呑み込みが早かった。

「そうか、明日も真秀と会う約束してるんだ？」

彼は顔を赤らめただけで答えなかった。助手席で煙草を吸っているひとの様子が気掛かりではあったけれど、腰をかがめて車内を覗《のぞ》きこむわけにもいかない。

「もう行きなさい」含み笑いの声で杉森先生が言った。「真秀が携帯ショップで待ってるから」

はい、と軽くうなずくのと、会釈するのと、ふたつ一緒にしたような仕草で応えて、最後にどう挨拶するか悩んでいるうちに、杉森先生はまた車の鼻先を回って運転席に戻っていた。それから軽自動車は道路端の駐車場の入口のほうへゆるゆると動き出した。

杉森先生の車を見送ると、彼はその駐車場とは逆方向へ歩き出した。

杉森真秀との待ち合わせ場所へ急ぎ足になりながら、事実このとき彼は、翌日の天神山再訪は午前中の短時間で片がつくものと信じていた。午後からは、今日これから下見する予定の携帯電話を、杉森真秀と一緒に契約することになるだろう。明日はきっと十年前のあのときと同じで、何も起こらない。無色透明の宇宙船など上空を探しても見つからないことが確認され、新聞記事は十年前よりも小さな扱いになるだろう。そしてその小さな二つめの記事が将来、一つめがいま小学生時代の色褪せた思い出となっているように高校卒業の年のささやかな記念として残るだろう。

6

十月、数日前から台風の進路予想がしきりに報じられていた十月、十月なかばのその日、いよいよ翌日に直撃の恐れが高まって、湿気をふくんだ嫌な風の吹きはじめた午後、佐渡君は駅に隣接した石畳の広場で気の進まぬ取材に応じていた。

取材者は東京から来た年上の女性だった。

広場の一角、鈴懸《すずかけ》の木のそばに据えられたベンチに、通勤リュックをあいだに置いて隣り合わせ、もう三十分ちかく話を聞かれていた。仲介役の松本からは「ほんの三十分でいいらしいから」と説得の電話がかかってきていたし、本田と名乗る取材者本人からも「ほかのみなさんのお話をうかがったあと、三十分でも」今回はどうしても時間を作ってほしいと懇願されて会ったのだが、約束の三十分が過ぎても取材は終わりそうになかった。

「高校時代までのお話はだいたいこれで結構です」

相手は取材用のノートに目を落として一度うなずくと、すぐに質問をつづけた。時刻はちょうど四時半だった。

「その後、都内の大学へ進学されてからは、丸田さんとのおつきあいは」

「なかったですね」佐渡君は事実を答えた。「音信不通でした」

「まったく？」

「ええ」

「つまり高校卒業の直後に起きた、天神山での車の事故、その日以来、会う機会がなかったということでしょうか」

「ええ」

と認めてから、

（そうです、あの日を最後に、どちらとも会う機会はなかった。あなたのおっしゃる「丸田さん」の丸田誠一郎とも、もう一人の丸田優《まさる》とも）

心の中でそんな言葉を足していると、次の質問が来た。

「どのていどのお怪我だったんですか」

「事故のことはよく憶えていないんですよ」彼は相手の好奇心に釘《くぎ》をさすつもりで答えた。「さっきも言ったように」

「ご自身の怪我のことも」

「ええ」

ここまでいい加減な返答をすれば、さすがに苦笑いで引きさがるかと思ったが取材者にその気はないようだった。相手は彼の顔を見て何度かまばたきしただけで、こう言った。

「二十年も前のことですしね」

「僕もそれから丸田くんも、怪我は負ったけど幸い命に別状はなかった。ただあの事故ではほかに……」

「知っています、ふたり死者が出ました」

取材者は感情抜きの口調でそう言った。そして質問に移った。

「事故で丸田さんは利き腕に怪我をされて、以前のように楽器の演奏ができなくなった。それがバンドをやめる原因になったのでしょうか」

「さあ、それも僕はよく知らない」と彼は答えた。「そうだったのかもしれないけど、本人の口から聞いたわけでもないし」

相手は取材ノートに目を伏せたまま黙った。あまりに沈黙が長引いたので、彼のほうからひとつ質問をした。

「本田さんが話を聞いたほかの人たちは、どんなふうに言ってるんですか」

「事故に遭って怪我をして、一時期、ベースギターを弾けなくなってしまい、そのあいだに遊び癖がついた、と」

ちょうど開いていたページを読みあげるふうに彼女は答えた。

「自堕落な生活におちいり、結果バンドの練習について行けず、大学の授業も欠席がちになり中途退学、そして地元へ戻ってきた、要約するとそんな感じでしょうか」

「だったらそうなのかもしれない」

十メートルほど距離の離れた向かいの、同じく鈴懸の木のそばのベンチにひとり、六十年配の男が腰かけてこちらを見やりながら煙草を吸っている。佐渡君の顔を見ているようでもあり、相手の目は何も映してないようにも思える。それとも、さっきから佐渡君がぼんやり見とれていたように、むこうの男もこちら側の鈴懸の葉が風に吹かれてひるがえる様子を眺めているのか。風に耐える葉と、風に屈してひるがえった葉の裏側の白み、ふたつが描き出す明暗模様が刻々と変化していくさまを。

「そうですね。そうなのかもしれないけれど」ノートを閉じた取材者の声が言う。「でもそれだとワッキーの記憶と食い違う」

佐渡君が思わず振り向くと、隣の女は、会って初めて茶目っ気のある笑みを返した。

「ごめんなさい、すっかりみなさんの口癖が移ってしまって。ヴォーカルの脇島田さんのこと、昔からみんなワッキーと呼んでるんですよね?」

「脇島田くんはどんなふうに言ってるんですか」

「二十年前、四月に東京で会ったとき、右腕にはギプスもしてなかったそうです。重傷のようには見えなかった、と。ただ言うことがふるってた。バンド活動をつづけたいなら君たちで勝手にやってくれ。僕はもうベースギターも売り払ったし、普通の大学生でいたいんだと。あまりの豹変《ひょうへん》ぶりに、脇島田さんは引き止める言葉もなかったらしいです。高校時代とはまるで別人だったとおっしゃってました」

このとき佐渡君の表情に僅かながら変化が現れたのを取材者は見逃さなかった。

「何か、思い出されました？」

「いいえ何も」

「もう少し質問を続けてもいいですか」

「僕はかまいませんが。本田さん、帰りの電車の時間は」

「質問をもう二、三」彼女は時計も見ずに言った。「病院での様子はどうだったんでしょう」

「病院、というと」

「搬送先の病院。二十年前の、天神山の事故の日」

彼は口をひらかなかった。またあの事故の話に戻るのかと鬱陶《うっとう》しく感じただけで。

「調べてみると、天神山で事故に遭った全員、のちに死亡が確認された二人をふくめた五人全員がその日、地元の救急病院に搬送されてるんですね。そのとき何かお話しされた記憶はないですか？丸田さんも佐渡さんも、怪我は負ったけど幸い命に別状はなかった、つまり軽傷だったわけですし」

「軽傷と言ったおぼえはないけど」

「ではどの程度のお怪我だったのか、できたらご本人の口から教えてください」

「いや、さっきも言ったように、あの事故に関することはよく憶えていません。憶えていないし、思い出したくもないんです」

そう断りを入れたあとで、どうしても黙っていられず取材者に訊ねた。

「調べてるんですか、あの事故のことを」

「ええ、まあ……」彼女の返事は歯切れが悪かった。「調べるというと大げさですが、今回の仕事に必要な範囲で、わたしにできることを」

「じゃあこれも」

「はい?」

じゃあこれも、そもそもあの事件を調べるための取材なのかと佐渡君は言いたかった。

「聞いていた話と違いますね」と彼は言った。「亡くなった丸田くんの、小学校時代から高校時代までの思い出を語ってほしい、そういう依頼で僕はこの取材をうけたんですよ」

「これはそうなんです、もちろん」と彼女は言った。「高校で脇島田さんと丸田さんが出会い、ふたりが中心になってアマチュアバンドが結成される。その後、大学進学を機に、メンバー四人とも東京へ出てプロをめざすことになった。脇島田さんによればそのはずだった。ところが丸田さんが突如脱退を宣言、脇島田さんは心変わりした親友と決別し、新メンバーを迎えて再スタートを決める……とそこまでの経緯ですね。つまりいまあるバンドの『誕生前夜』を書くために必要な取材です」

物憂げな目つきで彼は取材者を見た。

「二十年前の出来事を書くために、わたしは丸田さんの、突然の心変わりの理由を知っておきたいんです、本当のところを。本当のところは無理だとしても、わたしの知りうる、最も本当のところに近い理由を。ご本人にインタビューすることは叶《かな》いませんから、代わりに、丸田さんとおつきあいのあったみなさんのお話をうかがうことで」

「僕はもう知ってることを話しましたよ」

「そうですね」彼女は認めた。「あの事故の件を除いては」

（それは憶えていないとさっきから言ってる）

と彼は言い返そうとして、これでは堂々巡りだと気づき、ちいさく息を吐いただけで口を閉じた。

「あの事故の被害者である佐渡さんが、よく憶えていないとおっしゃるのもわかる気がします。調べてみると、実際いくつも不明な点の残る事故だったんですね。不幸な偶然が重なった、そう言って片づけるしかないような。車を運転していた男性がハンドル操作を誤り、車はガードレールのない山道から崖下《がけした》へ転落した。運転していた男性はシートベルトを装着していなかったこともあり、車の外に投げ出されて死亡。でも同乗していた佐渡さんたち三人は、やはりシートベルトはしていなかったのに三人とも軽傷ですんだ」

軽傷ですんだ、という断定のあと、佐渡君の反論を待つかのように相手はいったん間を置いた。

佐渡君は黙って向かいのベンチのほうを見ていた。

「運転していた男性がハンドル操作を誤ったのは、先導していたバイクが横転したため、ということです。では先導していたバイクはなぜ横転したのか？　そこは不明なんですね。バイクの男性も死亡しましたが、事故原因の詳細は不明です。道に転がっていた障害物を避《よ》けようとしたのだろう、と警察のコメントが残っています。あくまで想像でしかないコメントが。もちろん、事故の真相を探るのがわたしの目的ではありません。事故原因がのちの丸田さんの心変わりと直接関わっているとか、そんな謎解きみたいなまねがしたいわけでもありません。ただ、それにしても、丸田さんの心変わりはこの事故の直後です。都内に引っ越して一ヶ月もたたないうちに彼は突然バンドを抜けると言い出している。やはり事故が何らかの影響をもたらしたと考えるのが自然でしょう。一時的に記憶をなくされていたという噂も聞いていますが、ともかく事故の前と後で、丸田さんは変わった。天神山の不幸な事故の記憶が、彼に取り憑いて、その後の人生を無気力なものに変えてしまった。仲間と一緒にアマチュアバンドからのしあがって天下を獲《と》る、みたいな若者らしい夢すら白けさせてしまった。もちろん想像に過ぎません。本当のところはわかりません。でもいずれにしても事故後、丸田さんは以前の丸田さんとは別人になっていた。そこでわたしは、誰よりも佐渡さんにお訊ねしたいんです。丸田さんと同じ体験をされた佐渡さんに。たとえばわたしが聞いてみたいのは……」

そのさきを言いよどんで、彼女はまず、ふたりの中間の位置に立ててある佐渡君のリュックの、その上に取材開始時から載せてあった小型録音機をつかむと、スイッチをオフにしたのち、

「佐渡さんの人生は、どうでしたか。丸田さんの場合と同様に、それまで予定していた未来は大きく変わったと思いますか。あの事故を境に」

そう質問して次に、広場内に視線をさまよわせ、十メートルほど離れた正面で風にそよいでいる鈴懸の木の葉へ、そばに据えてあるベンチへ、そこに腰かけている年配の男性のほうへ顔を向けた。そしてそれからしばらくのあいだ、というより佐渡君にはかなり長く感じられる時間、言葉を発しなかった。

「本田さん」取材者の横顔に彼は呼びかけた。「今回のお仕事というのは、音楽雑誌の連載記事な

んですよね？」

「いいえ、違います」彼女は首を振った。「連載記事ではなくて、いわゆる書き下ろしですね。出版社から依頼をうけて一冊の本を書く仕事」

「どんな本をお書きになるつもりですか」

「出版社が求めているのは、脇島田さんを主人公にしたバンドのサクセスストーリーです。よくあるやつですね。バンド誕生から現在にいたるまで、時代を追って、写真入りで」

録音機のスイッチを切ったのは、ここからはオフレコで胸の内をさらけだすということだろうか。一緒になって向かいのベンチの男性を眺めながら、聞いていた話とは違うなと彼はあらためて思っていた。仲介役の松本から伝え聞いて自分が理解していた取材と、実際のこれとは何から何まで違う。取材に要する時間も違う、取材記事の発表媒体も違う。彼女がいま知りたがっていること、聞きたがっている話もおそらく違う。

「お知り合いのかたですか」と隣で彼女の声が言う。

「ええ、そのようです」

年配の男性がベンチから腰をあげて立ち去るところだった。

立ち去る間際に男性は、明らかに佐渡君に向かって、笑顔でうなずくような仕草をしてみせた。その仕草は、そう、私たちは知りあいだし、私はいま君が思い出している過去のその人物で間違いないよと言っているように思えた。

だが佐渡君の記憶の焦点は定まらない。そう言われれば男性の柔和《にゅうわ》な目つきや、地味な色目の上着とスラックスの着こなしや、瘦身《そうしん》の立ち姿にはどこか見覚えがあるものの、男性を見知っていた場所までは特定できない。

「さきほどの質問に戻りますが」と隣の声が言う。「佐渡さんのお答えはどうなりますか」

あの事故を境に予定していた未来が変わったと思うか？　というさきほどの質問に彼は腹をたてていた。もしくは、その質問に自分が腹をたてているということにいまあらためて答えを催促されて気づいた。

予定していた未来。

高校を卒業したての若者だった三人、マルセイと、マルユウ、そして彼じしんが漠然と頭に思い描いていた未来。それが事故のせいでご破算になったと言いたいのか。あの事故さえなければマルセイは有名バンドの一員になれたはずだと、同級生たちの噂話を認めさせたいのか。マルセイだけではなく、ほかの二人の未来も予定が狂って失敗だったと言わせたいのか。ではあの事故さえなければ、ひとは災難さえ避けて生きていれば、誰もが思い描いた未来をまるごと手にできるというのか十八歳で予定していた未来を。

(本田さん、あなたは予定していた未来を生きているのか？)

「どうも、よくわからないけど」と彼は重い口をひらく。「要するに僕から何を聞き出したいんです。この取材の本来の目的は何なんですか。あの事故の話を僕に語らせること？　そんなことが本を書く材料になりますか」

「本には書きません。これは、いまお訊ねしているのは、本来の取材の目的とは別の話です」

意外な返事に驚いて、また彼女の横顔に目をやると、少し遅れて彼女も振り向き、目を合わせる。

「おっしゃるとおりです。わたしは佐渡さんと一度会ってあの事故の話がしてみたかったんです」

「何のために。そんなことをして何になるんです」

「佐渡さんは、亡くなった丸田さんと同じ体験をされている方ですから。同じ体験というのはあの事故に限らず、小学生時代の不思議な体験も含めて、つまり」

「そういうことか」つまり、の先を聞かずに彼は吐き捨てる。

「そうです、ええ、当時の新聞に載った『UFOの子供たち』の記事、その話も含めて」

「何でもぺらぺら喋ると思ったんですか、取材だと言えば」

「いいえ、決してそんなつもりでは。申し上げたようにこれは今回の取材とは別の話で……実は、お伝えするタイミングを探していたのですが」

彼女は目を伏せて、傍らのショルダーバッグを手早く引き寄せると、録音機と、続いて取材ノートをしまいにかかる。その途中で急に一息、短く吸いこむ音をたてて、早口で喋り出す。

「実は、小学生だった丸田さんや佐渡さんを取材してあの『UFOの子供たち』の記事を書いたのはわたしの父です。最初から正直にお話ししておけばよかったのですが、申し訳ありません、タイミングが悪過ぎて。ご承知のとおり父は天神山の事故で命を落としました。ただわたしが思うのは、もし父がいまも存命なら、昔取材した子供たちのことをずっと気にかけていただろうということです。すべてはあの記事から始まっているわけですから。今年になって丸田さんの身に起きた不幸も、おそらくもとをたどれば三十年前に『UFOの子供たち』と見出しをつけて記事を書いたことの延長線上にある。ひとはどう思おうと父はそう思って責任を感じていたかもしれない。だとすれば自ら命を絶ってしまわれた丸田さんのことを、父はできるかぎり詳しく知りたがったでしょう。佐渡さんや、もうひとりの丸田さんのその後のご様子も案じていたでしょう。できればそういうお話も今日したかったのですが」

そこまで喋ると彼女は、受け答えに迷っている佐渡君にはおかまいなくバッグのファスナーを力をこめて閉じる。それで帰り支度が整ったと言わんばかり、あとは背筋をのばして斜め後方へ視線を投げる。風が強まり、空がいちだんと暗さを増すなか、人々が急ぎ足で行き交う駅舎の方角へ。いまにもバッグのストラップを肩に掛けて人の流れにまじってそっちへ歩いて行きそうな勢いで。だが彼女はまだその場にとどまり、佐渡君が気がつくと一冊の本を差し出している。

「これは?」彼はそう聞き返すのがやっとだった。

「ネットの通販サイトで見つけた古本です。昔、父の鞄《かばん》の中に入っていたのを見た憶えがあって、タイトルがタイトルだけにそんな本が実在するのかな、夢で見た記憶かな、と思いながら検索してみたら本当にありました。よかったらどうぞ」

「どうして僕に」

「わたしが読んでも仕方ありませんから」と彼女は言う。「佐渡さんにとっては手がかりになりませんか。三十年前の取材の頃をもっとよく思い出すための」

首尾よく本を手渡すと彼女は佐渡君と正対するように身体の向きを変え、浅くすわり直して、

「わたしは亡くなった丸田さんのことをもう少し時間をかけて取材したいと思っています。それは

本を書く目的とは別に。話をうかがえるなら身内の方にも、母校の先生方にも会いに行きます。大学中退後の丸田さんの職歴も二、三把握していますし、勤め先の関係者にもあたってみるつもりです。でもその前に佐渡さんには、丸田さんの幼馴染みとして、ご一緒に過去に体験されたことをできるだけ正直に隠さずに話してほしい、それがわたしの要望です」

と言いたいことを言ったすぐそのあとで、佐渡君の気持ちをはぐらかすような笑みを浮かべる。

「でも残念ながら、今日は時間がありません。台風で電車が止まってしまわないうちに東京に戻らないと。佐渡さん、よろしければ来月、もういちど会っていただけますか」

そして彼女は要望への確かな回答も引き出さないまま、もうベンチから立ち上がっている。取材バッグを肩に掛けると、軽く会釈をしたのち、少しのためらいも見せずその場を離れる。

そこにひとり取り残された佐渡君は、彼女の立ち去る姿を目で追わなかった。彼の視線はさっき押しつけられた古い本の表紙にとどまっていた。子供向けの体裁の本で、彼女の言うとおり、確かに一度見たらなかなかに忘れ難いタイトルには違いなかった。宇宙人はほんとにいるか？　それがその本のタイトルだった。

7

大学時代、都内の大学に在籍中、丸田君は彼女と一度どこかで偶然会い、そのあと手紙をもらった記憶がある。手紙は一通だけではなく、長い間隔をあけて、卒業の年までぽつりぽつりと郵送されてきた。どれも厚みのある手紙だった。

便箋にびっしりペン書きされた手紙を、その都度、丸田君は全文読んではみたものの、何か本意でないものを読まされているような気がしてならなかった。自分宛てに届いた私信であるはずなのに、書かれているのは他人事のようで、心はぴくりとも動かなかった。当時の丸田君としては、高校で文芸部員だった同級生から創作を送りつけられたような、創作でなければただの妄想につきあわされているような迷惑をおぼえただけだった。手もとに取っておくほど大事な手紙とは思えず、むろん返信もしなかった。

それから時がたち、丸田君は何通かの手紙のことをすっかり忘れてしまった。彼女が言葉を吟味して、寝る間も惜しんで書いたはずの長文の手紙は、丸田君の記憶からあとかたもなく拭い去られていた。大学時代に彼女から手紙をもらった事実、それどころか彼女の存在じたい、思い出す機会もなくなっていた。

この夏まではそうだった。**その年の七月、**激しい雨の晩に送信されてきた奇妙な予言を目にするまでは。そして**八月中旬、**予言の送り主である古い友人マルセイへ真意を問い質《ただ》すためにかけたはずの電話から、不意打ちに、夫の死を告げる彼女の声が聞こえてくるまでは。


いっぽう県内の国立大学へ進学した彼女のほうは、丸田君にくらべると用心深く、また根気強かった。ひとの口にのぼる噂、伝え聞きの事実を丸のみにはしなかった。大学一年のとき都内までみずから出向き、丸田君本人に会って現実をまのあたりにしても、まだ諦めきれなかった。自身の心に照らして納得がいかないかぎり、引き退《さ》がるつもりもなかった。ほかの誰より記憶はしっかりしていると信じていたし、加えて、ほかの誰よりも彼女は高校時代の記憶にこだわり続けていた。高校三年の秋、秋以降の思い出にかくべつ執着を持っていた。

彼女は当初から丸田君への手紙を、手書きで清書したものとは別に、全文ワープロに打ち込むことにしていた。書きあげた手紙を送りつけても開封されず破棄される心配までしていたので、保存を忘れなかった。そのうえ記憶のメンテナンスも怠らなかった。最後の手紙を投函《とうかん》してから五年後、十年後になっても、それらは保存文書として彼女の新しいパソコンに受け継がれ、しかも手紙は丸田君に郵送したときのままの姿ではなく、その後、教員の仕事のかたわら忙しい時間をやりくりしては繰り返し目を通し、新たに文章を書き加えたり、削ったり、言葉の言い回しを変えたりと、根気よく推敲《すいこう》がほどこされていた。

そういうわけで、大学卒業から十五年の時がたったいまでも、彼女——杉森真秀のパソコンにはファイル名「マルユウへ」と題された最新バージョンが保存され、丸田君が望みさえすれば、記憶から消えてしまっていた手紙の再読が可能だった。

それは私の知るかぎり、このような手紙だったはずだ。

マルユウへ　#1

お元気ですか。

去年の夏、きみに最後に会ってからもうすぐ一年になります。

その後、お変わりありませんか。大学生活は順調ですか。ギターの特訓はいまもつづいていますか？

わたしのほうは少し変化がありました。

今年、実家を出て大学近くのアパートに引っ越しました。大学二年生になって、人生初の一人暮らしをはじめました。一年遅れできみの境遇に追いつきました。近頃はだいぶ慣れて、掛け持ちのバイトも節約生活も苦にならなくなりました。

アパートは静かな場所にあります。住人もみな静かです。わたしは部屋にいるときは常にひとりで過ごしています。遊びに来る友だちもいません。母もわたしが実家を出ることに猛反対だったので、意地を張ってこのアパートには寄りつきません。

ひとりのとき、たとえば、ひとり俯《うつむ》いて食事をしているときなどに、わたしはよくマルユウのことを考えています。おなじようにひとりで黙々と晩ご飯を食べているだろうきみのことを。肉野菜炒めだとか、マカロニサラダだとか、豆腐のお味噌汁《みそしる》だとか、ふだんわたしが作るようなものを、東京のアパートできみも涙を流しながら玉葱を刻んだり、自炊して小さな座卓で白ご飯と一緒に、子供の頃の躾《しつけ》を忘れずきちんと三角食べしている様子を想像します。たんなる想像ではなく、心だけそっちへ飛ばして、きみのそばへテレポートして、心眼で映像を見ているような気持ちになることがあります。時間にすれば一瞬の間にすぎないけど。食事を終えてのろのろ洗い物をするときも、やっぱりおなじように流しに立って洗い物をしているきみの横顔が見えるときがあります。

毎朝部屋を出るとき、ドアの鍵をかけるとき、大学まで二十分かけて歩くとき、雛壇《ひなだん》の教室で講義ノートをとっているときも、それから家庭教師のバイト先にむかうバスの座席でも、ウエイトレスのバイトの休憩時間にも、本屋さんで文庫本の棚の前に立っているときにも、買い物に寄ったスーパーで野菜を選んでいるときにも、帰宅して部屋の明かりをつけた瞬間にも同様の映像を見ることはあります。朝も昼も晩も、昨日も今日も、ひとりでいるときわたしは気がつくとマルユウのもとへ心を飛ばしています。

そういうときわたしはいまこうやって手紙を書くように、マルユウに語りかけているような気がします。文字にしないから、読めない言葉で。声にも出さないから、聞こえもしない言葉で。心のなかで語りかけたきり、その場で消えてしまう言葉で。そしてそれは思えば高校時代からの、それよりもっと昔に中学で三年間クラスメイトだった時代からの、長く続いてきた習慣のような気さえします。わたしがマルユウにむけて語りかけてきた言葉は、もし全部消えてしまわなければ、きっと星の数のように無数にあります。たとえ残っていたとしても、決してマルユウには読めもしないし届きもしない、無意味で、無力な言葉が、宇宙の星の数ほど無数に。

この手紙も無力かもしれません。

いまわたしが何を書いても言葉はマルユウには届かないかもしれません。

ひとはマルユウは変わったと言います。東京の大学へ進学して変わったというひともいれば、去年のあの天神山の事故を境に変わったというひともいます。野球をやめたせいでお父さんから見捨てられて仕送りを止められたという噂もあるし、あの事故の後遺症が左腕に残って、野球をやりたくても医者に再起不能の診断を下されたのだという説もあります。いまはだいぶ少なくなりましたが、去年のうちは、中学や高校の知りあいに街で会うとかならずあの事故で生き残った三人の噂を聞かされました。

人身事故に巻き込まれたひとの気持ちなどわたしにはわかりません。生まれてからいままで二十年間、大きな怪我の経験もなく、平穏無事に暮らしてきたわたしには、きみたち三人の身に降りかかった不幸は想像もつきません。身体的な傷が癒《い》えたあとの、その後遺症とは別に、心にうけた傷の後遺症がどんな辛《つら》さをもたらすものなのかもわかりません。

自分にできることは何なのか、何かできることがあるのかさえもわかりません。もし事故の記憶に触れられたくないのが傷を負ったひとたちの望みなら、それが最善なのなら、わたしは生涯口を噤《つぐ》むしかありません。もしいつか事故の記憶が薄れる日が来るのであればそのときまで、どれだけ時間がかかっても待つしかありません。事故のせいで何かが変わってしまったのなら、その変わってしまった何かごと受け容れるしかありません。

去年、きみに会って、実際に言葉で自分の思いを伝えるつもりでいました。あの事故の騒ぎが落ち着いたあと、連絡がついたらすぐに飛んでいって、もっとほかにもきみが望むことや、わたしにできることがあればそれもやるし、わたしにできることは全部やる、そう言おうと心に決めていました。

でも思い描いていた機会は、思い描いていたようには訪れませんでした。

わたしは去年のあの夏の日の午後を克明に憶えています。

もう眼《め》をあけていられないくらいにぎらぎらした光が照りつけるアスファルトの道を、番地の表示板をたよりに歩いたこと、吹き出した汗が日陰に入っても止まらなかったこと、ひとの気配がなく廃虚のようだった二階建てのモルタルの建物、まのびした音で鳴る呼び鈴を三度鳴らしたこと、駅へと引き返す道で視界が白く濁っていたこと、喉の渇きをいやすために自販機の飲み物を何種類も飲んだこと。公園の水道の水で何回も洗い直し、しぼり直したハンドタオル。持続する吐き気。軽いめまい。それでも自分を励まして、高円寺《こうえんじ》の駅前ロータリーできみを待ち伏せしたこと。

歩いて来たきみは、きみのほうへ一歩踏み出したわたしに気づいていたのに、それは目と眉のうごきに読み取れたのに、わたしを無視して前を通り過ぎようとした。そのせいで最初からわたしの意志は挫《くじ》けてしまいそうでした。

（マルユウ！）

疲れてもいたし、人目もあってそんなに大きな声を出せたはずもない呼びかけに、もし無反応だったら、それ以上の行動は起こせなかったかもしれません。でも声はテレパシーで届いたようで、駅舎を出て街へ散っていく人々に紛れ込もうとしていたきみは、後ろから肩を小突かれたようにぴくりと振り返りました。

それでもう一歩、わたしは踏み出せた。

「マルユウ」

「ああ、杉森」ときみは目を見張るふりをした。「誰かと思った」

「驚かせてごめん」

「謝らなくてもいいけど、別に」

「久しぶりだね」

「ああ、久しぶり。何してるんだ、ここで」

もちろん会いに来たんだよ、アパートを訪ねたけど留守だったからここで待ってたんだよずっと

……わたしは言うべきことを言えずに唾を呑みこみました。顔が、わたしの期待していたマルユウ

の顔とは遠くかけ離れていたからです。通りすがりに昔の同級生に声をかけられて困惑しているひとの顔に見えたからです。

「誰かと待ち合わせ？」

「うん」わたしはうなずきました。わたしの意志に反して言葉が口から飛び出ていきました。「マルユウはいつもこの駅を利用してるの？　この街に住んでるの？」

「そうだけど」

「わたしは四月から地元の大学に通ってる。いまもまだ実家に住んでる、母と父と三人で。父が体の具合が悪くて入院してたから、先月までは母と二人だったけど。いまは父も退院して、わたしは大学が夏休みで、今日一日、気晴らしに東京に遊びにきた」

相槌ひとつ打たず、きみはわたしの目を見返しました。杉森おまえのそのどうでもいい話につきあわなければならない義理でもあるのかな？　と言いたげに。それから急に視線をそらして、提《さ》げていたギターケースを左手に持ち替えると、右手で、背中に背負ったバックパックの位置を直しました。わたしは発言を急《せ》かされている圧を感じて、つい見たままの、答えをもらう必要もない質問を口にしました。

「またギターを始めたの？」

するときみはわたしの無神経さに苛立ったように、

「ああ右手でね」

と答え、さらに自嘲《じちょう》に聞こえる言い訳をした。

「なにしろ利き手が使い物にならなくなったんで、あれ以来」

その言い訳に、何かしら強い違和感を持ちながらも、わたしは思わずきみの左腕に視線を走らせました。Ｔシャツの袖に隠れている二の腕の上半分は別として、痛々しい傷跡らしきものはどこにもなく、日に焼けた大きな手はギターケースの持ち手をしっかり握っているように見えます。

「ごめんね」わたしは思いきって言いました。「あのときお見舞いにも行けなくて」

「いいよそんなの、見舞いになんか誰も来なかったし」

「病院には近寄れなかったのよ。マスコミのひとも大勢集まっていたし、連絡を取りたくても面会謝絶という話だった。そのあとは知らない間に退院してて、自宅に電話をかけても、お母さんからいまはそっとしておいてあげてとお願いされるばかりで」

「……電話？」途中できみは不思議そうな顔をした。「杉森が、おれに電話？」

何の用があって？　と本心からきみが知りたがっているように見えて、わたしは言葉を失いました。

「もしかして、あのことか？」

首を傾げたきみは目を細め、底意地の悪そうな笑い方で、そして冗談めかした口振りでこう言った。

「殴ったことを謝りたかったのか？」

こんどはわたしのほうが、きみの言わんとすることを理解できませんでした。

「おまえはまだ正式に謝罪してなかったからな、あの件で」

「……何のことを言ってるの。あの件って？」

「憶えてないのか」

「憶えてないよ」

「そんなはずないだろう」

ふたりで顔を見合わせました。三秒くらい、たがいに相手の目を凝視していました。

「いや、やっぱりもういい。もう昔の話だし」

それからきみはそう言ってまたギターケースを持ち替え、首を振り、これから歩いていく方向へ視線を逸らしました。まだいくぶんか困惑の残る横顔をわたしに見せて。

「わたしが昔、マルユウを殴った？　そう言いたいの？　そのことを謝罪して欲しいと言ってるの？」

「だからもういいんだよ、終わったことだし」

「ううん、終わってない。何も終わってないよ」

だってわたしたちの新しい関係は去年の秋に始まったばかりだったはず。言うだけむなしいその当時の確かな記憶がわたしにはありました。

「だって殴った記憶なんてないもの。わたしがマルユウを殴るなんてそんなこと、あるはずがない」

きみはうつむき加減になり、意識してなのか無意識なのか、左手の指を口にあてて前歯をなぞるような仕草をしました。そのあとでみるみる困惑が深まるのがわかりました。

「あるはずがないと言ったって」わたしのほうを見ずにきみは吐き捨てた。「あったんだよ、現に」

「いつ？　昔って、いつの話をしてるの」

「高校二年のときだ」

高校二年のとき、マルユウが野球部のエースだったとき、わたしが人に見せられない拙《つたな》い詩を書く文芸部員だったとき、クラスメイトなのにマルユウとの距離を遠く感じていたとき。中庭に窓の向いた教室での記憶がたちどころによみがえりました。

よみがえったとたん「ああ……」と短い声がわたしの口から漏れました。

「な？　あったろ」

「……あったけど」

「おれはそのことを言ってるんだ」

「でも、それは違うよ。わたしの記憶では」

「もういいんだよ、終わったことだし」

「終わったとか言わないで、お願いだから」

わたしは癇癪《かんしやく》を起こしかけました。

背中から汗が吹き出しているのがわかりました。喉がからからに渇いて軽いめまいも感じていました。言うつもりのないことを、気づいたらまた言ってしまいました。

「わたしたち、ほんとはまだ始まったばかりのはずでしょう？　わたしたち、ふたり一緒に携帯電話を買う予定だったでしょう、三月に？　それなのに、夏になっても、いまだにわたしはマルユウの電話番号も、メールアドレスも知らない。大学で離れ離れになっても連絡を取り合うんじゃなかったの。あの約束はどうなったの。もう忘れたの？　それとも忘れたふり？」

あきらかにきみは驚いていました。驚く以上にわたしの言うことを、突然の言いがかりのように気味悪がって、汗まみれのわたしの剣幕に動揺している様子が見て取れました。

「それにね、わたしの記憶では、高校のときわたしが殴りつけた相手は、マルユウじゃない。わたしが殴って折ってしまったのはマルユウの前歯じゃなくて」

「杉森、悪いけどおれ、もう行かないと」

「聞いてマルユウ、大事なことだから」

でもきみはもう聞いてはくれませんでした。

無言でわたしに背を向けました。とっさにわたしが伸ばした手は行き場を失い、身体を反転させたきみのバックパックのごわごわした生地に指を弾かれただけでした。わたしは走って追いすがりたい気持ちを堪えて、マルユウ！　と精一杯の声で叫んだけれど、その声は自分でも歯がゆいほどか細く掠れていて、こんどはテレパシーも通じず、大股《おおまた》で歩き去るきみとの距離はひろがるばかりでした。


去年のあの日、わたしにとって最悪の思い出となった夏の日の出来事、きみはどこまで憶えていますか。ほんの少しでも、憶えていますか。あの日部屋に戻ったきみは、玄関ドアにはさまれていた白いメモ紙をひらいて、そこにわたしの名前と、電話番号とメールアドレスが走り書きしてあるのをきっと目にしたはずですが、それは憶えていますか。そしてたぶんそのメモ紙をすぐにくしゃくしゃに丸めて捨ててしまったのでしょうが、そのことは憶えていますか。

わたしが憶えているのは奇妙なことに、そのとき頭に浮かんでいた詩の言葉です。いつかきみに貸したまま返ってこなかった茨木のり子の詩集、その詩の断片だけです。――早くわたしの心に橋を架けて、と詩人は書いています。別の誰かに架けられないうちに、と。

わたし　ためらわずに渡る
あなたのところへ

そうしたらもう後へ戻れない
跳ね橋のようにして

わたしは、いまとなっては笑い種《ぐさ》ですが、渡るつもりでいたその橋を外されたような思いで高円寺の駅頭に汗まみれで立って、遠のいていくきみの後姿を見送るところまで、そして急に突き上げてきた涙を堪えようとした顳顬《こめかみ》の痛みまでを克明に憶えていて、あとの記憶がありません。その後どうやって電車に乗って自宅まで帰り着いたのかも自分の行動なのに思い出せません。

「聞いてマルユウ、大事なことだから」

とあの日最後に自分で言いかけたこと、勢いで言いかけて、きみに聞いてもらえなかった「大事なこと」とは何だったのか、いまでも考えることがあります。あのときマルユウに伝えたかったいちばん大事なことは何だったのだろう？

それはわたしの、高校二年のときの確かな記憶だったかもしれません。放課後の教室で、何人かのクラスメイトも見ている前で、わたしが発作的な怒りにかられて殴りつけたのはマルセイの口だったという動かせない事実かもしれません。

わたしがマルセイに鉄拳《てっけん》をふるったのは、彼が無責任な予言でマルユウを侮辱したからです。マルユウのいないところで、昔からの親友であるはずのマルユウの野球の才能をバカにしたからです。彼はわたしに言いました。同じクラスの脇島田くんは特別な才能に恵まれ、あとは運とコネさえあれば音楽業界での成功も夢じゃない。でもそれに比べたら、マルユウの野球には未来なんかない。わかってないようだから言っておくけど、いくら応援してもせいぜい草野球のエース止まりだ。それか父親の跡を継いで、公務員と掛け持ちでリトルリーグの監督だ。蛙《かえる》の子は蛙。あいつの未来は目に見えている。地元の学校の狭いグラウンドで子供たちにシートノックしてるのがあいつで、その妻がおまえだ。少年野球の監督の妻におまえはなりたいのか？

せせら笑うように、卑しくひらいた唇の真ん中めがけてわたしは拳《こぶし》を叩きつけていました。その前にいちど平手打ちしようとした手首を摑《つか》まれてしまったせいで余計にカッとして、力まかせに殴りました。気づいたら固めた拳が傷つき血が滲み、マルセイは口もとを覆って床にうずくまっていました。周りにいた人たちが大騒ぎして彼を保健室に連れて行きました。

それが高校二年のときの暴力事件の顚末、わたしの記憶している正しい出来事です。わたしが殴ったのはマルセイであり、マルユウではありません。上の前歯が折れて差し歯になったのは、彼であってきみではありません。

でもその正しい記憶について考えるとき、いつも必ず、去年の夏の、きみの動揺して怯《おび》えた顔が目に浮かびます。それだけではなく同時に、きみを目の前にして、自分では制御できなかったわたし自身の感情もよみがえります。それは、きみが感じていたものと同じです。マルユウがわたしに怯えていたように、あのとき、わたしもマルユウの言動に怯えていました。

きみはわたしを杉森と呼んだでしょう。わたしの顔と名前をちゃんと記憶していて、昔ながらの、中学のときからの呼び方でわたしを呼んだでしょう。それなのに、きみにはわたしの話すことが理解不能だった。いきなり目の前に現れたわたしを、昔から知っている杉森真秀とはまるで別人のように見なして困惑していた。そうでしょう？

わたしもそう感じていたのです。

きみが中学のときから知っているわたし、きみが記憶している杉森真秀と、あのとき会ったわたしとが別人のように思えたということ。それは、わたしの心の裏返しです。わたしには、中学のときからずっと記憶しているマルユウと、あのとき会って話したきみがまったくの別人に思えたのです。わたしたちは、おたがいに、相手の記憶を疑っていたのです。相手の記憶のなかにいる本来とは別の姿の自分に怯えていたのです。

わたしたちの話す言葉が噛み合わず、わかり合えないのは、わたしたちの記憶が一致しないせい。きみか、わたしか、どちらかの記憶が事実とは違っているせいです。

そのことについてずっと考えてきました。

でも一年経っても考えに決着はつきません。

わたしにできるのは、いまでも、きみの記憶を疑うことです。きみの記憶のなかにいるきみは偽者で、わたしの記憶にいるマルユウのほうが本物のマルユウだと信じることだけです。そしてわたしにできるのは、わたしがそう信じている事実を、事実が確かな事実であるうちに、こうやってきみへの手紙として書くことです。その場かぎりで消えない言葉にして記録しておくことです。

最後に、もういちどわたしの電話番号とメールアドレスを書いておきます。またくしゃくしゃに丸めて捨てられて無駄になるかもしれないけれど、それでも、わたしはきみから送られてくるメールを待ちます。きみから電話がかかってくる日を待ちます。きみの記憶とわたしの記憶が一致するそのときを、わたしは待ちます。

マルユウへ　#2

一年半ぶりに手紙を書きます。ちゃんと読んでもらえるかどうかもわからない手紙を、また一方的に書いて送ります。きみに聞いて欲しい話があります。一昨年の夏、最後に会ってからずっとわたしが考えていること、いま疑問に思っていること、でも誰に相談しようもなく、きみ以外の誰にも話すつもりのないわたしの記憶を、この手紙に書きます。

さきに近況をお伝えすると、わたしの身のまわりは去年とは変わりました。

六月に父が亡くなりました。昨年の手術以来、徐々に快方へ向かっていたと思われた体調が急変し、一と月足らずの闘病ののち息を引き取りました。父の死でわたしは辛い状況におかれました。夏にはひとり住まいのアパートを引き払い、母の待つ家に戻ることになりました。いまはまた実家から大学に通っています。

父を失った悲しみは当然のこととしてありますが、わたしが辛いのはそのせいではありません。わたしは、母の落ち込みの激しさに振り回されています。

病院で父の死に立ち会ったとき、母は声をあげて泣きました。それから自分で差配した通夜と葬儀の席でも、泣き腫らした目で喪主として弔問客の応対につとめていました。初七日の前の晩にも、わたしに父の思い出を語っている途中でひとしきり泣きました。ところが初七日の法要がすっかり片づいて、わたしが大学の試験準備のためアパートへ戻ってしまうと、そこから変化が起きました。

母は感情をおもてに出さなくなりました。何日かして次に会ったとき、すでに母は無気力に取り憑かれたように見えました。目に力がなくなり、口数が極端に減って、こちらからものを訊ねないかぎり自分からは喋ろうとしなくなりました。何か訊ねても、うん、だとか、そうね、だとか短い返事しかしません。四十九日の段取りも決めなければならないのに、複数の業者から集めていたパンフレットの類《たぐ》いがテーブルに散らかったままです。ひとの言葉が聞こえていないのか、聞こえても応えるのが億劫なのか、お母さん！　と呼んでも振り向かないときすらあります。

かと思うと食卓で急に独り言をつぶやいたりするので、何の話か聞いてみると、

（わたしの知ってるひとはみんな早死にしてしまう）

などと言います。

（わたしのいたらなさのせいで）

いたらなさのせいで？

早死に？　それはお父さんのこと？　みんな早死にしてしまうって、お父さんのほかに誰か亡くなったひとがいるの最近？

その点をしつこく問い質してみると、

（藍沢先生が死んだ、天神山で）

と母は答えました。

わたしはすぐには返す言葉がありませんでした。

二年前のあの事故のことを突然母は口にしたのです。娘に問い質されて、ぽろりと、本心を明かすような答え方で。

むろん藍沢先生というかたがバイクの事故で亡くなったのは、母のせいなんかではあり得ません。父の病死もそうですが、母の昔の同僚だったかたの事故死を母のいたらなさのせいなどと言える道理がありません。でも母の本心は、物事の道理とは遠いところにあるようなのです。

わたしはいまこれを読んでいるマルユウの気持ちを想像しています。きみがいまさらあの事故の話に触れられたくないのはわかっているつもりです。それでもあえて、このことをここに書かずにいられません。母は二年前、あの天神山の取材のときに、新聞社からの依頼をきみたちに伝える橋渡し役をつとめました。ただそれだけの関わりです。でも母は、ただそれだけの関わりを周囲が思うよりはずっと罪深い関与だと見なしていたのかもしれません。昔の同僚の死についてだけではなく、昔の教え子であるマルユウとマルセイと佐渡くんに怪我を負わせたことにも、そしてきみたちの心に消えない傷を残したことにも責任を感じているのかもしれません。もっと言えば天神山で発生した事故そのものを、これまでずっと、母は自分に全責任があると受け止めて密かに自分を責め続けてきたのかもしれません。

その後、母は勤務先の小学校も欠勤するようになりました。

わたしが具合を訊ねてもいい加減な返事をするばかりで、夜はちゃんと眠れているのかもわかりません。病院へ行って診《み》てもらおうよと勧めてもなかなか言うことを聞かなかったのが、さいわい四十九日の法要の出席者の中に母の大学の先輩でいまは教育委員会に勤めておられる女性がいて、そのかたの強い説得によりようやく心療内科の受診を受けいれる始末でした。そのクリニックで母は鬱病《うつびょう》と診断されました。教員の仕事は、一学期間の休職が認められました。

病名がついたことで母は納得し、状況を客観視できたのかもしれません。処方薬の服用のせいもあり様子はだいぶ変わりました。わたしに対するあたりも柔らかくなりました。娘の話しかけを、虚《うつ》ろな目で拒絶して顔をそむけるような態度は取らなくなりました。少なくとも家の中にたちこめたどんよりとした空気は薄れました。わたしが用心しながら口にした冗談に母が笑うこともあり、会話のぎこちなさも目立たなくなりました。

　でもすぐに何もかもが元通りというわけにはいきません。油断していると、自分ではそんなつもりもないのですが、わたしの気の緩んだ言動に反発するかのように、母は気を張り、思いつめて記憶の世界に閉じこもります。父の死も、その後の母の心の変調も、何事もなかったような態度で接する娘の笑顔が、そして何事もなかったようにそれに応じる自分自身が、おそらく母には堪え難いときがあるのでしょう。

　ある日の夕方、大学から戻ってみると、母は薄暗いリビングのソファで休んでいました。おなかの上に両手を載せて、右手で、左手の手首をぎゅっと握りしめて、ただじっとソファにすわっていました。視線の先にはテレビがあるのですが何も映っていません。

　どうかしたの？　と訊ねるまえに、母が喋りました。

（ゆうべの話ね、真秀）

（……うん？）

（わたしはやっぱり、あのひとにひとこと謝るべきだった）

　前の晩に何を話題にしたのだったかとっさに思い出せず、わたしは母の横顔を見守りました。

（本当に廣幸《ひろゆき》さんに悪いことをした）と母は続けました。廣幸は父の名前です。（千メートル走の記録のことはわたしの間違いで、廣幸さんのほうが絶対に正しかったんだから、生きているあいだにきちんと謝っておくべきだった。わたしは千メートルを二分十秒でなんか走れないのに。だったらそのことを、あのひとの前で正直に認めて、謝るべきだったのに)

説明するとこれは父の生前、母が、自分は千メートルを二分十秒で走った記録を持っていると自慢したことがあったのです。

ちょうどいまの真秀と同じくらいの年のときにね、と母はそのとき高校時代の思い出を語ったのです。あまりの好記録に陸上部の顧問の先生が驚いて、ぜひ陸上部に来いとスカウトされたのよ、結局断ったけど、と母の自慢は続きました。

するとそれを横で聞いていた父が、でたらめなことを言うなと一笑に付しました。二分十秒？女子高校生がそんなタイムで千メートルを走れるはずがない。オリンピック選手にだって無理だ。バカな嘘をつくな、娘のまえで。

嘘ではない、と母は言い返しました。はっきり憶えてる。体育の時間にみんなで走って千メートルのタイムを測ったら、わたしだけとび抜けて速くて二分十秒だった。それで陸上部の先生も驚いたし学校中の注目の的になったの。

父は母の「はっきり憶えてる」発言をせせら笑いました。バカバカしいにもほどがある。それがほんとなら日本中の注目の的になっていただろうし、陸上部の先生どころか、世界陸上の織田裕二だって驚いてインタビューに来ただろうよ。

むきになった母と、冷笑的な父の応酬は続きました。どうしてそんな言い方をするの、なぜ頭ごなしに嘘だと決めつけるの、その場にいたわけでもないのに、走っているわたしを見たわけでもないのに。見なくてもわかる、嘘だから嘘だと言ってるんだ。わたしの言うことはぜんぶ信用できない？　信用もなにも、嘘は嘘だ。だってあなたはわたしの言うことをいつも信用しないじゃないの、バカにして笑うじゃないの。それはきみがでたらめなことを言い出すからだ。あなたはいまのわたしの体型だけ見て、千メートルも走れるわけがないと思って笑ってるんでしょう、わたしがもっとスリムだった十代の頃を知らずに。そんなことを言ってるんじゃない、千メートルを二分十秒で走れる人間などこの地球上には存在しないと僕は言ってるんだ。存在しないんじゃなくて、ただあなたが見たことがないだけかもしれないじゃないの！

　このような言い争いが続いたあげく、決着もつかないまま、やる気の失《う》せた父が無口になって自室の書斎に引きこもります。以後何日にもわたり、夫婦の仲はこじれました。母が陰でわたしに離婚という言葉を口にするほど険悪な状況におちいりました。離婚の危機です。事の発端は、母の高校時代の千メートル走の記録をめぐる言い争いです。他人が聞いたら呆《あき》れるに違いありません。

　ただわたしの記憶では、父がまだ元気だった頃には、これと似た揉め事はたびたび持ち上がっていました。つまりもし、母がそのたびにあくまで本気で離婚を考えたのであれば、わたしの両親は、父が生きているうちに何回離婚していたとしても不思議ではなかったのです。

　けどそうはならなかった。意見の対立もなしくずしにして、時が経って怒りが鎮まるのにまかせて、たがいに惰性で長年一緒に暮らしている、二人はいわばそんな夫婦でした。わたしの目にはそう見えていたし、だからこそわたしは、父の死をみとった母が、そこまで激しく落ち込んだことに困惑もしたのです。

実は前の晩に母が、父との諍《いさか》いを懐かしむような言い方で「千メートル走事件」と呼んで当時の思い出を口にし、横でわたしが、

（あのときは長引いたね、夫婦喧嘩）

と調子を合わせると、

（長引いたのは、むこうが悪いのよ。いつまでもうじうじ子供みたいに拗ねてるから、元に戻るものも戻らないのよ。こっちは一晩寝たらけろっとしてるのに。教師のくせに、そういう狭量なところがあんたのお父さんの最大の欠点だったね。図体《ずうたい》だけでかくて、何ていうの、ケツの穴が小さい）

などと、かつて悔し涙にくれながら娘に離婚の覚悟まで口にした同じ人とは思えないような言い草で、「あんたのお父さん」呼ばわりで亡き夫を非難して、わたしを苦笑いさせたのです。

それがその翌日の夕方、さっきのリビングの場面に戻ると、

（わたしはやっぱり、あのひとにひとこと謝るべきだった）

と母は前言を翻しました。

（本当に廣幸さんに悪いことをした）

昨日の今日のことなので、わたしはどう相槌を打ってよいのかわからず、もしかしたら母は、「ケツの穴が小さい」父への皮肉をこめた謝罪でわたしを笑わせたがっているのかもしれないと、頬を緩めかけたのですが、ほんの一瞬で、そうじゃないのだと悟りました。

母は右手で左手の手首を握った同じポーズのまま、すっと鼻で息を吸うと、その息を細く、長くふうーっと音をたてて、すぼめた唇から吐き出しました。ソファに腰かけた母の背中は丸まっていました。物事を思いつめて考えているときの悪い兆候でした。それをやるときの母は、ほんとうは泣きたいのに涙を堪えているのではなくて、泣けたらいっそ楽なのに肝心の涙がわいてこないのだということを、母とふたり暮らしになって以来わたしは知っていました。

(お母さん)

とわたしは穏やかに呼びかけて、あたりまえのことを言って聞かせるしかありませんでした。

(そんなこと、誰にも謝る必要はないよ。千メートルを二分十秒で走れないからって謝ることなんかないよ。お父さんだってわかってたよ。お母さんが、自分で間違いを認めていること。だから謝る必要なんてなかったの)

母はぴくりとも動きません。顔をあげてこちらを見ようともしません。娘の慰めが、あまりに凡庸過ぎて不満だったのかもしれません。でもそれ以上何を言ったところでわたしの言葉が母の慰めになるようにも思えませんでした。

いまも、母の状態は良いときも悪いときもあります。死んだ父の性格を揶揄《やゆ》して娘の笑いを取りに来る日もあれば、父の早死にを自分のいたらなさのせいと決め込んでふさぎこみ、わたしの作った料理に箸《はし》もつけない日もあります。一進一退です。わたしは日々母の様子を観察して、応対に心を砕いています。母の機嫌が良いときには、わたしの軽率な物言いで台無しにしないように。母の気持ちが落ち込んでいるときには、できるかぎり自然なふるまいで少しでも良い方向へ押し上げられるように。一日一日がいまはそうやって過ぎていきます。

母の表情が柔らかなとき、父が亡くなる以前のわたしが知っている昔ながらの母でいるとき、わたしたちはよくマルユウの話をします。といっても話題にのぼるのは現在のきみのことではなく、わたしたちの記憶しているマルユウなのですが。

母が語る記憶の中では、小学生のマルユウはいつもマルセイとコンビで登場します。

(あの二人は苗字が同じってだけじゃなくて、背恰好も髪型もそっくりで、着る洋服まで似ていて見分けがつかないときがあった、担任の先生がたにも)

この話はもう何十回聞かされたかわかりません。

(そこへある年、あれは三年生のとき、転校生の佐渡くんがやって来て、仲良し三人組が結成されたの。でも最初のうちは、佐渡くんにもあの二人の区別はつきにくかった。一緒にいて「丸田くん」って呼ぶと二人揃って振り向くのも余計に混乱のもとになった。そこでね、佐渡くんはいいことを思いついた)

(二人を苗字じゃなくて、マルユウ、マルセイと呼びはじめたんでしょう)

(そう、最初に呼びはじめたのは佐渡くんよ。佐渡くんが生みの親なの、マルユウとマルセイの)

そして中学に入ると、ここからはわたし自身の記憶で語れるわけですが、同じクラスだった三人の仲間にわたしが積極的に食い込んで、仲良しグループは四人になった。

中学一年のときのマルユウは、野球よりもむしろギターの得意な少年でした。最初は確か、お兄さんのお古のギターをマルセイが持っていて、その一本のギターを二人で奪い合うようにして弾いていました。それから二年生になる頃にようやくマルユウは自分専用の新しいギターを手に入れた。そのせいで土曜や日曜の午後にみんなで集まるとき、マルセイが、ケースに入った二本のギターを左右両肩にベルトでひっ掛けて、身体を前倒しにして、羽を立てた鳥のような姿で走ってくるのをわたしはいまも印象にとどめています。憶えていますか？　当時十三歳だったきみは、お年玉を貯《た》めて買ったギターを、父親に見つかるのを恐れて自宅には置かずマルセイに預かってもらっていました。

集合場所は、きみたちが通った小学校でした。家族が出払っていて都合の良いときには佐渡くんの家に集まったりもしたけれど、外で会うときはたいてい時間を決めて小学校の校門前で落ち合いました。遅れてやってくるマルセイを待って、それから四人で大きな桜の木の下の門扉を乗り越えて、校庭を走り抜けて校舎の裏手へと回りました。憶えていますか？

校舎の裏へ回ると小さな抜け道があります。裏山の竹林に通じる道です。「関係者以外立入禁止」の警告を無視して、草むらに分け入るようにその道をくねくね登っていくと、小さなお地蔵様がいます。

そのへんで道らしい道は終わりですが、もっと登ると、いつのまにか竹林の密林に迷い込んでいます。よく見ると斜面の途中、何メートルか間隔をあけてぽつりぽつりと不揃いな石段が設けられていて、それを目印にさらに上を目指します。するとやがて、視線のさきに秘密基地が見えてきます。

竹林がつきる頂上付近に、あきらかに人工的に地面を削って整えられた平坦な、しっとりと湿気をふくんだ黒土の空き地が出現します。そんなに広くはないけれど、雑草ひとつ生えていない、コンパスで描いたような円形の黒一色の地面が、忽然《こつぜん》と。秘密基地というのはいまこれを書いているわたしの表現で、わたしの目には囲いの俵のない相撲《すもう》の土俵のようにも見えたのですが、きみたちは当時そこを、空飛ぶ円盤の着陸地点だと言い張っていました。憶えていますか?

秘密基地の周囲には、高さの手ごろなすすべした岩が所々に埋め込まれていて、きみたちはその岩の上でくつろいでギターを弾きます。佐渡くんもその頃にはギターを持っていたと思います。ただし、わたしの記憶もそこから先は曖昧です。三人がてんでばらばらにギターを弾いていたとは思えないし、では一緒になって何の曲を練習していたのかと言われれば、それもまるで思い出せません。三人のそばにいた当のわたし自身、何をして時間をつぶしていたのかも謎です。ひとりで文庫本でも読んでいたのか、英語の単語帳でもめくっていたのか。憶えているのは、確かにその秘密基地できみたちがギターを弾いていたこと、そしてその様子をこの目で見たことだけです。

ひとの記憶があてにならないことはわたしも知っています。

たとえば母は、中学時代のマルユウが、マルセイとコンビを組んで、ゆずに憧《あこが》れて夜のアーケード商店街で路上ライブをやっていたなどと記憶しています。でもわたしが思い出せるかぎりでは、きみたちが人前で演奏したことは一度もありません。おそらくこの話は「マルユウとマルセイが路上ライブを計画してギターの練習をしている」とでも当時わたしから聞かされていた母が、どこかの時点で記憶を作り替えてしまったものと想像されます。それとも、記憶を作り替えているのはわたしのほうでしょうか。中学時代のきみは、マルセイと二人で、佐渡くんも入れて三人でかもしれない、計画していた路上ライブをわたしに内緒で決行したことがあったのでしょうか。そしてあとからその話を知ったわたしは、決行の夜に呼んでもらえなかった悔しさから、あった事実をなかったことにして記憶から抹消してしまったのでしょうか。

そうだとしたら何が正しいのかわからなくなります。

秘密基地でのギターの練習をわたしがそばで見ていたという記憶も怪しくなります。少なくとも毎週土日、四人で集まってあの竹林の斜面を登っていたかのような記憶は、事実に反するのかもしれません。もしかしたらほんの一度か二度、わたしはきみたちにくっついてあの場所に行ったことがある、事実はその程度だったかもしれません。帰り道、コンビニに寄って菓子パンだったか御手洗団子《みたらし》だったか、そんなものをみんなで買い食いした記憶もうっすらとあります。でもそれはいつもそうしていたというのではなく、一回きりの記憶なのです。だとすればわたしがあの場所に連れていってもらったのも一回きりだったのかもしれません。十三歳だったそのときの記憶を、二十一歳のわたしが脚色して語っているに過ぎないのかもしれません。

実はいまのいままで、四人の集まりが中学卒業の年まで定期的に続いていたかのような思いこみでこの手紙を書いていたのですが、冷静に考えると、そんなことはあり得ませんね。二年生にあがった頃にはもう、マルユウとマルセイは野球の部活動のほうが忙しくなっていたはずで、毎週末をギターの練習にあてる時間などなかっただろうと想像がつきます。野球をやらない佐渡くんは次第に置いてけぼりにされたでしょう。もちろんわたしも同様で、教室以外できみたちと会う機会はなくなってゆき、そしていつしか四人組の関係は消滅してしまったのでしょう。

そうなるまでの詳しい経緯は思い出せません。

わたしがいまでも自信を持って言えるのは、繰り返しになりますが、中学時代の一時期きみが野球よりもギターの練習に励んでいた少年だったこと。そして目に焼き付いているのは、ギターを弾いているときのきみの横顔、マルユウが左を向いている横顔です。

きみの視線はいつも自分の左手を追っていました。ギターのネックを握りこんだほうの左手の運指を。正確に素早くコードを押さえるためにときに鋭い音をたてて弦を擦《こす》り、曲がったり伸びたりしながら動き続ける左手の指を。ピックをつまんで弦を鳴らしていたのは右手です。憶えていますか。わたしはそんなきみの横顔をそばで見守っていたのです。佐渡くんの家に集まったときにも、あの秘密基地での練習のときにも、だからいつもわたしはマルユウの左を向いた顔を見ていたのです。

そのことから指摘できるのはこうです。

きみは昔から、ギターを弾くときは右利きだった。

ところが二年前の夏に高円寺で会ったとき、

「またギターを始めたの？」

というわたしの問いかけに、

「ああ右手でね」ときみは答えました。「なにしろ利き手が使い物にならなくなったんで、あれ以来」

わたしはそのとき強い違和感をおぼえました。左手を怪我したので慣れない右手で弾きはじめた、とでもきみは言いたかったのでしょうが、なんだか、ちぐはぐな言い訳のように聞こえました。というより、何の言い訳にもなっていない、とわたしには感じられました。いまはその理由がわかります。

だって、どちらか一方の手を怪我したからといって、ギターはそもそも片手で弾ける楽器ではないでしょう？

一方の手で弦を爪弾《つまび》いたとしても、ギターのネックを握ってコードを押さえるもう一方の手が必要でしょう？　左右どちらが利き手だとしても、それは同じことのはずです。仮に左利きのひとが左手を怪我して不自由になったとしても、代わりに右手だけでギターを弾くなんてできないでしょう。もしほんとうにきみが言うように左手が「使い物にならなくなった」のであれば、おそらくギターは弾けないでしょう。その意味でまず、きみの答えは言い訳になっていません。

そしてしかも、もともときみは右利きだったのです。

わたしが知っている少年マルユウは、野球をやるときを例外として、ギターを弾くときも、鉛筆を握るときも、お箸を持つときも右利きでした。野球をやるときだけ左打者のバッターボックスに立ち、左投げの投手として活躍することができたのは、わたしの記憶によれば、少年野球の監督をされていたお父さんに幼いころからそう躾《しつ》けられていたから、左利きの選手になるための徹底した矯正をうけていたからです。野球以外の日常生活でも、日頃から左手で物を扱うよう言い付けられていたからです。違いますか？　マルセイからいつかその話を教えられて驚いたおぼえがあります。そして後日、きみ自身の口からも、その話をあっさりと（そんなに不思議がるほどでもないよといった口ぶりで）認める発言を聞かされて、佐渡くんと一緒にとても驚いた記憶が残っています。

もしきみの言葉どおり「あれ以来」つまりあの天神山の事故以来「利き手が使い物にならなくなった」のであれば、それは野球選手としてそうなったということなのでしょう。左利きの野球選手としてはプレイできなくなったから、もともとの右利きに戻り、左手のリハビリもかねてまたギターの練習を始めた、そう言いたかったのかもしれません。けれど二年前の夏、わたしの問いかけに対するきみの答えはまったくそうは聞こえませんでした。

わたしはあのとき、きみと会って話しながら、このひとはお芝居をしているのだと思われてなりませんでした。久しぶりに会ったわたしに対して、このひとは以前の自分とはちがう自分を演じようとしている。それは利き手の矛盾の件ばかりではなく、話の途中できみが、中学のときからわたしの前では「僕」で通してきたきみが自分のことを「おれ」と称し、そしてわたしを「おまえ」と呼んだときにも感じていました。

何かしらの理由があって、きみはあのとき別人としてふるまっていた。そう受けとめるしかありません。これまでわたしはずっとそのことの意味を考えてきました。

もしあれがお芝居ではないというのなら、きみは記憶に重大な障害をかかえたひとになります。

でもきみはわたしの名前をちゃんと憶えていました。わたしがだれであるかを知っていて、そのうえで高校時代のわたしたちの関係がなかったかのようにふるまっていました。それは時が経てば、高校時代の一時期交際のあった友人との口約束など忘れてしまうひとは大勢いるかもしれません。きみもそのひとりなのかもしれません。でもたとえそうだとしても、自分自身が本来右利きであることを忘れるひとなんていないでしょう。いたとしたら、それは忘れたふりでしかあり得ないでしょう。結局、二年前のきみの言動はことごとく、ふりの演技だったのではないかと疑わざるを得ません。

では何のための演技なのか。

いまわたしの頭にある考えはこうです。

きみはおそらく、二年前の時点で、新たな人生を始めようと決めていたのではないでしょうか。あの事故の経験を乗り越えるためにいったん過去をご破算にして、新しい自分として一から再出発する必要があったのではないでしょうか。

そのために古い記憶は処分された。

古い記憶の中から、事故につながりのあるものは一つ残らずゴミ袋に詰められた。新しい住居へ引っ越すときに不要なものを捨てていくように。違いますか。東京で新しい自分として生きていくために、明確な意志で事故直前のわたしたちに共通の記憶も捨ててしまった。そういうことではなかったのですか。

そういうことであればいいと思います。これはわたしの頭の中でこねあげた理屈ですが、まったくの的外れでないことを祈る気持ちです。仮にきみがこの通りのことを考えていたのなら、むしろわたしは救われます。なぜなら、もしそうならあのときわたしの前に別人として立っていたきみのことを少しでも、わたしの知っているマルユウその人として理解できると思えるからです。前に送った手紙がきみに読み捨てられたことも納得できるからです。そしてこの手紙もまた一顧《いっこ》だにされず破棄されたとしても、それでもいいといまのわたしには思えるからです。

今回もまた長い手紙になりました。
最後にここに、きみからの返事を期待して、前回同様メールアドレスと電話番号を書き留めておこうとして、ペンを持つ手が固まりました。ちぐはぐな事をしようとしている自分に戸惑いました。ここまで読んでくれたことに御礼を言います。一方的に書きたいことを書いてしまい、きみの心を乱したのなら許してください。どうかお元気で!

マルユウへ　#3

年明けの提出を目標にここ最近は卒業論文にかかりきりの日々を送っています。提出期限までに論文を書きあげることと、それからさきの卒業後の進路でいまは頭がいっぱいのはずなのに、今夜ふときみに手紙を書いてみようと思い立ちました。今日は十二月二十四日で、夕方から雨が降り続いています。もうじき、もうあと数分で日付が変わる真夜中にこれを書いています。

今日の午後、本屋さんまで出かけた帰りに湊健太郎《けんたろう》先生とお会いしました。憶えていますか。湊先生は、中学のときのわたしたちの担任の先生です。マルユウとマルセイ、佐渡くん、それにわたしもふくめた四人は進級時のクラス替えでもばらばらになることがなく、中学時代はずっと同じクラスで、三年間受け持っていただいた先生も同じでした。それが湊先生、自動車嫌いで有名だった国語の先生です。

駅ビル一階の催し物のスペースで、小さな子供たちが整列してハンドベルで「聖《きよ》しこの夜」を演奏しているのに見とれていると、後ろから先生に肩をたたかれました。驚いてご挨拶したあとしばらく立ち話になったのですが、何だか話したりない気がして、わたしのほうから「もしお急ぎでないなら」とお茶にお誘いしました。駅ビルを出て近くのコーヒー屋さんで、湊先生に中学時代の昔話につきあっていただきました。

最初はそんな話になる予定ではなかったのです。

今年の五月に教育実習でお世話になったときのあらためての御礼や、秋に教員採用試験の合格通知を受けとった報告は（前に一度お手紙を差しあげていたので）どちらも立ち話ですませて、あとは具体的にこの話題をというのではなく、来年四月からはじまる新生活のために、現役の中学校教員であるひとの経験談なり、助言なりをできるだけうかがいたいと思っていたのです。でも向かい合って温かいコーヒーを飲んでいるうちに、いつのまにかわたしたちの中学時代の思い出話になっていました。たぶん湊先生がわたしの仲の良かった同級生たちの近況を訊ねた際、ごく自然に、「マルユウとマルセイ」と当時の綽名を口にされたのをきっかけにして。

もちろんわたしはマルユウの近況もマルセイの近況も、それから佐渡くんの近況も知りません。漠然とした答え方しかできない教え子を見て、湊先生はおおよそを察したのか、「そうですか、みんなそれぞれの道ですね」とあたりさわりのない感想を述べて、ちょっとだけ間を置いてから、

「数学のN先生、憶えてますか」

と訊ねました。話題を変えるためにしても、あまりに唐突な質問に思えたので、

「はい、うっすらと」

わたしは用心して答えました。すると湊先生は一度うなずいて、

「教員をやめていまは商売で成功されているようですね。くわしくは知りませんが、ご実家の家業を継がれたとかで」

「…………」

「結構しごかれたでしょう、数学の授業で」

わたしの返事を待たずに、湊先生は柔和な表情のままこう続けました。

「あの先生のおかげで数学嫌いになったというひともいます。こうやって卒業生と会う機会があると、ときどき愚痴を聞かされる。愚痴というより、非難ですかね。まわりで傍観していた他の教員たちへの」

「そうなんですか」

「杉森さんは、違う?」

「わたしはもともと数学が苦手でしたから」

これでは答えになっていない。そう思いながらも、でも、N先生には数学の授業中に「結構しごかれた」のではなく「たくさんいじめられました」といまさら訴えても仕方ない気がして、目の前の恩師への愚痴は控えました。いじめという言葉にはとくに教育現場にいる人は敏感なはずだから、口を慎みました。

でも、わたしの記憶の中ではあれはいじめでした。思い出せばいまでもむらむら怒りがわいて来るほどの。しかも被害にあったのはわたしひとりではありません。マルユウとマルセイも一緒にさらし者にされました。憶えていますか。

わたしはよく名指しで難問を解くように求められました。前に出て解答の数式を黒板に書いてみろと命令されました。自分の席でためらっていると、前に出てから考えろと叱られました。それで黒板の前に立って、途方にくれていると、こんどは、解けないなら前に出て来るな! と一喝され、クラスの笑い者にされます。わたしでなければ犠牲になるのはマルユウかマルセイで、きみたちの場合には、解けないなら前に出て来るな! に加えて頭をたたいたりお尻《しり》を蹴りあげたりの暴力のオマケまでついてきました。

もっとちょくちょくあった嫌がらせは、立って答えろ、と授業中に指名されます。立っても問題は解けないので黙っていると、はい次、その左、と言われて左隣の席のマルセイが立ちます。難問なのでやっぱりすぐには答えられません。はい次、その後ろ、とまた声がかかり、マルユウの番になります。答えを考える時間すら与えられず、ものの数秒で、はい次、その前、となります。またマルセイが立たされます。あとはそれの繰り返しです。はい次、その右。はい次、その左。はい次、その後ろ。ひどいときにはわたしに一点集中で、杉森立て、と言われて答えられないでいると、はい次、その左の右、はい次、その前の後ろ、などと無茶苦茶な号令が下されるのです。そういうことが一学期も二学期も執拗《しつよう》に繰り返されて、さすがに学年が変わる頃にはほかのクラスメイトたちも辟易《へきえき》して、教室から笑い声は消えていたと思います。

「杉森さんが違うと言うなら、わたしの思い過ごしかもしれませんね」

口を慎んだままコーヒーを飲んでいると、湊先生はしばらくして昔の同僚の話を補足しました。

「ただ、あなたのお父さまが同じ教員であることはわれわれみんな知っていましたから、職員室では、あなたは杉森先生の娘さんで通っていましたからね。なかでも、あのN先生にとっては同期の教員の娘、すなわちあの『杉森の娘』というわけで、いちばんに目をつけられたのかと思っていました。実際のところ『杉森の娘』という呼び名が耳に残っているので、ぞんざいな口調と一緒に」

あとから考えればこれは、あの数学のN先生と、同期の中学校教員だった父とのあいだに何か確執でもあったかのような含みのある発言ですが、そのときはそんなことには頭がいきませんでした。

わたしは気になった質問をしました。

「生徒のことを、名前ではなく綽名で教員が呼んだりするんですか、職員室で。ふつうにあることですか」

「ふつうにはありませんよ」

湊先生は柔和な笑みで否定しました。

「ただし、皆無というわけでもない。教員から綽名をもらう生徒は毎年何人かいますね。なかには入学以前からすでに職員室で有名になっている生徒もいます。たとえば、当時のあなたの学年でいうと例の『ＵＦＯの子供たち』とか。ここだけの話、あのふたりのことは最初からみんなそう呼んでいました」

例の、ＵＦＯの子供たち、とわたしは心の中でその言葉をなぞりました。

「確かそんな見出しで新聞が書き立てたでしょう。子供がＵＦＯを目撃したなんて、オカルトにしては大きな記事だったと記憶しています。記事が出たのはあなたたちが中学に入る二年前ですか、三年前でしたか。それをみんな読んで憶えているわけですよ。読まなくても知っています。新聞に載った写真は、ふたりの子供の後姿だったでしょう。顔は写さないように配慮されていた。それに記事では彼らの名前も仮名になっていたと思います。けれど、どこの小学校の誰かくらいはすぐにわかるし、噂もまわってくる。それでみんな待ちかまえているわけですよ、いったいどんな風変わりな問題児が入学してくるのか、興味津々で。あのふたりはだから最初から職員室では有名だった。入学式のときからわれわれ教員の好奇の視線を浴びていた。まあ、いま思えば気の毒ではありましたね。学校の人間にかぎらず、まわりにいる大勢の大人たちからも、仲間の子供たちからも好奇の目で見られ続けていたでしょうから。あのような記事が新聞に載って、それ以来ずっと」

「ふたりとも、陰ではそう呼ばれてたんですか」わたしは少なからず驚いていました。

「陰でというか、職員室でね。教員どうしの雑談の中でということですよ。同じクラスで、ふたりとも野球部で、いつ見ても一緒に行動していたし、おまけに同じ丸田姓でしょう。わたしのようにクラス担任を引き受けて、マルユウやマルセイという綽名のほうになじんだ教員は別として、ほかの先生がたはみんなそんな感じだったと思います。だいたい、ふたりまとめて……杉森さん」

「はい」

「ここだけの話ですよ、これは。あなたは来年には教員になるひとです。もうこちらの身内だと思うから気を許して話しています。誰にでも気安く喋るわけではないんですよ」

「ええ、それは」

そのつもりで聞いています、と弾みでうなずいたものの、誰にでも気安く喋るわけにいかないだろうと思われる話は、むしろこのあとに待っていました。

「中学のとき、あなたが彼らとどんなに仲が良かったかも、当時の担任としてわたしはしっかり記憶しています、もうひとり、佐渡理くんもふくめて、四人の親密なグループがあったことも。ですからその後の、あの天神山の事故であなたが心を痛めているのは想像がつきます」

湊先生はそこで間合いを取って、もう一杯おかわりのコーヒーを注文しようかどうしようか迷うように、空のカップに片手を添えました。

わたしは自分から喋るべきことを思いつきませんでした。

「やっぱり、彼らは気の毒だと思う」

ややあって湊先生が口をひらきました。

「そうとしか言えない。だってもとをたどれば大昔のあの記事が発端だからね」

「UFOの子供たち」わたしは声に出してつぶやいてみました。

「うん、そう」と湊先生。

わたしたちが小学生だった頃、その見出しで大きく掲載されたという新聞記事を、しかしわたしは記憶していません。記事を自分で読んだおぼえもなければ、父や母からはもちろん、同級生の誰かに見せられたおぼえもなく、記事に添えられていたという、ふたりの少年の後姿を撮影した写真も見ていません。

「あのオカルトまがいの記事を」と湊先生が決めつけました。「十年後にまた蒸し返そうと、記者は取材と称して天神山に彼らを連れていった。その挙げ句、事故が起きてしまったわけでしょう。罪なことをしたと思いますよ。あそこで何が起きたのか、くわしいことはわたしは知らないが、やはり誰かが止めるべきだった、そもそも新聞社からの、馬鹿げた取材依頼そのものを。まわりに止める人間がいなかったのも不幸ですよ。十年経って、みんなが昔の記事など忘れかけていたところへ、こんどはオカルトではすまされない、人身事故が大々的に報道されてしまったわけですから。十年前の問題児たちが高校生になってとうとう取り返しのつかない事件を引き起こしてしまった。そうとらえた人々も大勢いたはずです。もとはといえば新聞社の、ひとりの記者の、馬鹿げた思いつきのせいで。気の毒です。あの事故で彼らは心に傷を負ったうえに、再度レッテルを貼りつけられたも同然でしょう。『UFOの子供たち』という今後おそらく生涯消えないレッテルを」

わたしは途中からうつむいて、湊先生がご自身の考えを話し終えるのを待っていました。「やはり誰かが止めるべきだった」という非難の言葉の、誰かとは、いちばんにこのわたしであるべきだったのでは？　と自問しながら。

持ち上げられていた空のコーヒーカップが受け皿に戻される音がして、いったん話し声がやみました。

「……ああ、でも」と湊先生はたったいま大事なことを思い出したように付け加えました。「あの不幸な事故で、記者のかたは命を落とされたわけですからね」

わたしが顔をあげると、湊先生は腕時計に目をやり、一転して歯切れのわるい言い方で反省の弁を述べました。

「亡くなったかたを一方的に悪く言ったりするのはどうも、何というか、聞かされるほうも気分のいいものではありませんね。申し訳ない。こんなことをぺらぺら喋るつもりはなかったのですが。この話は、もうここまでにしましょう」

「はい」

「それはそうと、杉森さん」

とそこでまた唐突に、お茶の時間もおひらきになった感じで、隣の椅子に置いていたマフラーを手に取って帰り支度をはじめながら湊先生は訊ねました。

「お母さまはその後、お加減はいかがですか」

「はい、いまは落ち着いています。季節によってもだいぶ違うようです」

「そうですか。それは良かった」

それからふたりで黙々とマフラーを首に巻いて、外へ出て、別れ際に、わたしのほうでもひとつ思い出したことがありました。

「運転手の奥さまはお元気ですか？」

すると怪訝《けげん》な顔で湊先生が振り向かれたので、

「先生は、自動車がお嫌いだったでしょう？　確か、岩波新書の有名な一冊を盾にして、自動車社会そのものに批判的な考えをお持ちで。それで自動車には自分は関心がない、運転もしない、どうしても必要というときは専属運転手の妻に任せきりだと自慢されてたでしょう。自慢に聞こえましたよ。小学校からの同級生だという奥さまのこと」

そんなふうに記憶を語ってみたところ、

「ああ、なるほど」

と湊先生は、わたしたちの担任だった頃のご自分の口癖に思いあたったのか、ほがらかに笑い声をあげ、

「はい、相変わらずですよ。わたしの妻は、すこぶる元気で、いまも運転手を務めてくれています」

そう言い残して去って行かれました。

湊先生を見送ってひとりになってから考えてみたことがあります。

ひとつは、かつてのわたしたちの数学教師のこと。あのアメリカ映画によくある軍隊風の角刈り頭の、ねちねちとした生徒いじめが得意だった教師の大きな顔を思い出すと、いまでも恨みの感情

がわいてきます。でも、恨みは恨みとして、考え方を変えてみると多少なりとも、彼には感謝すべき一面があるかもしれません。なぜなら、あのN先生に虐げられたせいでわたしたちは、虐げられた者どうしかたまって結束したようにも思うからです。

前に送った手紙の中で、マルユウとマルセイと佐渡くんの三人の仲間にわたしが積極的に食い込んで、仲良しグループは四人になったと書いたのを憶えていますか。その食い込みの最初の一歩をうながしたのが、N先生の数学の授業だったかもしれません。

中学に入って、最初にマルユウとマルセイの存在をわたしが意識したのは、数学の授業中だったような気がします。そこからきみたちとの距離をいっぺんに縮めていったように思います。つまり数学教師は、わたしたちが親しくなるきっかけを提供してくれたとも言えるわけです。陰でわたしのことを『杉森の娘』と呼び、きみたちのことを『UFOの子供たち』と呼ぶことによって。そして教室でわたしたちを他の生徒と分け隔てし、特別扱いでからかいもてあそぶことによって。そんなことを今日の午後、駅から帰る道々わたしは考えていました。

もうひとつ、これは書くことにためらいもあるのですが、天神山で起きた事故のことも考えてみました。正確にいえば、あの事故が人々にもたらしたものについて考えました。

さきほども書いたように、湊先生は事故を引き起こすもとになった新聞社の取材そのものを、そしてそれを企画実行した記者を非難しました。同時に、新聞社からの取材依頼を、周囲の人間が誰も止めなかったことも非難をこめて嘆かれました。わたしはその両方に戸惑いました。よくよく考えると、わたしにはあの事故に関して誰かを非難する考えがいままでなかったからです。ただ起きてしまった不幸な出来事を、起きたものは起きたものとして傍観者的に、受け容れることしかしてこなかったからです。

事故当時、湊先生と同様に、子供をだしにしてオカルト記事を再び載せようとした新聞社や記者を批判した大人もいたでしょう。すでに十八歳になっていた『ＵＦＯの子供たち』の、自己責任を言い立てた人々もいたでしょう。でもわたしはそんなことには考えがおよびませんでした。責められる側のひとたちのことも、亡くなられたおふたりは別として、わたしは病院に運びこまれた三人の安否を気にかけるばかりで、その後、入院中にも世間から厳しい目を向けられ孤立していたはずの、孤立に耐えて踏んばっていたはずのきみたちの心の有りようを想像もしませんでした。そして同じ頃わたしの母は、自分が新聞社からの取材依頼を止めるどころか、推し進める役割をはたしたことで自分を激しく責めていたはずですが、そばにいながらその心情も理解できてはいませんでした。わたしには責める側に立つひとの視点も、それから責められる側の視点への想像力も欠けていたと思います。傍観者的とはそういうことです。湊先生と別れた帰り道、わたしはひとりでそんなことも考えました。

あともうひとつ、マルユウ、わたしはわたしがきみにしたことについても考えています。事故が起きた年の夏、高円寺まで会いに押しかけたこと。翌年、長文の手紙を送りつけたこと。無視されたのにまた手紙を書いたこと。いまだに懲りずにこうして手紙を書いていることも。それらのひとつひとつをきみがどう受けとめているのか、きみの目にわたしという人間がどう映っているのか、いまさらながら想像しています。

わたしのしたことについて自己弁護ならできます。わたしは決して興味本位できみから事故の真相を聞き出したかったわけではありません。そんな意図は毛頭なく、手紙を書くときにも、できるかぎり事故の話に深入りしないよう配慮したつもりです。けれどきみには、そうは見えなかったかもしれない。これまでわたしのしたことは、わたしの意図とは裏腹にきみの誤解を生んでしまったのかもしれない。

あの事故の前と後で、わたしたちの関係がいっぺんに変わってしまった。高校卒業の年に、あの懐かしい中学時代にも増して親密になっていたふたりが、まるで時間を巻き戻すように、単なる顔見知りの関係に戻ってしまった。わたしはただそのことに納得のいく説明が欲しかっただけなのですが、でもきみにとってみれば、それは事故のせいで自分が変わってしまったことへのいわれなき非難と同じだったのかもしれない。事故を経て、世界の見え方や人間の見え方が変わってしまったことを、傍観者であるわたしに責められていると感じたのかもしれない。ＵＦＯを目撃した子供たちというレッテルを貼られて、マスコミやまわりの大人たちからこれまでさんざん責められて来たように。そしていまも、きみは責められ疲れたひとの顔でこの手紙の差出人名を眺めているのかもしれない。

そうだとすればわたしのしたことは不毛です。
わたしの言葉は無力で、手紙などいくら書いたところできみの心を動かせるはずもありません。
わたしはいまそのことを痛感しています。

外は依然として雨です。

時計は午前三時をまわりました。

激しい雨音が果てしなく続いています。

わたしはもうこんなことはやめるべきなのかもしれません。

言葉が無力だと知ったのなら、本気でそう思うのなら、わたしにできるのはこれ以上何も言わず待つことだけかもしれません。待つ甲斐があるのかないのかもわからないけれど、どんなに長い時間がかかってもいつか、わたしのよく知っているマルユウが、自分の意志で会いに来てくれる日を待つしかないのかもしれません。もしそんな奇跡のような未来が訪れたら、わたしたちは昔のように言葉で通じ合える関係を取り戻せるのかもしれません。

追伸
投函をためらっているあいだに新年を迎えて、さらに日にちが経ちました。先週卒論の提出をすませました。いまなら時間もたっぷりあるし、またきみに不毛な手紙を書いてしまいそうな自分をおさえるのに苦労しています。けれどこれが最後です。わたしのほうからきみに話しかけるのはこの手紙が最後です。四月から、わたしは中学校教員の職につきます。

8

十一月、十一月の下旬、晴天の日の午後、小春日和《こはるびより》という表現がぴったりのうららかな光のあまねく降りそそぐ午後三時近く、佐渡君は先月そこで取材をうけた石畳の広場のそのときと同じベンチにすわっていた。

二時に落ち合う予定だった取材者は姿を見せなかった。

取材予定のキャンセルについては、午前中にそれらしき情報を高校の同窓生からメールで知らされていた。ただそれは関係者全員にあてた一斉送信の文面と読めたので、確認のため、電話で話してみたところ、

「ああ佐渡くんにも送っちゃってた?」

と相手はとぼけた返答をした。「わるいわるい、佐渡くんたちのインタビューは別個にやるんだよね、僕らがまとめて一緒にうける取材とは別個に……あ、いや、でも本田さんが急にこっちに来られなくなったっていうんだから、やっぱりきみたちのほうもキャンセルなのかな」

佐渡君はいつもながらこの男の言葉遣いにひっかかった。

「きみたちのほうって？　僕のほかにも誰かいるの、その、別個の取材をうけるひとが」

「え、うんほら、こないだちょっと話しただろう」

「誰のこと」

「二年のとき同じクラスにいたやつだよ。もうひとりの、丸田……」

「丸田優？」

「そいつ」と松本君は言った。「その丸田優を、佐渡くんが間に立って本田さんに引き合わせるんだろう？」

　何の話だか佐渡君には不明だった。

「いや本田さんがさ、丸田優に会いたがってたんだよ、『亡くなった丸田氏の幼い頃のいちばんの親友だった人物』ということで。けど僕は、ただ高校の同窓ってだけでね、例の杉森のおなかの子の問題もあるし、まあ疑惑だけど、あんなやつといまさら連絡つけて話したいとも思わないからさ、佐渡くんを通して頼んだほうが早いとアドバイスした。丸田優とも近い関係にあったのは佐渡くんだから。だろう？　その話、行ってないの、本田さんから？　何かの行き違いかな」

「アドバイスをしたのはいつ」

「うーん、よく憶えてないけど、もうだいぶ前だよ。先月会ったときだったかも。佐渡くんも先月は本田さんと会ってるよね？」

　先月会ったときには、彼女は丸田優の名前にはひとことも触れなかったはず、と佐渡君が記憶をたどっていると、電話の相手が少しだけ声を低めてぼやいた。

「なんだかよく知らないが、トラブってるみたいなんだよな、噂では。どうも雲行きが怪しいんだよ。佐渡くんにはそのへんのこと何も伝わってないか」

「それは杉森さんと」

杉森さんとマルユウの噂のことを言ってるのか？　と聞き返そうとして、マルユウという呼び名ではこの相手には正しく通じないのだと佐渡君は思い直した。

「杉森さんと丸田優に関する噂のこと？」

「いやいや、その話じゃない」松本君は煩わしげに否定した。「そっちはそっちで噂が飛び交ってるけど、僕が言ってるのは本田さんの話のほう。何も聞いてないの」

「別に何も」

「詳しいことは僕も知らないんだよ。ただちょっと契約の問題でこじれてるんじゃないか、みたいなことを言うやつがいてね、契約ったって、本田さん個人と出版社サイドの契約問題なのか、出版社とワッキーの事務所サイドの契約問題なのかよくわからないよ。でもどっちにしても、つまるところはギャラの折り合いがつかないとかそういうことなんじゃないか？　想像だけど。本田さんはこっちに来るたび僕らに招集かけるだろう、もう三回目だよ、これ以上聞き出せる話なんて残ってるはずもないのにさ、とにかくあと一回だけお願いしますって僕に連絡役を頼んできたんだよ。僕が思うに、メインは佐渡くんたちの取材のほうで、こっちはそのついでってことかもしれないけど。ついではついででも場所の手配して、毎回集まった人数分コーヒー代持ってくれるわけだよ、取材費名目で。書く前から領収書溜め込んでどんな立派なもの書いてくれるの？　って話なのかもしれない、出版社サイドからすれば。いっぺん書いたもの見せろよって、ワッキーの事務所サイドがクレームつけたのかもしれない。むこうで何の問題が持ち上がってるのか、素人《しろうと》には見当がつかないよ。でもとにかく今日の取材はドタキャンなんだ。急に東京を離れられない用事ができたって言うんだから、おそらく佐渡くんたちの取材のほうもキャンセルだと思うけどな。本田さんから直接連絡は入ってないの、携帯にメールとか？　まだならそのうち何か言ってくるんじゃないか」

出版社サイドと芸能事務所サイドの契約問題とか、いったいどこからの情報を誰が言いふらしているのか、佐渡君は訝りながら電話を終え、直接の連絡を待つことにした。

だが昼食をすませる時刻になっても彼女からの連絡は入らなかった。あらかじめ指定されていた午後二時、佐渡君は先月と同じ広場のベンチに腰をおろして彼女が現れるのを待った。というより待ち人が現れないのを確認するためにベンチに腰をおろして時間をつぶした。午後のスケジュールはこの日の面会のために夕方まであけてあった。

佐渡君は自分から先方の携帯に連絡をする気にはなれなかった。午前中に松本君から聞かされた「本田さんが丸田優に会いたがっている」という話にこだわっていたからだ。それが事実だとして、その話を本人の口から聞かされていないことを怪しんでいたからだ。ここで落ち合う日時を決めるために交わしたメールの文面でも、彼女は丸田優の名前には触れていなかった。今日会ったときに触れるつもりでいたのか。それともすでに独断で、彼女は直接丸田優に取材の申し込みをしているのだろうか？　どちらにしても気がすすまなかった。マルユウとふたり並んで第三者を前にあの事故の話をするなど考えられなかった。

佐渡君は日だまりになったベンチで煙草を吸った。

午後二時に一本目に火を点け、一時間ほどで、携帯用灰皿に吸殻が三本たまった。ぼんやりした顔で彼が考えていたのは、「自分で自分の命を縮めたいの?」という妻の常套句《じょうとうく》ではなく、先月の取材終わりに手渡された古い本のことだった。『宇宙人はほんとにいるか?』という題名の本を彼は妻に内緒ですでに読み終えており、一度では足りずリュックに入れて持ち歩いて再読し、読むうちに小学生時代の確かな記憶をいくつも蘇《よみがえ》らせていた。おそらくそのせいで喫煙中の佐渡君はいくらか遠い目つきをしていて、傍目《はため》には、心ここにあらずの近寄りがたい人のように見えた。


広場の向かいのベンチで、佐渡君と同様に煙草をくゆらせ自分で自分の命を縮めている男がいた。その六十年配の男がこちらを見ていること、それが先月にもこの場所で見かけた同じ人物で、自分たちは顔見知りなのだということに佐渡君は三本目の煙草を吸い終えるころには気づいていた。

午後三時になると、佐渡君は踏ん切りをつけてベンチを立った。

東京から取材に訪れる予定のライターを一時間も待ったという事実に自身で呆れながら、彼は向かいのベンチまでまっすぐ歩いていった。

年配の男性は先月とまったく同じ様子に見えた。

地味な茶系の上着に色落ちしたジーンズを合わせていて、先月の服装と見分けがつかなかった。男性のすわるベンチ横の鈴懸の木の葉だけが先月とは違い、全体に黄色く色を変えている。すでに落葉がはじまっている。

男性はベンチから腰を浮かせて佐渡君を迎えた。男性の顔に浮かんだ歓迎の笑みを見て、安心とも懐かしさともつかぬ気持ちを佐渡君はおぼえた。待ち合わせをすっぽかした相手の代わりに、いま自分が別の話し相手を求めているという身勝手な欲求も意識した。だが今日ここで、取材者と落ち合ったのち自分は何を語ろうとしていたのか、彼女からのどのような質問を想定し、どのように答える自分に期待して取材を承諾したのか、記憶はもう不確かだった。あるいは自分は、誰かに話したがっているのだろうか。あの事故の体験を。一緒に暮らしている妻にも理解してもらえずこれまでずっと心に仕舞い込んだままの事故の記憶を。たとえそうだとしても、その話をする相手はライターの本田さんではないだろう。この旧知の男性でもないだろう。もし本気でそれを望むなら、自分はいますぐにでもマルユウと連絡をつけるべきなのだ。

「ごぶさたしています」と佐渡君は自分から挨拶をした。「中学のとき先生に教わった佐渡です。憶えていらっしゃいますか」

「ええ、もちろん」男性がにこやかに応えた。「憶えていますよ。佐渡理くんでしょう。前にもいちど会いましたね、ここで」

「あのときもお声をかけようかと迷ったのですが」佐渡君は如才なく話を合わせた。「もし湊先生のほうで憶えておられなかったら、ご迷惑かと思って」

「忘れませんよ、担任した生徒の顔は何年経っても。とくにきみたちの学年の生徒の顔は、いまでもよく憶えています。二十年、いやいや、もう二十五年ほど経ちますか」

「そうですね、そのくらいになります」

「四年に一度だったか、確かオリンピックの年に合わせて中学の同窓会が開かれていますね。有り難いことに毎回わたしも呼んでもらうんです。その同窓会の席で、わたしの受け持ちだった子たちが集まると、佐渡くんの名前がよく挙がります。必ずと言っていいほどみんな佐渡くんの名前を口にする。なにしろ学年一の秀才だった生徒の名前ですからね」

恩師のこの発言に他意などないことはわかっていたが、彼はすぐには返事をしなかった。それは話題には事欠かないだろう。四年に一度の同窓会のたびに、学年一の秀才だった生徒の名前は繰り返しみんなの口にのぼり、同時に、おそらくその生徒がのちに巻き込まれた不幸な事故の話も蒸し返されているのだろう。今後はそこに丸田誠一郎の自死の噂や、丸田優と杉森真秀の不倫のゴシップも加わるのだろう。そんなふうに思うのは僻《ひが》みだとわかっていても止められなかった。

湊先生は黙ったままの佐渡君を見てこう言った。

「つまり同窓会に出て来る人間より、欠席者のほうがよほど話題の種になる、ということです」

「次は出ないと損ですね」少し考えて彼は応えた。「欠席ばかりしてると噂の餌食《えじき》にされて、あることないこと言い触らされる」

笑顔で軽口をたたいたつもりだったが、うまく伝わったかは自信がなかった。彼は腕時計を見た。習慣的に見ただけで、現在時刻が三時数分過ぎであることは見るまでもなかった。

「佐渡くん」すぐに湊先生が言った。

「はい」佐渡君は顔をあげた。

「このあと何か予定がありますか？　急ぎの用事がなければ、一緒にお茶でも飲みませんか。この近くに知ってる喫茶店があるんですよ」

「ええ、それは……」かまいませんがと曖昧な返事をしかけたところへ湊先生の声が重なった。

「丸田くんのことできみに話したいことがあります。以前からできれば話したいと思っていました。いい機会だから少しつきあってもらえますか」

彼は返事に詰まった。「丸田くんのことで」と鸚鵡返《おうむがえ》しにつぶやくのがやっとだった。

湊先生はちいさくうなずいてみせた。

「じつは丸田くんからの伝言をきみに伝えておきたいのです」

このとき彼はとっさに、自分の頭越しに、ライターの本田から丸田優へ取材依頼がなされた可能性のことを思い出していた。

「マルユウから、僕に伝言が？」と彼は聞き返した。

するとこんどは湊先生が首を横に振った。

「いいえマルユウのほうではなく、わたしが言ってる丸田くんはマルセイです」

「でも先生、マルセイは、今年の夏」

「ええ丸田誠一郎くんが亡くなったのは知っています」

湊先生は短い間を置いて続けた。

「人生いつ何が起きるかわかりませんね。だからいまのうちに、こういう機会は逃さずに、話すべきことを話しておいたほうがいいと思います。彼が生きていたときに聞いた話をきみにしておきたいのです」

丸田優から丸田誠一郎へ――マルユウからマルセイへの頭の切り替えがうまくいかず、棒立ちになっている佐渡君の肩に湊先生は手を触れて「行きましょう」とうながした。

❄

湊先生が久しぶりに教え子のマルセイと再会したのは――というかこの湊先生とは私のことなのだが――中学校の教職を定年退職した翌年、このときから五年ほど前のことだ。

ある日、湊先生の自宅まで、先生にとってはもう無用になった自動車を引き取りにやって来た青年がいて、それが昔の教え子のマルセイだった。地元のフリーペーパーの掲示板コーナーに「中古車格安で譲ります」とあるのを見つけてマルセイは迅速に動いたらしかった。といっても、フリーペーパーの掲示板に案内を載せたのも、希望者からの電話を受けててきぱきと話をまとめたのも先生本人ではなかった。窓口になって直接交渉にあたったのは隣の町に住む三つ年上の姉だった。したがって自宅にマルセイが現れるまで先生は自動車の引き取り手が誰なのか知らなかった。

「ごぶさたしています湊先生」玄関先で車のキーを受け取る際、いかにも照れ臭そうにマルセイは切り出した。「僕、マルセイです。憶えてませんか、本名は丸田です」

「もちろん憶えてますよ」と先生はにこやかに応対した。「マルセイこと丸田誠一郎くんでしょう」

ただそのとき――自分で言うのも何だが――先生のにこやかな笑みには多少の無理がともなっていた。相手が昔の教え子だからというのではなく、当時の先生は人前で自然に笑うのが苦手になっていて、笑顔になるべきところでは意識して笑う顔を作らなければならなかった。同い年の妻に先立たれて七ヶ月が過ぎようとしているのに、意気地のないことにいまだに喪中気分から抜け出せず、妻の急死がもたらした虚無感を払拭《ふっしょく》できずにいた。

　隣町に住む心配性の姉は、弟がはやまって最悪の結果をまねくことまで恐れ、以前より頻繁に家を訪れて世話を焼いた。前向きな言葉で励ましたり、料理や絵手紙や詩吟の趣味を提案したり、腰が重いのを叱咤《しった》しながら、還暦を過ぎて初めて独り暮らしを経験する頼りない弟の監視を怠らなかった。無用に場所をとっている自動車を処分して、車庫をつぶして、庭を広げて緑を植える、もしくは花壇にするという計画も姉の思いつきだった。先生じしんは積極的に賛成もしなかったし、かといってあえて異を唱える気力にも欠けていた。

「そうです、その丸田です。すみません、僕なんかが」

　とマルセイは続けて、謝るいわれもないことを謝ってきた。

「先生の奥さまの、思い出のつまっている愛車を、しかもボルボなんて立派な車を、僕みたいな、どこの馬の骨かわからないものが譲ってもらって」

　確かに先生の妻が所有していたのはボルボ２４０と呼ばれるスウェーデン製の頑丈な自動車だった。ただ型式は古く、車体のクリーム色の塗装も褪色《たいしょく》が進んでいて、お世辞にしても立派は言い過ぎに思えた。譲られる側がなにもそこまで卑屈になる理由もないはずだった。

「それとあと、おくやみが遅くなりました。このたびは、本当にご愁傷さまでした。知らないこととはいえ、お葬式にも駆けつけなくてすみませんでした」

　先生は、指をひらいた掌《てのひら》でマルセイを押し止める仕草をして、かしこまった挨拶をやめさせた。

「ここに置いていても錆《さ》びて朽ちていくだけですからね。あの自動車はまだ動くうちに誰かに乗ってもらうほうが幸せというものですよ。それにきみはどこの馬の骨かわからない人間ではなくて、僕の教え子ですから。必要なら喜んで譲りますよ」

「ありがとうございます」マルセイは深々とお辞儀をした。「大切に乗らせていただきます」

その日、車庫から自動車を出す段になって、マルセイがしてみせた彼の性格の一端をあらわす行為を先生は記憶にとどめている。運転席に乗り込む前、彼はボルボのボンネットに一枚、テールランプの横にもう一枚ステッカーを貼り、平手で丁寧に撫《な》でて表面を均すような仕草をした。それは初心者マークのステッカーだった。先生は見ているだけで何のコメントもしなかった。運転席側のドアに手をかけたところでマルセイが振り返って、

「じつは免許取り立てなんです」

とわかりきったことを報告したときも、だまって見ているだけだった。ただそのあと彼が照れ笑いの顔のまま、

「いろいろ先のことも考えて、免許を取ることにしたんです。この年になって、教習所に通って、頑張ったんですよ」

と言い訳めいたことを口にしたのは忘れないし、なかでも「頑張ったんですよ」というありふれた言葉の持つ意味を、マルセイがその言葉を使った意味を、のちになって先生はたびたび考えさせられることになる。

それが五年前の、ちょうど同じ十一月の出来事で、それから年をまたいで空白期間があり、翌年の四月、先生はまた偶然マルセイと再会した。

その日先生は、通院中のメンタルクリニックと、もう一カ所内科の病院へ立ち寄り、そのあとは鍼灸院《しんきゅういん》で腰に鍼《はり》を打ってもらい、それからついでに鍼灸院の近所を徒歩でめぐって、いまは廃校になっている小学校の跡地を訪れた。

帰宅の途中でそちらへ足が向いたのは、記憶にある桜吹雪の坂道に導かれたせいだった。小中学校の統廃合が進められる以前だからもうずいぶん昔、妻の運転する車の助手席にすわり、窓越しに、その坂道をひっきりなしに滑り降りてくる桜の花びらを眺めていたことがあった。

そのとき妻は電話に出ていた。車は坂道と直角に交叉する通りに停まっていた。誰からの電話だったか、何の用事で自分たち夫婦は車に乗っていたのか、先生は憶えていない。確かなのはそれが、妻とふたり、たいした悩み事もかかえず平穏に過ごしていた日々の情景であり、当時はそうと意識せずに生きていた人生のほんの数分の出来事だったということ。またそのとき自分が、電話中の妻の横顔ではなく反対側の坂道のほうへ注意を向けていたことだ。

坂道というのは道幅が数メートル、全長二十メートルにも満たない直線の舗装された通学専用路で、上りつめた高台に、先生は実際に見たことはないのだが、小学校の校門があり、校庭があり、校舎がある。

先生が記憶する坂道の、左右両端にはすでに散った桜の花びらが溜まっていて、それが上から吹きおろす風に舞い上がり、同時にその風にたったいま枝を離れた花びらと入り交じって滑空し、坂道の下の通りへ掃き出される。箒《ほうき》で掃き出されるように乱舞する。風は吹きやむと、また次の風がおきる。ひっきりなしに吹きおろして花吹雪をおこす。車の屋根にも花びらが降り積もっているだろう。妻は電話に出ていて気づかない。助手席の先生だけが窓の外を見ている。風はひっきりなしに花を吹き散らす。桜の花びらは坂道の上から無尽蔵に湧《わ》き出てくるように見える。たぶん校門のそばに満開の桜の木があるのだろう。生徒たちだけではなく教員も振り仰ぐような大木の桜が誇らしげに咲いているのだろう。そう思って先生は窓の外を見ている。

マルセイに突然声をかけられたのは、夕暮れ近い時刻、ずいぶん昔のそんな思い出にふけっている最中のことだった。

先生は坂道の下に立っていた。妻が電話に出るために車を停めたあたりに目をむけながら、ときおり吹き下ろす緩い風を頬に感じていたが、桜の時季はとっくに過ぎていた。舗装された坂道の両端にも、通りのどこにも花びらは一枚も落ちていなかった。前日に一周忌法要を終えたばかりの湊先生は、もし妻の命日がもう十日も早ければと、らちもないことを考えた。そうであれば記憶しているのと同じ花吹雪の光景を見られたかもしれないのに。もっとドラマチックな書き割りのなかでもっと感傷的に妻の記憶をたどれていたかもしれないのに。声に振り向いたとたん鍼治療で軽くなっていた腰がまた疼きはじめたので、先生は顔をしかめた。

「このへんに何か用事でも？」とマルセイが話しかけた。

「ただの散歩ですよ」腰をさすりながら先生は答えた。

「散歩って、ずいぶん遠いじゃないですか」

「「きみは」と聞き返してから先生はマルセイのいでたちに気づいた。「野球の試合ですか」

「頼まれて少年野球のコーチをやってるんですよ。この上のグラウンドで。いま練習帰りです」

言われてみるとあたりに数名、それらしい姿の子供たちが目についた。マルセイじしんは、泥汚れのめだつオフホワイトのトレパンに上は長袖の、袖の部分だけ濃紺のアンダーシャツ。金属バットを一本手にしていて、ほかに何本かのバットを収納しているらしい細長いケースを片方の肩に掛けている。

「そういえば、中学のときさみは野球部だったね。高校に入ったあともずっと野球を続けたんでしたね」

「それはマルユウのことでしょう、先生」

「そう？」

「家まで送りましょうか」

「そうか」先生は勘違いに気づき、独り言を呟《つぶや》いた。「高校野球で活躍したのはマルユウだったか」

「すぐ近くに車を置いてるんです」マルセイは恩師の独り言を無視して言った。「いまから歩いて帰ると夜になりますよ、先生」

坂の上へちらっと目をあげて、そこに聳え立つはずのまだ一度も見たことのない桜の大木に未練を残したまま、先生は教え子に弱音を吐いた。

「そうだね。今日は少し歩き疲れました」

「そりゃ疲れますよ。先生もお年なんだから、こんなとこまで歩いたら。……腰が痛いんですか？」

「さっきから少しだけ。やっぱり、年のせいだね」

先生がそう答えると、すぐさまマルセイは荷物を地面に置いて背後に回りこみ、「ちょっと力を抜いて、じっとしててください」と言い先生の背中をぱたぱたと叩き始めた。両手で手刀を作って、それを水平にして連打しているのだと感触でわかった。肩甲骨《けんこうこつ》の下あたりから臀部《でんぶ》まで、臀部からまた折り返して上へ。

手刀の治療に身をゆだねながら先生はマルセイに訊ねた。

「自動車の調子はどうですか。問題なく走ってますか」

「ええ何も。問題なしです。初心者マークのせいで、助手席にひとが乗りたがらないのを別にすれば」

「運転の腕に問題はないんでしょう？　きみたちは若いし、もともと運動神経もいいはずだから」

そう言ったあと先生には、複数形の「きみたち」という表現をマルセイが聞きとがめたような、息遣いの変化が感じ取れた。マルセイとマルユウとを明確に区別せず自分がいま喋ってしまったことにも先生は気づいた。

「さあどうですかね」とマルセイは答えた。「そのへんはご自分で助手席に乗って確かめてみてください。はい終了です。これで楽になったでしょう？」

「ああ、ほんとだ。痛みが消えてる」

「じゃあ先生の家まで送りますよ」

その車中で、先生は結婚の報告を聞いたのだった。

先週役所に届けを提出したばかりだとマルセイは言った。彼が口にした結婚相手の名前は中学時代のクラスメイトだった。

「杉森くんと」

「はい、あの杉森、杉森真秀です」

「それはよかった。おめでとう」

「じつは先生、さっきのあそこで会ったんですよ、あの坂の上。廃校になった小学校を杉森が見に来てて、おふくろさんと一緒に。そのとき、たまたま子供たち相手にシートノックしてる僕に気づいて、話しかけてきたんです、去年の桜の季節だったから、ちょうど一年くらい前ですね、久しぶりに喋ったんですよ。それがきっかけです」

去年の秋、自宅まで自動車を受け取りに来たときの「いろいろ先のことも考えて」免許を取ったのだというマルセイの言葉を先生は思い出した。あの頃にはもうふたりは交際中だったわけだ。先のこととはひとつには結婚を指していたわけだ。

「あそこはきみたちが通った母校だったの？」

「いえ杉森は別です。あいつは小学校は違うんです。ただおふくろさんのほうが、僕らのときの先生で。僕らって、つまり僕のほかにマルユウや、佐渡くんや」

「ああ、なるほど」先生は記憶をたどり直した。「そうでした、確かに、その話は聞いたことがある」

「そうですか」

「きっかけはどうあれ、ほんとうに良かった。中学時代のきみたちはいつも一緒だったね。きみたち四人、きみと杉森くん、それにマルユウと佐渡くんを加えた四人の結束は固かった。いまでもよく憶えていますよ」

「でもそれが」マルセイはすぐに恩師の記憶を打ち消すような返答をした。「高校時代はみんなばらばらだったんですよ。マルユウは部活優先で僕らとは距離をおいてたし、佐渡くんは佐渡くん、僕も僕で、好きなことやってた、ほかのやつらとつるんで。クラスが同じになることはあっても、杉森とだってろくに口もきかなかったくらいなんです」

「そう」と先生が相槌を打ったところで会話は止まった。

何かもう少しコメントが欲しそうな気配がマルセイから伝わってきてはいたが、彼らの高校時代にそれ以上踏み込むことにはためらいがあった。踏み込めば結局、卒業直後の事故の話題を避けて通れないという展開を先生は心配していた。代わりに、「わたしの妻とわたしも同級生だったんです、きみと杉森くんのように同級生夫婦だったんですよ」という台詞が喉まで出かかったけれど、去年その妻を亡くしていることを考えればあまり縁起のいい話題とも思えなかったし、そもそも妻の死につながることを話題にする気にはなれなかった。

「けどまあ、頑張って免許を取っておいて正解でしたよ」

先生の自宅前に車をつけてからマルセイが話を〆《しめ》た。

「子供ができたときのことを考えると、ますます運転する機会が増えるだろうし。このボルボ、譲ってもらってよかったです」

先生は笑顔でうなずいて車を降りた。

翌月になってすぐマルセイから電話がかかってきた。

直接会って話したいことがあるのでお宅にうかがってもいいでしょうかと改まってマルセイは話した。

世は大型連休のさなかだし、てっきり教え子がふたり顔をそろえて結婚の報告に現れ、また妻の一周忌のこともあるから仏壇に線香をあげてくれるのだろうと想像してそれなりの心構えをしていたのだが、来たのはマルセイだけだった。服装もそのまま野球の練習にまわれそうな普段着だった。

「すみませんでした、こないだは」

手土産に柏餅《かしわもち》を持参した新婚の夫は、何よりも先に頭をさげて謝罪した。

「ほんとに気がつかなくてすみません。無神経なことをぺらぺら喋ってしまって」

先月車に同乗したときのことで何を謝られているのか、先生はピンとこなかった。

「子供のことですよ」

「子供？」

「結婚して子供ができたら車の出番が多くなるとか、つい余計なこと喋ってしまいました。お子さんのいない先生の前で」

先生は車を降りぎわの会話を思い出した。

「なんだ、そんなこと？　べつに気にもしてませんよ」

「いや、しかも先生は奥さまを亡くされてまだ間もないのに、自分だけ幸せに目がくらんだみたいに、いい気になって、交際のきっかけとか、さきで子供ができたらとか、ほんと無神経だったと反省してます。僕にはこまやかな心遣いというものが欠けているとこがあるんだそうです。杉森にこってり叱られました」

「杉森くんに」

「はい。でも杉森も、先生の奥さまが亡くなられたのは知らなかったらしいです」

先生は当初予定していたリビングではなく、ダイニングキッチンへマルセイを案内して、そこで薬缶《やかん》をコンロにかけたり冷蔵庫を開け閉めしたりしながら話を聞いていた。やがてお湯がわくとティーバッグの紅茶をいれた。妻が贔屓《ひいき》にしていた洋菓子店で買っておいたモンブランを二つ皿に取り分け、フォークを添えた。テーブルをはさんでマルセイと向かいあい、椅子に腰をおろすと、片手で腰骨のあたりを揉みながら訊ねた。

「きみは自分の妻のことを杉森と呼んでるの」

「え?」虚をつかれた顔になって、それからマルセイは認めた。「はい、そうです。杉森のことを、僕は杉森と呼んでいます」

「むこうは?　杉森くんはきみを何と呼ぶの」

「丸田くん、です」

「マルセイではなくて」

「はいマルセイとは呼びません。いまはもう」

そこでしばらく会話が途切れた。ふたりとも栗《くり》の渋皮色をしたクリームをフォークですくって口に入れた。そのあとほぼ同時に紅茶を飲んだ。先生は煙草が吸いたかったが我慢した。

「杉森くんは、お元気ですか」

「元気ですよ。先生のこと懐かしがってました」

「杉森くんのお母さまも」

「はい、たぶん。めったに会わないけど。まあ会ったときは元気そうに見えます」

先生は腰を揉むのをやめて顔をあげた。電話じゃなくて直接会って話したいと言っていたのはさっきの謝罪のことだったのか、それともまだ別の話があるのか、疑問に思っていると、

「僕らの結婚には反対だったんですよ、杉森のおふくろさんは」

マルセイが打ち明け話をはじめた。

「野球の練習中に杉森に声をかけられて、それがきっかけでときどき会うようになって、とんとん拍子に結婚、めでたしめでたし、みたいな言い方になりましたけど、こないだは。違うんですよ。そんな、恋愛ドラマの最終回みたいな結婚とはほど遠くて、まあだいたい現実の結婚はそんなもんでしょうけど、でも僕らの場合は家族や友人に祝福された結婚でもないですから。とくに杉森のおふくろさんは最初はキレまくって、僕が娘を洗脳したみたいに言うし」

黙ったままでいるわけにもいかないので先生は訊ねた。

「またどうして」

「よくわかりません」マルセイはいったん口を結び、ぎゅっと顔をしかめてみせてから、フォーク

を使ってモンブランの崖を抉《えぐ》り取った。それを一と刺しで口に入れると紅茶も飲んだ。

「洗脳なんかしたつもりはないんですよ。僕はただ頼まれて子供たちの練習をみてただけです。でも杉森のおふくろさんの目には、僕がマルユウのふりをして少年野球のコーチをやってるとでも見えたんじゃないかな。そこは本来マルユウがいるべき場所なのに、マルセイが乗っ取ってしまったみたいに」

「マルユウか」先生は反射的にその綽名を復唱してしまい、紅茶カップを手にしたましぶしぶだがこう問わざるを得なくなった。「マルユウがどこかで出てくるの。きみたちのその、結婚にいたるまでの途中の話として？」

「いや、出ては来ませんよ。高校を卒業した年以来会ったこともないし、いまどこで何をしているかも知りません。噂ではこっちに戻ってるらしいけど、本人から連絡を貰《もら》ったこともないですし。

杉森もそれは同じなんです、ただ」

「杉森くんのお母さんが？」

「……はい？」

「杉森くんのお母さんがマルユウと連絡を取り合っている？」

「いやそれはないと思いますよ。あいつは、マルユウは、昔の知り合いとは誰とも連絡を取り合っていないと思います。むしろ避けていると思います。僕もひとのことは言えないけど。ただ杉森のおふくろさんは、娘が見ているのはきみじゃないマルユウの幻だとか僕に言うんですよ。たぶん頭の中で昔のマルユウと今の僕を比較して」

相槌の打ちようもわからず、先生はただ説明を待っていた。するとその期待をはぐらかすようにマルセイが質問を向けてきた。

「つかぬことを訊きますが、先生は、マルユウとマルセイを混同してませんか」

「どういうこと？」

「久しぶりに僕と会ったとき、マルユウと僕を混同しませんでしたか」

「去年、きみが自動車を引き取りに来たとき？　いや、それはないよ」

「確かですか」

「うん、いくらなんでもそれはない。きみは丸田誠一郎くんだ。苗字と名前の一文字ずつをとってマルセイ、まちがえようがない」

「じゃあ先月会ったときはどうでしたか。野球の練習帰りの僕を見たときには」

「そうか……」と先生は声を洩らした。「そう言われてみると、あのときは少しだけ勘違いがあったかもしれない。野球のバットを持ったきみを見て一瞬、どっちがどっちと区別がつけられなかったかもしれない。なにしろきみたちは中学時代いつも一緒で、ふたりとも野球部だったという記憶があるから」

「ええでも、高校に入っても野球を続けたのはマルユウです。マルユウには素質があったけど、僕にはなかった。僕は野球に嫌気がさして、別の仲間とバンドを組んでエレキベースの練習に打ち込んだりしてたんです。けっこう本気で。みんなでいつかプロになることを夢見て。だから高校からは野球とは無縁だったし、大学でいったん東京に出て、またこっちに戻ってくるまで自分が少年野球のコーチをやるなんて夢にも思っていなかった」

「そう」とだけ先生は言い、言ったあと片手でまた腰の脇を揉みはじめた。「そうだったの」

「先生は何もご存じないんですか」

「何も、というと？」

「バンドが売れたこと。夢が叶ったこと。当時の仲間がメジャーデビューしていまでもずっとバンドを続けていること。僕が途中で脱落して、セレブになりそこねたこととか。そんな噂、聞いたこともありませんか」

「そうだね。何も知らないというわけじゃない。そういう話は何度か聞かされたことがあります。どこまで事実かは知らないが、きみと同学年の、昔の教え子たちから」

「全部事実ですよ」マルセイが言った。「それが僕なんです」

それから先生が返す言葉を思いつかないうちに、

「また腰痛ですか」

と訊いてきて、返事も待たず、マルセイは手にしていたフォークを皿に置いた。

「杉森のおふくろさんは、小学校から高校までのマルユウや僕のことをちゃんと知っていて、妙な言い方だけどきっと、僕ら以上に昔の僕らを忘れずにいて、いまのきみはきみじゃないって僕に言いたいんでしょう。ここで野球をやってるはずなのはきみじゃない。ここはきみの居場所じゃない。もちろん、娘の結婚相手もきみじゃないはず、ってことなんでしょうが」

そこまで喋ったときにはもう両手で手刀を作っていた。マルセイは左右の手をすこし斜めに倒して、小刻みに宙を叩く動作をしてみせて、「こないだのやつ、またやりましょうか」と言った。先生は素直に椅子を立って、手刀の治療を受けることにした。

「いまきみが言ったのは、つまり」マルセイに腰の両側を叩いてもらいながら先生は話の続きをうながした。「簡単に言えば、わたしなんかとは違って、杉森くんのお母さんならマルセイとマルユウを混同したりはしない？」

「そうです」

「過去を正確に憶えているから」

「はい」

「きみ以上に、きみの過去を正確に？」

「そうだと思います」

背後でマルセイがうなずく気配があり、こう言い直した。

「おそらく僕ら以上に、僕らの過去を正確に」

「僕らというのは、きみと、マルユウ？」

「マルセイとマルユウ。そもそも先生の記憶の中では、中学時代のマルセイとマルユウの区別が曖昧なわけでしょう。どっちがどっちか、大人になった僕と外でばったり会っても迷ったりするわけでしょう。ほんの一瞬でも、混同が起きる。そしたらそのとき、先生が憶えているつもりのマルセイと、いまの僕とは、なにからなにまで同一人物とは言えませんよね？」

湊先生は小さくうなずき返すしかなかった。マルセイの声が続けた。

「じつを言うと、僕自身にもそんな感覚があるんです。それこそ妙な言い方ですが、自分でも混同が起きる。うん、混同と言っていいと思う。みんなからマルセイと呼ばれていた昔の自分と、いまここにいる僕自身が、しっくりなじまない。子供たちに野球を教えていても、ときどき自分が自分じゃないような気がする。バットを握っている自分、シートノックをしている自分、エラーした子供を大声で励ましている自分に違和感がある。自分の心のありかみたいなものが曖昧になる。グラウンドを見渡しても、ここは僕が本来いるべき場所じゃないように感じてしまう。これはどうも、違うな、とか。杉森のおふくろさんの言うとおり、野球をやってる僕は僕じゃないのかもしれないとか。いま僕はマルユウの人生を代わりに生きてるんじゃないかとか。そこまで思ったりもする。わかりますか、先生。僕の喋っていること。ついて来れますか」

　マルセイの喋っていることは彼の本音に聞こえた。誰彼かまわず話せるはずもない本音を、考え考え伝えようとする教え子が先生には痛ましく思えていたけれど、嘘をつくわけにはいかなかった。

「いや、よくわかりません」

「ですよね」

　とマルセイは低い声で応じた。ただその声のわりに、さして落ち込んだ様子でもなく、こんなことをぼそぼそと呟いた。

「だってもし、僕がマルユウの人生を代わりに生きているのだとしたら、じゃあマルユウはいったい誰の人生を生きてるんだ？　って話になるし」

　そこで治療は終わった。さきほどまでの腰の痛みは前回と同じく嘘のように消えていた。振り向いた先生にものを言う隙を与えずマルセイは「そろそろおいとまします」と挨拶に入った。

「すみませんでした、先生。きょうは家まで押しかけて。お忙しいところ、くだらないことで時間をとらせてしまいました。こんなつもりじゃなかったんです。まず仏壇に線香をあげさせてもらわないといけないのに。いつのまにかこんなふうになってしまって。訳のわからない話をお聞かせしてご迷惑だとはわかってるんです。ほんとにすみません。ケーキもご馳走さまでした。帰る前に仏様を拝ませてもらってもいいですか」

「迷惑なんてことはないですよ」先生は、教え子が出ていく前に一言なりと、元担任教師としてふさわしい言葉をかけなければと焦っていた。

「時間ならこの通り、たっぷりあるし、わたしで良ければいくらでも話は聞きます。ただ……」

ダイニングキッチンからいったんスリッパを脱いで、マルセイは絨毯《じゅうたん》敷《じ》きのリビングへ入って行った。黒塗りの小さな箱型の仏壇がそっちの部屋の棚の上で異彩を放っている。

「ただね、少しでもマルユウのことを気にかけているのなら、連絡を取って一度会ってみたらどうなのかな」

「そうですよね。最初っから話す相手を間違えてますよね。それもわかってはいるんです。先生よりさきにマルユウに会って話すべきなんだ。顔を見て。できれば佐渡くんも加えた三人で」

つまりあの事故に遭い、生き残った三人で、という意味だということを先生は理解した。それは理解したが、結局、マルセイの訪問の用向きが何だったのか、直接会って話したいことがあると電話で彼が言ったのは何をさしていたのか、要領を得ないままだった。

仏壇の位牌《いはい》を神妙な顔で拝んだあと、帰り際の玄関で、背中をむけてスニーカーの紐《ひも》を結び直しながら、マルセイがふっと息を洩らして笑ったのを先生は憶えている。

「先生は何も訊かないですよね」とマルセイは言った。

それもあの事故のことなのだと理解できた。

「たいてい興味津々で訊きたがるものですけどね、実際のところどうだったのか。どんな宇宙人を見たの？　ＵＦＯの光を浴びて顔が日焼けした？　とか、服脱いだら宇宙人にチップを埋め込まれた痕《あと》が残ってる？　とか、いまここでスプーン曲げ見せてみろとかね。そういうのはそういうのでげんなりだけど、でも逆に、久しぶりに会ってもまったく何も訊いてこないっていうのも、それはそれで、なんだかですね」

「何」

「何でしょう。腫れ物に触られてる？　いや触らないように用心されてる？　とでもいうのかな？すいません、勝手な言い草で恐縮ですけど」

それ以上は言わずにマルセイは靴を履き終えた。

先生もそのときはどう応えていいかわからず、無言のままサンダル履きで外へ出て、車庫はもう花壇に様変わりというほどではないにしても姉の持ちこんだベゴニアやゼラニウムやの鉢が場所を占めていたので、近くのコインパーキングに車を置いてきたというマルセイを門の前で見送ることになった。

マルセイはあの事故の話をしたがっているのかもしれない。私のような部外者にこそ一部始終を聞いてほしいと望んでいるのかもしれない。昔の教え子を見送りながらそう考えたことをずっと心に留めていて、その後、ふたたび会って話す機会を持ったときにそれとなく水を向けてみたのだが、先生の期待は軽く一蹴《いっしゅう》された。もっとも、次に会って話したのはそれから二年後のことだったので、マルセイのほうはあのときの帰り際のやりとりなど忘れていたかもしれないのだが。

期待といえば先生は、マルセイとは別に、いずれそのうち杉森真秀から結婚の挨拶があるものと予想していた。夫婦揃ってのかしこまった訪問とはいわないまでも、夫婦連名で届く挨拶状のようなものを漠然と思い描いていた。彼女は自分の教え子というだけでなく職業上の後輩にもあたるのだから、夫のマルセイよりももっと儀礼的なかたちを大事にするだろう、と。

しかしその期待も時間の経過とともにゆっくり裏切られた。

いつまでたっても杉森真秀からの結婚の報告はなかった。マルセイからは「杉森が先生によろしくと言ってました」と聞かされたおぼえもあるのだが、直接本人からはなかった。オリンピックの年に催される中学校の同窓会にも杉森真秀は姿を見せなかった。マルセイも来なかった。同窓会の席上、「意外なカップル」としてふたりの結婚の噂が話題にのぼり、先生は聞き耳をたてたのだが、自分で知っている以上の情報は得られなかった。そしてその後も杉森真秀と会う機会はなかった。電話がかかってきたことすらなかった。今年の夏、マルセイ死亡の事実を知るまで、こちらから連絡を取ろうとしたことも一度もなかった。

で、これは前回の訪問から二年後の話になるのだが、マルセイは前触れもなくある日先生の自宅にボルボを乗りつけた。そのとき先生は元は車庫だった屋根の下にいた。マルセイが車から降りてきたときにはそこにしゃがんで園芸用の小さなスコップでプランターに培養土を補充しているところだった。

「きのうはどうも」少し離れた所に立ってマルセイは会釈した。「ご挨拶もできずに失礼しました」

「ああ、気づいてたの」と先生は応えた。

「すみません、気づいてたなら挨拶しろよって話ですよね」

「いいんですよ、挨拶なんて。試合中なのは見ればわかるし」

「いつのまにか姿が見えなくなってたんで、あとから、何か僕に用でもあったんじゃないかと気になりだして。また腰痛の治療を望まれてるのかな、とか」

「ああ、いえ、そうではないんですよ。腰なら大丈夫。ただ、あそこに行けば久しぶりに顔が見られるかと思ってね。ほら」先生はスコップを置いて両手についた泥を払い、まっすぐ立ってみせた。

「きみも元気そうで何よりです。杉森くんも、お元気?」

「ええ相変わらずです。ゆうべその話をしたら、せっかく先生が会いに来てくれたのに挨拶もしないで追い返したのかって叱られました」

「そう」先生は笑顔になった。妻の死から三年が過ぎてすっかり習い性となってしまった作り笑顔に。「きょうは少し時間はありますか」

「少しなら。夕方から仕事に入る予定があるので」

「あがって柏餅を食べていきませんか。きみが来たら一緒に食べようと思って余分に買ってあるんです」

マルセイはきょとんとした目で先生を見た。

「前にうちに来たとき、お土産に持ってきてくれたでしょう。あの柏餅、食べてみたらとても美味《おい》しかったから、自分でも買うようになったんです、毎年この季節になると。きのうも和菓子屋さんに行くついでにあのグラウンドを覗いてみたんですよ。運良くきみに会えたら、うちに誘って、おやつに付き合ってもらおうかと」

それは概《おおむ》ね事実だった。土産の柏餅が美味しかったことも。柏餅を買いに出た散歩の途中、マルセイの顔を思い出してあの小学校跡地のグラウンドに立ち寄ってみたことも。ただ、いざそのグラウンドに着いてみると、少年野球の試合を見守る観衆の中にまず杉森真秀の姿を探したこと、連休のさなかだし夫の指導するチームの試合を彼女が見物に来ていたとしても不思議ではないと考えたこと、だが結局見つけられずに軽い失望を味わったことは、先生は伏せておいた。

「そうですね、夫婦で晩ご飯を食べるってほとんどないです。最近は特に」

先生の問いかけにマルセイがそう答えたのは、ダイニングキッチンに場所を移してからだった。手洗いを終えた湊先生が、リビングで仏壇を前に拝んでいるマルセイを見つけて、夕方からの仕事というのはどんな職種なのか訊いてみたところ、飲食店の厨房《ちゅうぼう》で働いているとのことだったので、そこから自然とそんな話になった。

ふたりは以前モンブランを食べたときと同じテーブルでその日も向かい合い、二杯目の緑茶を飲みながら話をしていた。

「休みの日にも杉森は、なんだかんだよくわからない用事で学校に出かけたりするし、晩ご飯に限らず、こんなふうに対面で飯を食った記憶はないです、最近は」

「きみはいまも彼女を苗字で呼んでるの」

「はい」マルセイはその指摘を待っていたかのように躊躇《ちゅうちょ》なく答えた。「で杉森は僕を、丸田くんと呼ぶんですが。やっぱりおかしいですか」

「いやおかしいとは言わないけど。夫婦がどう呼び合おうと自由だけど」

「やっぱりおかしいですよね？」

と食い下がられて、先生は迷った。よくよく考えてみると、おかしいことではないような気がする。夫婦が、学生時代の呼び方でお互いを呼び合う、ただそれだけのこと。さして珍しいことじゃない。

「だけど先生、学生時代というなら、丸田くん、じゃなくてマルセイでしょう。杉森は僕をマルセイと呼ぶべきでしょう」

確かに、と先生は認めた。

「やっぱりちょっとおかしいと僕は思うんですよ。なんかしっくりしない。でもその何かが何なのかはわからない。結婚前も、結婚後も、杉森はいちどもマルセイと呼んだことがありません。あいつは僕が、マルセイらしくないことをしてるから、学生時代のマルセイに見えないから、マルセイと呼んでくれないんでしょうか」

「それは以前言ってた、野球のこと？　子供たちに野球を教えるべきなのはマルセイじゃなくて、むしろマルユウのほうだという、杉森さんのお母さんの意見」

「はい」マルセイは話が通じているとわかり、安心したように頰をゆるめた。「そういうことじゃないかと僕も思います。もしかしたら杉森は、おふくろさんの言うとおりマルユウの幻と結婚した気でいるのかもしれません」

一秒か二秒の間をおいて、先生は笑い飛ばそうとした。が、さきにマルセイがこんなことを喋った。

「つまり僕がマルユウに見えたのかもしれません。あのグラウンドでたまたま野球をやってる僕を見かけて、人違いで声をかけてきたのかもしれません。最初はそうだったのかも。でも何度か会っているうちにあながち人違いではないと思い始めたのかもしれない。杉森の目に僕がマルユウらしく見え始めたのかもしれない。野球だけじゃなく、ほかの面でも」

「ほかの面」

「はい、想像ですけど」

「たとえば」先生はそう訊かざるを得なかった。

「たとえばですね、僕が自分のことを俺じゃなくて僕と言うところとか」

マルセイが真顔でそう言うので、先生は黙って言葉どおりに受け止めるしかなかった。ただ煙草が吸いたかった。

「それも一つあるんですよ。昔は俺だったのに、どうして僕になったのか、もうわからないんです、自分でも。ただ杉森だけじゃなくて、これもたとえばですけど、マルユウのおやじさんが僕を見る目つきとかにも、ときどき同じものを感じたりします。きのうユニホーム着て僕の隣にいた人、チームの監督、あれマルユウのおやじさんです。もうじき引退して僕があとを継ぐ予定なんですけど。僕はマルユウのおやじさんに勧誘されてコーチに雇われたんです。ほんの偶然なんですけどね。たまたま街をぶらついててパチンコ屋に入ったんですよ、……あの、いいですか、この話ちょっと長くなりますけど？」

先生は煙草を我慢できなかった。気にしないとマルセイが言うので一本つけて、深々と吸ってから先をうながした。

「パチンコなんて大学のとき少し遊んだくらいでぜんぜん趣味でもないんだけど、その日はついふらっと入ってしまったんです。そしたらしばらくして、隣の台にマルユウのおやじさんがすわって来て、目が合ったんで、あっどうも、なんて挨拶だけした。どうせ僕が誰だか憶えていないだろうと思いながら。そのあとなんか知らないけど当たりがきて、それで僕、出玉をグローブと交換しちゃったんです。そんなつもりはなかったのに、そのパチンコ屋がWBCだか何だか、野球の日本代表の応援キャンペーンみたいなのをやってて、カウンターで景品の棚を眺めてたら焦茶色のグローブが目にとまって、そしたら急にそれが欲しくなって。グローブの色とか、革の匂いとか、無性に懐かしくなって。で気づいたら、後ろにマルユウのおやじさんが立ってて、やるか？　って訊くんです。久しぶりにキャッチボールやるか？　最初は冗談かと思った。このひと僕をからかっているのかって。けどそのまま駐車場まで連れていかれて、マルユウのおやじさんが車から自分のグローブとボール持ち出して来て、ほんとにやったんですよ、近所の公園に行って、一時間くらいかな、キャッチボールをやったんですよ。二人で、黙々と、一時間も……」

マルセイはそこで話の落とし所を見失ったらしく、曖昧な目つきになった。先生は煙草を灰皿に置き、湯飲みを手にしてぬるくなった緑茶を口にふくんだ。

それで？　と先生は先をうながしたりはしなかった。それでマルユウのお父さんはキャッチボールのときマルユウを見るような目で、言い換えれば自分の息子を見るような目できみを見たの？　そしてそれがいまでもときどき起きているの？　という質問が期待されているのかもしれなかったが口にはせず、マルセイが話の着地点を定めるのを待っていた。

「それでそのあと」とマルセイは言った。「そのあと口説かれて、少年野球のコーチを手伝うようになったんです。だから結局、たまたまなんですよ。この年になって野球をまた始めたのも、杉森と再会したのも、結婚だって、もとをたどればあの日、たまたまパチンコ屋に入ったのがきっかけです。僕の人生は何もかも、たまたまで動いているんです。偶然のいたずらってやつですよ」

「そんな言い方をすれば」人生の先輩として先生はひとこと意見をはさんだ。「みんなそうでしょう。誰の人生だって」

「そうですかね」

「そう思うよ。人生は偶然のいたずらで動いている。その通りだ」

そのとき先生の頭にあったのは妻のことだった。

妻の突然死のことだった。先生の妻の死因は、医者の嚙みくだいた説明によればおなかの血管が損傷したことで、医学用語を用いれば腹部大動脈瘤《りゅう》破裂というものものしいものだった。その死因をめぐって先生にはどうしても拭いきれない心残りがあった。人生は偶然のいたずらで動いている、というマルセイの言葉からいまも即座に思い返される心残りが。

妻が亡くなったその日、先生はかつての同僚のお祝い事の席に招待されていた。いつもならその会場まで妻の運転する車で送ってもらうはずだった。どこへ行くにもそれが夫婦の習慣で、妻も運転手を務める気でいたはずなのだが、その日にかぎって先生は気まぐれを起こした。時間に余裕があったせいもある。朝から好天だったせいもあるし、腰の調子が良かったせいもある。むろん外出のたびに毎度毎度妻をわずらわせたくない気持ちも、定年を迎えた夫と始終顔を突き合わせている妻への気遣いも多少はあっただろう。先生はすこし外を歩くことにして一人で家を出た。歩くのに飽きたら途中でバスに乗るのもいいし、タクシーを止めてもいい。

その留守中に妻は自分で救急車を呼び病院に運ばれた。あとで医師に聞かされたところでは、腹部血管の損傷というのは可能性としてなら「極端な話、家のなかで急に上体を捩る体操をやったりしても起こりうる」ということで、医師はおそらく、人体には、というより人生にはいつ何が起きるかわからない、奥さんの死はあなたの落ち度ではないという慰めを含ませたのだろうが、その発言に喚起されたイメージは、先生の頭にいつまでも残った。家で留守番している妻が、事実そうであったかどうかは別にして、急に思い立って体操を始めるイメージが。もし普段どおり車を出してもらっていれば、妻は編み物に飽きて時間を持て余したり、家のなかでなまった身体を気にすることなどもなく、体操をやったりはしなかっただろうと先生は想像した。むろん体操をやらなかったとしても、危機はいずれ訪れていたかもしれないのだが、それがあの日でさえなければ、自分がそばにいてすぐに異変に気づき、もっと迅速に救急車を呼んで妻の命を救うことができたかもしれない。そう考えると、妻が死んでしまったのは自分の気まぐれのせいと言えないこともなかった。あの日たまたま自分が自動車ではなく徒歩を選んだせいで妻の死を早めてしまったのではないかと。

先生にとっては、人生いつ何が起きるかわからないという言い古された文句よりもよほど、人生は偶然のいたずらで動いている、というマルセイの即席の警句のほうが実感があった。だからこそ「みんなそうでしょう。誰の人生だって」と先生はめずらしく乱暴な意見を口にしたのだし、また自分たち夫婦のことに考えが片寄っていたせいで、マルセイの言葉の深刻さに気づくのも遅れた。人生は偶然に左右されると言うとき、マルセイの頭にあったのは結局あの事故のことではないかと、先生が思い始めたのはもうしばらく言葉をやりとりしてからだった。

「人違いというけれど、マルユウのお父さんは本気できみを息子だと見間違えたわけじゃないでしょう？　一緒にキャッチボールをやってるきみの姿と、息子のマルユウの姿が重なる、同い年の仲の良かった友人だし、なおさらね。そういうことに過ぎないいんじゃないの」

「それはわかりますけど。ただ、僕が言ってるのは、そういうこととはまた違うんですよ」

「違うって、どんなふうに」

マルセイはすぐに答えようとして躊躇《ためら》い、相手の包容力を測るような目で先生を見た。

「うん、いいから何でも言ってみて」

「僕は右利きですけどマルユウは左利きです」とマルセイは言った。

「うん、憶えてるよ」

「憶えてますか」

「マルユウは投手だった、サウスポーの」

「そうです、僕は右利きの外野手でした。でもマルユウのおやじさんの目は、左投げの僕を見てるように思えるんですよ。しかも僕もときどき」マルセイは先生から視線を外して、柏餅の載っていた空の皿に目をやった。「ときどき、左の腕を振ってボールを投げてるような気がする」

「どういう意味かな、それは？」

「さっきのパチンコ屋の話、あれ、じつは景品に貰ったのは左利き用のグローブで、なぜだかわからないけど、気づいたら自分でそれを選んでしまってたんです。そのグローブを右手にはめて、顔にあてて匂いを嗅いだり、ぼんやりしてるときにマルユウのおやじさんに腕をつかまれたんです。右の手首のとこをこうやって強く。それで誘われるままキャッチボールをやった。そのとき、僕は左投げでキャッチボールの相手をしたような気がする。マルユウのおやじさんの目つきに初めて気づいたのもそのときだと思います」

それが息子のマルユウを見るような目つきのことだと先生は理解したが、何とも応えようがなかった。しばらく間が空き、マルセイは顔をあげて先生の目を見た。

「いまは僕、右利きなんですよ。それは自覚がある。いまはもとに戻ってるんです。でも、マルユウのおやじさんに誘われてキャッチボールをやったとき、あの景品のグローブを使った日、自分がどうだったかは自信がない。あのときだけじゃなくて、一時期、僕は無意識に左手でボールを握っていたような気がするけど、もう思い出せません」

「きみは一時期、無意識に左手でボールを投げていた。本来右利きなのに」半信半疑ながらも先生は話を整理した。「でもいまはもとに戻っている」

「はい」

「一時期というのはいつごろ？」

「パチンコ屋でマルユウのおやじさんに出会ってから……たぶん結婚するまで」

一時期というにはそれは長過ぎる時間だろうと先生が思っていると、マルセイが言い直した。

「いや、結婚してもまだ続いてた。……いやもしかしたら僕は、もっとずっと前から左投げだったかもしれない。そんな気もする」

「本来右利きだといま言ったでしょう」

「高校を卒業してあの事故にあって以来ずっと、ボールを投げるときは、ボールでなくても何か放ったりするときは、左利きだったかもしれない、つい最近まで」

「あの事故から始まったの」

「始まった？」

「つまり、その、右利きと左利きの混乱が」

「混乱か。そうですね。混乱というなら、記憶の混乱も」

「それは事故以前の出来事がよく思い出せないとか、そういうこと？」

「いいえ違います。違う、思い出せないんじゃないんですよ。思い出せることはたぶん思い出せるんです。ただ記憶が、バラバラになって散らかってるみたいで、全体としてまとまりが、一貫性がないというか。しっくり自分の気持ちになじまないというか。……うまく言えないんですが、ずっとそんな感じの混乱が続いていて。というか、いまも。たとえば柏餅のことだって、先生は前に僕がお土産に持ってきたとおっしゃいましたが、僕の記憶からはそれも抜け落ちていて」

「柏餅は二年も前の話です、きみが憶えていなかったとしても不思議ではない」

「でも二年前の、先生の腰痛のことは憶えてるんですよ、なのに柏餅を買った自分を思い出せません」

先生はマルセイの視線をたどり、柏餅の葉っぱだけ残った空の皿に目をやった。マルセイのぶんと自分のぶんと、テーブルの上の二枚の白無地の小皿に。それから我慢できずもう一本煙草をつけた。

「柏餅は気にしないで。いったん忘れましょう。……それできみの話に戻ると、少年野球のコーチをやってても、自分がやるべきことじゃないように感じる、と」

「そうですね。自分でそう感じるだけじゃなくて、きっとマルユウのおやじさんの目にも、杉森の目にも僕がそう見えていたんだと思います。僕の言動が、別人の言動のように。だから杉森は人違いして声をかけてきたんでしょう」

「人違いで声をかけたと、杉森くんは自分でそう認めたの？」

そのとき突然テーブルの上で木琴の音色に似たメロディーが流れ出してマルセイはスマホを手につかんだ。先生はべつにその音には驚かなかった。ダイニングキッチンでむかい合って柏餅を食べる前にマルセイが、仕事に遅刻しないためアラームを設定したのを見ていたからだ。

「認めなくてもわかるんです。杉森も僕もそのことはわかってるんです。最初からわかってて付き合ったし、結婚したんですよ」

マルセイは手にしたスマホの画面をタップして続けた。

「結婚前も結婚後も、杉森は僕のことをマルセイとは一度も呼ばないんだと言ったでしょう。けどその代わり、一度だけ呼び間違えたことはあったんですよ。あのグラウンドで再会したとき、最初に杉森は、野球をやってる僕を見てマルユウと呼びかけてきたんです」

先生がしばし言葉をなくしていると、

「ほんとの話なんですよ」とマルセイが念を押した。

「よくわからないな、わたしには」としか先生には言い様がなかった。

「わかりませんよね。やっぱり、明らかにおかしいですよね、僕たち夫婦は。僕はもちろん杉森だって、あの事故からこっち、ずっとおかしかったんだと思います」

いましかないと思ったので先生は初めて踏み込んで訊ねた。

「いったい何が起きたの、あのとき天神山で」

「何って」

「事故の原因は何だったの」

「何が起きたかなんて、僕にはわかりません。憶えてないし、いまさらそんなこと言っても仕方ないですよ。おかしくなったのは事故が起きたあとの話ですから」

どこにもなかった。

が欲しいと思ったとしても、そう思うのは先生の勝手で、仕事に行くマルセイを引き止める理由は

事故が起きたあと何がどうおかしくなったのか、杉森真秀の話もあわせてもう少し具体的な説明

時刻は夕方四時をまわっていた。

「先生、僕そろそろ行かないと。車も路駐したままだし」

「でも丸田くん」

❄

その後マルセイが湊先生の自宅に立ち寄ることはなく、湊先生が散歩の途中で足をのばして少年野球のグラウンドを訪れることもなく、時間は過ぎていった。先生が最後にマルセイと話したのはそれからまた二年後、**その年の七月**のことである。

七月の雨の夜だった。

激しい雨の降る夜で、そのとき先生はウィスキーを飲みながら本を読んでいた。先生が読むのは夏目漱石の小説と決まっていた。毎日決まった数の章を読み、読み終えると栞をはさんで、台所の火の元を確認し、かかりつけの心療内科で処方された抗不安薬を服用する。そしてリビングの例の厨子《ずし》型の仏壇に手をあわせたのち、寝室に入る。独りで暮らすようになって数年、それが就寝前の欠かせない段取りになっていた。毎日段取りを守ることでかろうじて生き延びているように先生は感じていた。

ところがその夜、寝室に入る前に異変が起きた。

左手の、親指と人差し指がすこし痺《しび》れているような感覚に気づいたのは、台所でてのひらに錠剤をのせて呑み下したときだったと思うが、それが明らかに自分の身体に発症しつつある病の先触れだと悟ったのは、仏壇の前に立ったときだった。いつもの夜と同じように妻の位牌にむかって両手をあわせようとして、痺れの感覚が左手の指だけにとどまらないことに先生はようやく気がついた。

口のまわりにも違和感がある。やはり痺れがあってぼわっとした感覚。歯医者で麻酔をかけられたときのようだ。試しに、普段はしないことだが声に出して妻の名を呼んでみると、唇がひくひく動いただけでうまく発声できなかった。左手の痺れは残りの中指と薬指と小指にも伝染していた。なんともないほうの右手で、口もとに触れてみた。つづいて顔全体を撫でまわしてみた。すると顔の右側半分は正常な感覚であることがわかった。が、左側半分は無感覚だ。……ああ！　これはあれだ。おそらくあれの前兆に違いない、と先生は即座に自分で診断を下すことができた。

なぜならかかりつけの医者からしつこいくらいに、いまのままでは長生きできませんよ、煙草をやめて、お酒もひかえて、薬を呑みつづけないときっといつかはその日が来ますよと、さんざん脅されていたからだ。妻の死後、しばらくは定期的に通院して血圧の降圧剤を出してもらっていた医者から。

仏壇の前に立ちすくんでいた時間に先生は過去を振り返った。……そうだ、あの頃、妻に死なれてまもない頃は、いくつもの身体の不調を抱えていた。いまも通っている心療内科とは別にもうひとつの内科医院にもかかっていた。まじめに通院して血圧の薬も毎日呑んでいた。それをサボりだしたのはいつ頃だったろう？　三年、いや四年ほど前か。手刀の治療でマルセイに腰痛を治してもらい、抱えていた心身の悩みがひとつ消えた頃からか。長年の腰痛から解放されて身軽になり、血圧の数値など気にしなくなったのか。だとすれば、もう四年も血圧の薬をサボっていたのか。そのツケが回ってきたということか。この痺れは脳梗塞《のうこうそく》の前兆で、医者の予言がとうとう今夜現実になったということなのか。などと先生は過去を思い返した。そこまではわりと冷静だった。

このままほうっておけばどうなるんだろう。左手と、顔の左半分が火元となり、痺れの感覚は導火線を伝わるようにじわじわと上半身から下半身へと進行するのか。やがて脳にも燃え広がり意識が遠のいて死へと至るのか。死んで妻のもとへ行けるのか？　仏壇のそばに妻の遺影を飾っておかなかったことを先生は後悔した。生前の妻の笑顔を毎日目にするのは辛かったからだが、いまここで死ぬのならせめて妻の笑顔に見守られながら死にたかった。先生は棚の抽き出しをあさり、伏せてある写真立てをつかもうとしてすでに左腕が意のままにならないことを知った。導火線を火が走っている。時間がない。いつまで立っていられるかもわからない。そう思った次の瞬間、四年前医者の脅しがまだ効いていた頃の自分に立ち返って先生は怯えた。

このまま意識が遠のいて楽に死ねればいいが、死がそんなに容易《たやす》いはずもない。怖いのは、死ぬことよりもむしろ生きながらえることだ。妻に先立たれたこの世界に、明日からは左半身に麻痺《まひ》の残った身体をかかえ、たったひとり取り残されることだ。そして寿命がつきるまで生き続けなければならないことだ。……いまですらいっぱいいっぱいなのに、どうやって？　だめだ、このままでは。助けを呼ばなければだめだ。いますぐに、自力で緊急電話をかけなければ。妻もかつて腹部の痛みに耐えながら自力でそうしたように。

電話はリビングの仏壇とは反対側の壁際にあった。先生は振り向きざまつんのめるようにそっちへ移動し、右手で受話器を持ち上げるとその指で焦って1・1・9とプッシュし、それから受話器を右耳に押しあてて応答を待った。だが呼び出し音は一度も聞こえなかった。聞こえたのは男の声だった。不思議なことに電話はすでにつながっていた。おそらくこちらからかける直前にむこうからかかってきていたのだ。

「モシモシ、センセー」と男の声は言った。その声が緊急電話のオペレーターではなくマルセイの声であることに先生はだいぶ遅れて気づいた。

あとから思えばということだが、マルセイはかなり酒を飲んでいる様子だった。

「センセー、アノハナシ、オボエテマスカ」という第一声からして呂律《ろれつ》があやしかった。

「丸田くん！」と先生は声を張りあげた。自分ではそう叫んだつもりだったが、こちらも呂律がまわらず、自分の耳にもそうは聞こえなかった。

「センセー？　イツカシタハナシ、オボエテマスカ」

「マルセイ！」先生はまた叫んだ。「救急車！」

「せんせ？」マルセイの声はまだ弛緩《しかん》していた。「どうかしたんすか。また腰が痛いんすか。ぎっくり腰でもやらかしました？」

それどころではないんだ！　言い返したかったが言葉にならなかった。かわりに先生は唸《うな》り声をあげた。ウー、ウー、ウーと唸り続けた。救急車のサイレンの音を模したつもりだった。そのうちについさっきまでは歩けた脚に力がこもらなくなり、その場に崩れ落ちた。受話器はまだ右手に握ったままだった。右耳にあてることもできた。だが二度と立ち上がれそうになかった。電話を切って119番にかけなおすべきだと判断はついたが、それを実行に移すのがひどく困難な状況に陥っていた。

そんな先生を正気に戻ったマルセイの声が勇気づけた。

「わかりました、これから助けに行きます、いますぐに」

サイレンの擬音の意図が正確に伝わったのかどうかは謎だが、マルセイは先生の身に異状を感じ取った模様だった。できればきみが来るよりさきに救急車を呼んでほしいのだが……と先生が思ったときにはもう意識の混濁が始まっていた。

それからもっと不思議なことが起きた。

先生は濃い霧のたちこめる室内でマルセイと話をした。そこがどこかといえば自宅のリビングであることは間違いなかったが、自宅のリビングに霧が湧いて出るわけもないので、あるいはそれは先生の頭の中の、乳白色に混濁した意識のイメージが幻覚として見えているだけなのかもしれなかった。つまり先生は一部脳内に生じた現象を外側の世界として見ていたのかもしれない。そういうことも含めてすべて、なにもかもが不思議な出来事だった。

最初先生は自宅リビングのすわり慣れた長椅子に横たわっていた。床に倒れていた先生を助け起こし、長椅子に運び上げて、頭の下にクッションを当ててくれたのはマルセイに違いなかった。が、その姿までは確認できなかった。そこに本当に彼の身体が存在しているのかも濃霧のため見えなかった。

彼の声が先生に話しかけた。

「目を瞑《つぶ》っていてください」

そんなことをしても無駄だ。言葉を喋れない先生は心の声で訴えた。目を瞑れといわれても顔の左側の感覚がないんだよ、瞼《まぶた》がどうなってるかもわからないんだよ、手刀で腰の治療をするようなわけにはいかないんだ、こんどのこれは脳梗塞なんだから。さっさと救急車を呼んでくれ！　さもなければいっそ、すみやかに息の根を止めてほしい。このまま妻のもとへ逝かせてほしい。

するとマルセイは、きっとまだ酔いが残っていたはずだが、忍び笑いの滲んだ声で、

「早まらないでください先生、だいじょうぶだから」

と言い、てのひらを使って先生の目を塞いだ。

次にてのひらが離れたときには先生の両目の瞼はしっかり閉じてしまっていた。心の訴えが相手に通じたようであることにも、左側の感覚がないはずなのにちゃんと両目を瞑れていることにも先生は驚いたが黙っていた。言葉が喋れないのでどう驚いても問い質すわけにはいかなかった。

「憶えてますか、先生」気を逸らすようにマルセイが話し始めた。

目を閉じたまま聞いてみるとそれは、杉森真秀が夫の自分を一度もマルセイとは呼ばず「丸田くん」と苗字で呼んでいるという例の話のことだった。ところが近頃それが改まり、杉森真秀は中学時代の懐かしい綽名で夫をマルセイと呼びはじめたらしい。

「どういうことかわかりますか」先生の喉仏の下から左右の肩へとてのひらを滑らせながらマルセイは喋った。マルセイの手の温《ぬく》もりを感じて不快な症状が消えたわけではなかったが、薄皮一枚か二枚ほど不安が軽くなるのがわかって先生は気分が良かった。

「もとに戻ったんですよ」

（学生時代の仲の良さが戻ったのなら何より）

「違いますよ。戻ったのは俺、マルセイに戻ったということ」

（きみはもともとマルセイなんだから、マルセイがマルセイらしく見える、当たり前に戻ったわけだ）

「はい。そうですね」

（……何かおかしい？）

「何も。杉森は離婚を望んでいます」

聞き違いかと先生は思ったので相槌は打たなかった。というかさっきから先生はじっと仰向けに寝ているだけで、どんな相槌も打ったおぼえはなかった。ただマルセイが喋ったことに思念で反応するとそれが正確に伝わって会話が成立するのだった。マルセイの治療はまだ続いていた。おそらく治療なのだろう。彼のてのひらの温度を感じることで、先生はだいぶ気持ちに余裕が持てた。外の雨音にも意識が向けられるようになった。依然激しい雨が降り続いていた。ときおり雷も鳴っている。この悪天候の中、マルセイは駆けつけてくれたのか。あの電話から、ものの五分とかからずに。

「先生、聞いてますか。眠いですか？」

（……はい聞いてますよ。杉森くんが離婚を望んでいる？　どうして急に）

「気づいてたんですよ杉森は、俺の痣《あざ》のことに」

（なんのこと？　杉森くんが何に気づいてたって？）

「先生、この世界には不思議なことがありますね。俺、小学生のとき初めてそれを知って感動した。いまもそのときの気持ち、思い出せる」

（小学生のとき……きみたちが見たＵＦＯのこと？）

「先生、目をあけてみてください」

言われたとおり試してみると、先生は左右両方の瞼を持ち上げることができた。そしてそのとき先生の目に見えたのは、リビングの天井までたちこめる濃淡まだらの白い霧だった。

ちなみにその霧は湿気が感じられず、微かにパクチーの匂いがした。……と先生は記憶しているのだが、絶対の自信はない。この晩ではなくのちに、自宅でアイロン掛けをして部屋に残った匂いを嗅いだときに、あのときの霧の匂いはこれと似ていたかもしれないと思い直したこともあった。

いずれにしろ、ほのかに匂いのついた霧の中でマルセイはこの世界の不思議について語り始めたのだが、聞かされた先生には――聞かされている状況が状況なだけに――その話自体はさほどのものとも思えなかった。なるほどこのマルセイになら、あるいはこのマルセイをふくめた「ＵＦＯの子供たち」になら、そんな不思議なことも起こり得るかもと思いながらそのときは聞いていた。

それはマルセイの手首の皮膚に生じた不思議な現象だった。マルセイには右手首の内側に痣があった。大きさも形も空豆に似た、さながら誰かが指先にインクをつけて押し当てたように見える紫色の痣だった。でもその痣は、生まれつきあったわけではない。ある時点で、突如現れたものだ。気づいたときにはそこに紫色の痣が出ていた。ある時点というのは訊いてみると――先生が予想していたのは「UFOを目撃した小学生のとき」という答えだったが、そうではなく――彼が十八歳のとき、天神山で起きたあの事故直後のことだった。それ以来ずっとマルセイの右手首の内側には濃い痣があった。ところが、いま頃になってそれが消え始めているというのだった。空豆大だった痣は気がつくと枝豆の粒ほどに縮み、色も青痣ていどに薄まっている。

（……確かに不思議なことだね）さほどの一大事とは思えなかったが先生は認めた。（しかしそれと離婚話はどうつながるの）

「もともとはマルユウの痣なんですよ」

（もともとって？）

「生まれつき右の手首に痣を持ってたのはマルユウなんです。なんてことない褐色の痣だったんだけど、それが小学生のとき、あの例のUFOを見た日に、色も大きさも変わってしまったんですよ。空豆ぐらいの、赤紫色の目立つ痣に、あの夏、たった一日で。ところが今度は、その痣が俺の手首に出たんです、あの天神山の事故のどさくさで」

（ああ、それはもっと不思議だ）

「先生、信じないでしょうけど、全部ほんとうの話です」

（いや信じますよ。……おかげでだいぶ具合も良くなってきた。話してください、よければあの事故のことも）

「事故のことは憶えていません。僕らはただ飛んだというだけ」

（飛んだ？）

「それしか憶えてないんです、ほかは何も。前にもそう言ったでしょう。で、痣が出ているのに気づいたのは事故のあと。そしてそこから全部始まりました。いまから思えば」

（全部とは……つまり、記憶に一貫性がないとか、しっくり身体になじまないとか……いつかそう言ってたこと？）

「疲れませんか、先生。疲れたらそう言ってください」

（ぜんぜん）

そう応えながら先生は瞼が下がりかけるのを持ちこたえた。眠気をもよおすのは、喋りながらもマルセイが手を休めない治療のせいかもしれなかった。声と、てのひらの感触だけあってそこにしかとマルセイの存在を感じられないせいかもしれなかった。あるいは感情を表に出さないよう気をつけているらしいマルセイの喋る言葉、ほぼ一定の低さで繰り出される独特の声のトーンのせいかもしれなかった。

「全部です。東京で仲間とバンドをやりたいと思ったこと、そのバンドをやめたいと思ったこと、ミュージシャンなんて柄じゃないと思ったこと、誰も俺にそんなこと期待していないと思ったこと、じゃあほかに何をしていいのかわからなくなったこと、パチンコ屋でグローブが欲しくなったこと、少年野球のコーチなんて似合わないと思ったこと、杉森との結婚、離婚話、十八歳のときからこの二十年に起きたこと、何もかも」

（……全部、マルユウの痣がコピーされたせい？）

「コピー？」

（マルユウの手首からきみの手首へ。違うの）

「コピーかどうかはわかりません、とにかく痣は俺の手首に出たんですよ、その痣のせいでもたらされた災難と、御利益」

（あるの？　ゴリヤク）

「なかったらやってられません。先生とのことにしたって、たまたまタウン誌を見て、思わぬ再会ができて、奥さんの愛車を譲ってもらえたでしょう。なかなかのパワーがあるんですよ手首の痣には。もうだいぶ御利益は使い減らして、そのぶん痣は縮んで色も薄まってしまったけど」

（サイコキネシスとかできる？）

眠気を振り払いたいという意図もあり、先生はそのときつい冗談を口にした。冗談のつもりだったが、口にしたあとから、そういえば戸締まりをして雨戸まで閉めたはずの我が家にいったいどこからマルセイは入り込んだのかといまさらの疑問にも捉えられた。……というか家の中に湧いて見えるこの霧！　いやそれよりこのテレパシー！　読心術？　もしかしてテレポートも？

返事がないので、重たい瞼を持ち上げ、顔を傾けてみると、ミルク色の霧の膜を隔てて、マルセイの声がやはり一本調子に話した。

「できるでしょうね。いや、できます、本気出せば。ずっと自分では気づかなかっただけで、その気になれば何だって。なんならスプーン曲げだってできたかもしれない」

（……スプーン曲げは笑うところだよね？）

「先生、トイレで用を足して水を流すでしょう、その水がどっち向きに渦を巻いて流れるか知ってますか。そんなの人はどっち向きかなんて気にしませんよ、ある日逆向きに流れ出したとしても誰も気づかない。俺だって、まさかそんなことが起きているとは気づかなかった。これは笑うところじゃないですよ先生」

この答えを噛みしめているうちに、先生は徐々に愉快な心持ちになってきた。自分がマルセイにした質問もふくめて、いったいふたりでなんて突飛な会話をしているんだろう！　そう思うと先生は長らく忘れていた自然な笑顔になることができた。マルセイがどうやって家の鍵を開けて侵入したかなどもう気にならなかった。自然な笑顔のまま目を閉じて――目を閉じたほうが、思念の伝達力がより高まる気がしたので――自分から話しかけた。

（でもきみは気づいた。気づいてもスプーンは曲げなかった。そのかわりに何をした？）

「いまになって思えば、たぶん願い事をいくつか」

（願い事!?）

「気づいたともまだ言えない時代の話です。大吉のおみくじを信じるようなものですかね当時は――願い事、思いのままに叶う。手首の痣がまだ大きくて濃かった頃、試しに、御利益を信じて願ってみました」

（何を）

「ひとつはバンドが、メジャーデビューできますようにと、俺は願いました」

（え？）

「叶いましたね、見事に」

（でも、きみはバンドを抜けたんじゃなかったの。自分でそう決めて）

「はい、そうなんです。自分でそう決めました。でも俺はバンドの一員として、売れることを心から願っていました」

（……よく、わかりませんね）

「わかりませんよね。俺にもよくわからない。自分では一本の道を未来へむかって歩いてるつもりなんですよ。これは俺の人生ですからね。ベース弾きとしてこのバンドに賭《か》けたい、そう決めて東京に出たところまでは本当なんです。ただ、実際にそこへ行ってみると……現実に一本道の先で、東京にいる自分というものに追いついてみると、そうじゃないんだ、これじゃなくてもっとほかにやりたいことがあるはずだと決心が揺らぎました。もっとほかの何かへの思いが勝って、バンドで成功する夢なんてくだらないと白けてしまいました」

（もっとほかの何かって？）

「わかりません。わからないまま歩いていくと、先にはまた元の自分がいます。思いきりベースを弾きたい、昔みたいに仲間と一緒にバンドをやりたいと後悔している自分が。もう一回そっちに賭けてみよう。明日みんなの前で土下座してでもバンドに復帰させてもらおう。そう決めて、でも翌朝になると別の考えの自分がいます。この俺が土下座なんてと、すっかり白けてしまっている自分が」

（自分がふたりいるみたいだ）

「ええ。それが災難のほうです。この手首の痣がもたらした」

（……なるほど）

「納得ですか」

（いや実感としては、そんな経験はないから納得しません。きみは自分の道をてくてく歩いている。するといつのまにやらもうひとりの自分に成り代わっている。そのつもりで先へ歩き続けると、こんどはまた元の自分に戻っている。話だけ聞くと、まるであれだ、メビウスの帯、ねじれた輪っかだ。きみはその輪っかの上をぐるぐる廻《まわ》っている）

「そうですね。俺が言いたいのはそういうことかもしれません。先生、だいぶ楽になったでしょう」

（うん？）

「このまま眠ってもだいじょうぶですよ。もうしばらくそばについてますから」

（おいおい）先生は眠気に抵抗した。（待ってください、話はまだ途中でしょう。きみはお願い事をいくつかしたと言ったよ。バンドの成功祈願と、ほかには？）

「ああ、俺がほかに願ったのは、ひとつ確かなのは、杉森との結婚ですかね」

先生はふたたび目をあけようかどうか迷いながら――目をあけても霧のせいでマルセイの様子な

ど見えないわけだからと――ずいぶん長いこと黙っていた。黙って外の、玄関脇の元車庫のアクリル屋根を叩く雨音が弱まったり強さを増したりするのを聞いていた。あるいは一時的に意識を失っている時間もあったかもしれない。

（……その杉森くんが、なぜきみと離婚を？）

「終わったんですよ、先生。あれから二十年たってようやく。先生がさっき言ってた、何でしたっけ、ねじれた輪っか？　そのねじれが、どうやら消えて、ほどけてきたみたいで」

（それは、もしそうなら……喜ばしいことではないの？）

「ええ、そうですね。ただしそうなると、杉森の目にも、誰の目にも俺は見た目どおりのマルセイです。これが俺です。つまり残ったのは、少年野球の監督になんかやりがいを見出せない俺、下っ端の運転手としてこき使われてる俺、仕出し弁当を毎日配達して廻っている俺、夜は夜で厨房で皿洗い専門、将来の展望ゼロの俺で、そしてその俺は二十年前に仲間を裏切ってバンドを抜けたことを心の底から後悔している。いまさらどう悔やんでも悔やみきれない、過去は取り返しがつかないって結末になるわけです」

（…………）と言葉にならない吐息をついたきり、おそらく途切れ途切れの意識のなかで、先生はもうしばらく雨音を聞いていた。

「俺が思うに」そこへマルセイの声が戻ってきた。「杉森は一からマルユウとやり直すべきです。俺は無理でも杉森はやり直せます。間違って俺をマルユウと呼んだところまで戻って。それには本人に会うべきです。じかに会って、今日までのことを、何から何まで話すべきです。そのうちきっと、あいつらはそうなります」

（杉森くんとマルユウが）

「うん、そのうちきっと」

（……ところで、そのマルユウは？）先生は最初から気になっていた疑問を思い浮かべた。（いまどこでどうしているんだろう）

そして返事を待つあいだ眠気を押さえつけてこう思った。

（仮に手首の痣がきみにコピーされたのなら、その後のマルユウはどうなったんだろう？　彼の痣は彼の手首からは消えたのか、そのまま彼にも残ったのか。そのことで彼にもたらされた災難や、御利益は？）

「そういうことも、あいつらは話し合うべきなんです。俺には答えられません。マルユウはマルユウで俺の知らない災難を抱えて生きてきたのかもしれない。それは俺にはわからない。あの事故からあと一度も連絡を取り合ったことがなくて、結局、今日まで会うのを避けていたわけだから俺たちは……俺とマルユウと、それからもうひとり……」

（佐渡くん？）

「そう佐渡くん。懐かしいな、彼ともずっと会っていない」

（じゃあきみが話したら？　痣のことも何もかも、マルユウと、佐渡くんとまた三人で集まって）

「いや、そうもいかないんです。いまさらみんなで集まったりすると、俺のせいで彼らに迷惑をかけることになるだろうし。いまからではもう遅い。このまま彼らとの関係は切れたままでいたほうがいいんですよ」

（遅いなんてことはないんじゃないか、昔の友だちに会うのに）

「もう時間切れです。手遅れなんですよ、先生」

そのときマルセイの言葉に初めて感情らしい感情がこもったように先生には思われた。むろんその先生の思いもマルセイには即座に読み取れたはずだった。だがマルセイは無言だった。もう手遅れだという言葉の持つ意味を先生は想像した。俺のせいで彼らに迷惑をかけることになるだろうという言葉の意味と合わせて。そして先生は予感した。何か良からぬことが起きている、マルセイの身のまわりで。いやすでに起きてしまっているのだとの予感に先生は突如捉えられた。今夜最初に電話で耳にしたマルセイの声がかなり酔っていたことも思い出された。いまのいままで安定していた心音がトクトクとテンポを速めるような気配があった。

「落ち着いてください先生」とマルセイの声がなだめた。「大丈夫ですから、俺のしたことのせいで先生に迷惑がおよぶようなことは決してありませんから。先生にも誰にも。これは全部、俺ひとりで決断したことだから」

（わたしは何もそんな、自分の心配を……決断したこと？　いったい何を決断したというの。マルユウや佐渡くんにまで迷惑がおよぶようなことを何かした？　今夜か？）

「先生、俺はね」マルセイが言った。「俺の持つ力を試してみたんですよ。もしかしたらこんなこともできるんじゃないかな？　そう思ってやってみたらできちゃったんです。それができるんだって自分でようやく気づいたんです。だからその力をふるって、なんなら全部使い果たしても悔いはないくらいのつもりで」

(うん、きみの持つ不思議な力をふるって?)

「悪を成敗しました。俺、悪者を飛ばしてやりました全力で。宇宙の果てまで」

悪を成敗しました、と勇ましい表現のわりにその口振りには現実味が感じられず、いささか緊迫感が欠けていた。実際のところマルセイの声には笑いが混じっていたし、少なくとも先生には言葉は言葉どおりには伝わらなかった。勧善懲悪とか勧懲小説とかいまどき流行《はや》らない言葉を久しぶりに思い出したくらいだった。

「夏目漱石みたいでしょ」マルセイが先生の心を読んだ。「でも現実にいるんですよ。正義とは言わないまでも、思いやりとか、情愛とか、物事の道理とか、そんなものの欠けた心のスカスカな人間がいるんです。小説の悪者みたいな奴《やつ》が。代わりにそいつらの心に何が詰まっているかといったら悪です。ほんとに邪悪に満ちた心の人間がいるんですこの世界には。そいつらはね先生、先生が一生見ることもないような、おぞましい動画を、平気で撮影したりできるんです。そういう人間がのうのうと生きてるんですよ」

(夏目漱石はそんな小説は書かないな)

「そうですか」マルセイは笑わなかった。「じゃあこの話は先生が書いてください」

(わたしが? どの話を)

「俺がしている話。それから俺たち『UFOの子供たち』の話。書きたかったら書いてもかまいませんよ、先生の見たまま、感じたまま、自由に。昔から書きたかったんでしょう? それが唯一心残りなんでしょう？　だったらやりたかったことをやってください、生きているいまのうちに」

小説を書きたいなどと誰かに話した覚えはなかった。死んだ妻にすら話したことはなかったと思う。先生は気を落ち着けて、マルセイに悟られぬよう心を無にしようと試みた。だがそんなことは無理だった。

「ご想像どおりですよ」とマルセイが言った。「さっき俺がここに入って来たとき、先生は死を恐れながら後悔にさいなまれていたでしょう。とうとう一冊の本も書かなかったこと、書きたかったのに書こうと努力もしなかったこと、退職して時間ができたらと思ってたのに、奥さんが亡くなってからは特に無気力になって無為に時を過ごしたこと、酒と煙草をやめなかったこと、いつか死ぬとはわかっていたけれどまさか今日だとは思わなかったこと」

（わかった、もうそのへんでやめてくれ）と先生は頼んだ。

「だから先生、やりたかったことをやってください。幸い命は延びたようだから」

（きみのおかげでね。教えてほしいんだがマルセイ、わたしの命はあとどのくらい延びたんだろう）

「そんなのわかるわけないですよ」マルセイはまた笑った。「自分の未来だって俺にはわからないのに」

ああそうだマルセイの未来、と先生は思った。私はまた自分のことばかり考えている。私の未来よりもずっと先が長いはずの教え子たちの未来。『ＵＦＯの子供たち』の未来。杉森真秀と離婚したのちのマルセイの未来。

「先生、俺の未来なんてたかが知れてます。おそらく今夜のこれで手首の痣もきれいに消えてなくなるだろうし、そうなったら、俺はそこまでです。時間切れですよ。不思議な力のマークが消えてしまったら、明日の俺は、今日まで俺の身に起きたことも信用できなくなるかもしれない」

(今夜のこれ?)と先生はすぐに反応したし、その言葉に付随して次々に心に浮かんだ問いかけもあったのだが、それらはまとめてマルセイに無視された。

「佐渡くんでふと思ったんですがね、先生」とマルセイは話をはぐらかした。「あの事故のとき、飛んだのは彼も同じなんですよね。彼も『UFOの子供たち』の一員だったんだから。あのとき俺の手首に出た痣が、マルユウの手首から消えていたのかそのまま残っていたのか先生が気にしている謎の答え、マルユウ本人じゃなくても佐渡くんが知ってるかもしれません。あのときそばで見ていて、最初に気づいたのは佐渡くんだったかも」

そしてマルセイはまたもや先生の問いかけを無視した。

「あの事故のあと、いちばん先に意識が戻ったのは佐渡くんだったはずです。目をあけたら佐渡くんがそこにいたから。いちばん軽傷だったのも佐渡くんだったし、もしかしたら佐渡くんはあの日飛んだあと、意識を失うこともなくて一部始終を見ていたのかもしれない。俺やマルユウが知らないことまで、佐渡くんなら記憶しているかもしれない。手首の痣のことも、本当か嘘か、知りたかったら佐渡くんに聞いてみるといいですよ。もし佐渡くんに会う機会があったら俺がそう言ってたと伝えてください。きみが見たものを見たままに話してくれてもいい、隠し立てすることはない、俺らはちっともかまわないと伝えてください。まあ、なんにしても、いまさらですけどね。佐渡くんは佐渡くんでこの二十年、なかなか厄介な人生を送ってきたのかもしれません。あとそれから、……先生、もう少しだけ辛抱して聞いてください、それから、もしマルユウに会うことがあったら、こう伝えてください。マルユウ、おまえは気づいていないだけで常人にはない不思議な力が使えるかもしれないと。その可能性は高いと。俺と入れ替わりに、いや入れ替わらなくてもずっと前から、その気になれば俺たちはスプーン曲げだってできる人間としてこの世界に生きていたのかもしれないと。ここは笑うとこです。だからマルユウ、どんな力にしろ生きているうちにそれを試してみる価値はある、と。じゃあ先生、そろそろ休んでください。これでおしまいです。今夜はお役にたてて良かったです」

（待ってくれ！　マルセイ！）長椅子に寝そべった状態で、先生はつむった両目にぎゅっと力をこめて念じた。（今夜のこれで、痣が消えてなくなるだろうときみが言ったのは、それはつまりこの治療のことを言っているのか？　と問いを発したつもりだったがマルセイの耳に届いた様子はなかった。目をひらこうとしても瞼が重くて無理だった。さっきまで簡単だったことがもうできなくなっていた。

（なあマルセイ、悪者を宇宙の果てまで飛ばしてやったときみは言った。それはどういうことだ、何のことを言ってるんだ、それがわからなければきみの話を書こうにも書きようがないじゃないか！）

マルセイの身体に触れようとさっきまで声のしていたほうへ伸ばした手が空を切った。その手が左手であることを先生は認識した。なんだ左腕を持ち上げられるじゃないか、と思ったとたん強烈な眠気が襲ってきた。すぐそこにまだマルセイがいるという直感はあった。だがテレパシーはどうやっても通じなかった。そのもどかしさをかろうじて記憶にとどめたまま先生の意識は途切れた。

❄

翌朝六時、いつものように先生は寝室のベッドで目覚めた。雨はあがっていた。身体にとくに違和感はなかった。昨日の朝も、おとといの朝もこんな感じだったと左腕を擦りながら思い、寝室を出てトイレで小用を足し、歯をみがき、洗面をすませ、パジャマを普段着に着替えた。家の中にほかに人のいる気配はなかった。玄関の鍵もちゃんと施錠されていた。あたり前だがリビングに霧も出ていなかった。ただ前夜マルセイとふたりで過ごした時間の記憶は残っていた。あれが決して夢などではなかったことは、目覚めたときから先生にはわかっていた。だからマルセイの置き手紙を見つけたときもさほど驚きはしなかった。

それは仏壇のそばに置いてあった。いつもの習慣で、朝食を作る前に妻の位牌に手をあわせてから、先生はそのメモ紙を手にとって読んだ。拙い文字で二行に分けて、「先生、寿命がすこし延びたからって油断しないで、病院には行ってください」と書いてあった。

その後、先生が何の行動も起こさないでいるうちにマルセイはこの世界から姿を消した。つまり自分からマルセイに連絡をつけるべきかどうか先生がぐずぐず迷っているうちに——もう一度会う機会を持ったとして、はたして彼にどんな言葉をかければいいのかと態度を決めかねているうちに。

実のところ、マルセイの身に起きた不幸を、先生はだいぶあとになるまで知らなかった。八月のその事件当日、先生にマルセイの訃報《ふほう》を伝えてきた人間は誰もいなかった。翌週になっても、翌々週になっても先生は誰からも知らされなかった。ショッピングモールの駐車場から不審者が転落し死亡したというニュースは、日課の夏目漱石を読む前にテレビで目にした記憶もあったような気がしたが、それも確かではなかった。のちに噂で事件の話を聞いて、そういえばあの日、と、もともとない記憶をあったように思い込んだだけかもしれなかった。スーパーで万引きを咎められた男が逃亡をはかり立体駐車場から飛び降りて重傷を負ったというニュースも以前見たおぼえがあり、その事件と混同しているのかもしれなかった。

噂が語るには、マルセイはショッピングモール内をうろついているところを巡回警備員に発見された。騒ぎになり捕まるのを恐れて逃げ出す直前まで、低学年の女子児童の手を引いていたということだった。警備員らに駐車場の屋上まで追いつめられたマルセイは手すりを乗り越え、死を覚悟で自らの意志で飛んだ。もしくは、あくまで逃げのびる気で誤って足を滑らせた。そのどちらとも噂は決めかねていた。マルセイがショッピングモールで一緒にいたのは女子児童ではなく男子児童だったという説もあった。いずれにしても事の次第は定かではなく、先生自身、図書館で地元紙の記事を探して読んでみても、その点は確認できなかった。噂がまことしやかに語る「彼はSNSで知り合った子供を連れ回していた」などという説の裏付けはどこにも見つからず、記事にはただ「不審者が転落死」とあるのみで、事件発生時に子供の連れがいたとも明記されていなかった。ただし市内では今年に入って、不審車両による小学生の連れ去り未遂事件が複数回起きていて、警察はそれらとの関連も調べていると付記されていた。図書館で記事を読んだ時点では、続報は見つからなかった。

噂を語る者のなかには、かつての教員仲間がいた。おなじ定年組も、現役の後輩もいた。そのうちの一人のつてで、先生はマルセイの妻の連絡先を知ることができた。彼女の勤め先の中学校は前からわかっていたのだが、そちらへ出向くのはもちろん、電話をかけて話をすることにも躊躇があった。ただ個人宅の電話番号を入手したことで、先生の考えはやや前向きになった。彼女たち夫婦はふたりとも自分の教え子であり、亡くなった夫と自分が会っていたことも彼女はよく知っているはずだ。会ったときにマルセイがどんな話をしていたのかも、よく知っているかもしれない。むしろこちらから積極的に連絡を取り、直接会うべきだろう。そしてまずお悔やみを述べるべきだろう。夫の訃報を伝える相手として、たとえこの自分が彼女に選ばれなかった事実があるにしても。

先生は迷いを振り切り、ようやく杉森真秀に連絡を取ろうとした。八月下旬、ある日の昼下がり、その電話はつながり、十数年ぶりかに――彼女が大学を卒業する前年の暮れに喫茶店で話をして以来だ――杉森真秀の声を聞くことになった。むろん過ぎ去った歳月のぶん華やかさの失われた彼女の声を。

だが受け答えする先方の口ぶりから、先生は自分が勘違いをしていること、しかもまったく歓迎されていないことを悟った。杉森真秀だと思い込んだまま話しかけた相手は本人ではなく、彼女の母親だった。電話のやりとりは先生の期待を大きく裏切るものだった。やりとりというよりも、儀礼的な挨拶を除けばもう取りつく島がなかった。丸田誠一郎くんのことで娘さんの真秀さんと少し話してみたいことがあります。予想外の応対への焦りからか、思わずそう言ってしまったことが余計裏目に出たのかもしれない。真秀さんと少し話してみたい、という言葉の真意を推し量るような沈黙のあとで、母親はこう応えて電話を切った。

あいにくですが、娘はもうこの家にはおりません。わたしからお話しできることも何もありません。

電話はその一回きりで、先生は自発的行動を控え、またもとの日常に戻った。

マルセイのことをすっかり忘れたわけではなかった。マルセイの身に何が起きていたのか、事件当日ほんとうは何が起きたのか、知りたくないわけでもなかった。だが死者の身にほんとうは何が起きたのかなど、調べたくとも真実は知るすべがない。電話を切りがけの母親のつれない応対で先生は思い知らされた。その思いは先年妻に先立たれたときの虚脱感に相通ずるものがあった。あの日妻はひとりで何をしていたのか。妻はほんとうに体操をしたのか？　どんなにもどかしくとも、もう手遅れなのだ。どうやっても埋めることのできない空洞を心に抱えていくしかないのだ。先生はいちばん身近な人間である妻の急死から、時間をかけて、心に深く空いた穴とのつきあいかたを学んでいた。からだに異変が起きる間際までの、妻が取った行動をつぶさに知りたいという謎解きに似た欲求は、自分が生きているかぎりぶりかえす持病みたいなものだとも知っていた。

先生は世間のゴシップと距離をとった。死んだ夫と残された妻に関する噂話を耳にする機会があっても、自分から避けるようになった。マルセイと最後に会ったとき、本人の口からたんたんと語られたこの世界の不思議を、先生は誰に話すつもりもなかった。マルユウからマルセイへ複写されたらしい痣のことも、もちろんその複写された痣がマルセイにもたらした災難と御利益のことも胸にしまっておくつもりだった。彼が実際に発揮してみせた不思議な力を、先生個人の、マルセイの思い出として。

午後の散歩の途中、一服していた広場のベンチで、向かいにすわっている若い男が佐渡理だと気づいたときにも、その気持ちは変わらなかった。偶然が先月そして今月と二度続き、二度目は佐渡君のほうでもこちらが誰なのか気づいたらしいとわかったときにもたぶんまだ変わらなかった。

心が揺らいだのは、かつての教え子がベンチを離れて、こちらへ向かってまっすぐ歩いてくるのを見守るあいだのことである。

そのときふとマルセイの声が耳元によみがえるのを聞いたからである。

（あの事故のとき、飛んだのは彼も同じなんですよね。彼も『UFOの子供たち』の一員だったんだから）

この子と話してみよう。

知っていることを全部ぶつけてみよう。

そしてこの子が知っていることも聞かせてもらおう。先生が俄《にわか》にそう心を決めたのは、

「ごぶさたしています。中学のとき先生に教わった佐渡です。憶えていらっしゃいますか」

目の前に立った佐渡君が笑顔で話しかけてきたまさに瞬間だった。

9

帰郷の年——東京の住まいを引き払い地元に戻ってきた年の丸田君の記憶には一部、欠損がある。なにより大学を出て三十歳まで勤めた都内の職場を辞めた理由、退職するまでの煩雑な手続き、退職にともない頭に描いていた再出発の計画を、自分で考えて決めたことのはずなのにもうまるで思い出せない。

フェードアウトから映画の場面が切り替わるようにして故郷での生活がスタートしたのち、確実にあのときこうだったと思い出せるのは、その秋、ちょうどいま頃の季節に、胸部に疾患の見つかった母が入院手術を受けたこと。そしてそのとき母に付き添っていたこと。平日は役所の仕事を優先した父にかわり医師や看護師の説明を聞いたこと。紙袋に詰めた母の着替えを持って病院に通ったこと。病室のカーテンに仕切られたベッドで母が泣いているのを見たこと。見なかったふりをしたこと。あとは、独り暮らしを強いられた父が始終不機嫌だったこと。必要なものを実家に取りに戻るたび飲酒で顔の赤らんだ父と顔を合わせるのが苦痛だったということ。

十一月最後の週の土曜日、午後二時をまわった頃、彼は実家の玄関の前にたたずんで当時を思い出していた。

実家を訪れたのは父に会うためではなかった。むしろ留守の時間を狙《ねら》って来たつもりだったのだが、車庫には父の車があった。会わずに引き返すか、ドアホンを押すかためらっているうちに、自分が昔、いまと似た状況、いまと似た煮え切らない態度で、父が独りで暮らすこの家の前に立っていたことが思い出された。帰郷の年。八年前だ。その年の十一月、母は入院していた。父は始終不機嫌な顔をして酒を飲んでいた。病院に妻を見舞うときの父がどんなふうだったかは知らないが、息子を家に迎えるとき、父が柔和な顔で接してくれたことは一度もなかった。

そこまで記憶をたどった彼は逡巡にけりをつけ、八年前にもそうしたようにドアホンに指を伸ばした。ボタンを押し、家の中で鳴る音を聞き、父の応答を待った。

だがいちど始まった記憶のよみがえりは止まらなかった。

あの年、父は息子とふたりきりになる機会をとらえては、酔った声でよく自慢とも、揶揄とも、非難とも、何とも真意の取り難い決まり文句を口にした。

俺がおまえの年のとき、おまえはもう小学生だった。

丸田君は目を伏せてこの文句を何度も聞いた。自分が子を持つ親になる未来など想像もつかなかったから、聞いたというよりも聞き流した。返事をしないでいると、父は舌打ちしてこう続けるのが常だった。

小学生のとき、おまえはうちに宇宙人を連れてきたな？

これも目を伏せたまま聞き流した。

へたに口答えをすると父を怒らせるだけだからどんな言いがかりも黙って受け流した。そのつもりだった。ところが、それから時がたっていま丸田君の脳裏に、まるであの頃の父の決まり文句への応答のように、それこそ何度も、何度もよみがえる、もうひとつの言葉がある。

あなたに歯がゆい思いをさせたのも、あなたを失望させたのもわかっています。そのことを許してほしい。

しかしこれが本当に過去の父への応答なのかどうか、彼にはわからない。なぜならこの「あなた」への謝罪は彼自身の声として、どこか見えないところで岩を打つ波のように何度もしつこく聞こえて来るのだが、その幻聴が始まるきっかけになるのは、必ずしも父の登場する思い出とはかぎらないからである。

それはたとえばこんなときに来る。

外を歩いていて前から来る人に道を譲り、すれ違いざま思わぬ会釈を返されたとき。スーパーのレジで小銭をぶちまけた人と一緒に床にしゃがんで一円玉や五円玉を拾っているとき。バス停で通りすがりの人から手話をまじえてものを訊ねられ、勤め先で講習を受けた簡単な手話を思い出して「どうしましたか?」と人差し指を左右に振っているとき。つまり彼としては誰に何を謝る必要もない、日常茶飯の一場面でそれはふいにやって来る。浴室でシャワーの栓をひねって、鼻の奥に子供のころ嗅ぎ慣れた夏休みのプールの水の匂いを感じたときにも。また最近では、杉森真秀と一緒にいて、何か話しかけられた気がして振り向き、玉葱を刻んでいる彼女の後姿に目をとめたときなどにも。

そのとき彼は、これも説明のしようがないのだが、謝罪の声を意識しながら同時に、まったく裏腹に、硬く縮んでいた心が外へむかって拡《ひろ》がっていくようなのびやかな気持ちになる。こうあるべき自分が、本来あるべき姿でここにいる。なぜだかそう思えて、一気に幸福を感じることすらある。感じた次の瞬間には行方がつかめなくなる淡い煙のような幸福感なのだが。

そしてそのあとで、順番としては逆に、父の思い出が姿をあらわす場合もある。息子の謝罪の声を、物陰で待ち受けていたかのように、過去からの父の言葉がしつこい谺《こだま》のように返ってくる。あるいは言葉ばかりではなく、八年前、一度だけ、余計な口答えのせいでふるわれた暴力の記憶が襲って来ることもある。

二回ドアホンを押して待ってみたが父の応答はなかった。

彼は合鍵を使って中へ入った。

母が入院していた時期にもこれと同じことがあったと思い出しながら、来客用のスリッパを履き、脱いだ靴を揃えて、父の気配のする台所のほうへ廊下を歩いた。ドアホンを鳴らしても父が出ないことは一度ならずあり、そんなとき父はたいていテレビをつけっぱなしで酒を飲んでいるのだった。だがそれは八年前に経験した夜の話で、いまは昼間の二時だ。テレビの音声は聞こえなかった。台所と続きになったリビングに父は立っているようで、ぼそぼそ話す声が廊下まで洩れてきていた。スリッパの足音にむこうでも気づいたのか、その声がしばし止んだ。

電話中の父の立ち姿が目に入った。リビングを覗き込んだ息子のほうを父も見ていた。ただし耳にあてた受話器は離さず、表情も変えず、一言も発しなかった。ほんの一秒か二秒、視線を合わせただけで父は背中をむけた。

彼は廊下を引き返した。用事をすませるつもりで二階へ階段をのぼりながら、息子を迎える父の表情の乏しさは昔のままだと思った。八年前に妻が入院したとき以来。いや、それどころかもっと昔、大学に行かせた息子が勝手に野球をやめてしまったときから、父の不機嫌はずっと続いている。

情けない。おまえはほんとうに俺の息子なのか。

彼が大学の野球部を退部したと知ったとき、父は電話をかけてきてそう嘆いた。怒りを堪えた声で、短く言い放たれたその台詞はのちに、こんどは面と向かって、酒に酔い記憶と妄想の見境のつかなくなった父によって、再度持ち出されることになった。

八年前の秋も深まったある日、夕暮れ時にそれは起きた。午後から母を見舞った丸田君は、帰りに用事を言いつかり実家に立ち寄っていた。平日で、父は不在だった。病院から持ってきた衣類を洗濯機に入れて、それから頼まれた冬物を箪笥《たんす》から探し出して紙袋に詰めた。そのあと丸田君は洗濯機の前に戻った。あらためて洗濯槽の蓋《ふた》をあけてみると父の溜めこんだ洗濯物の量が気になったので、しばらく迷ってから、まとめて洗濯機をまわすことにした。父が帰宅したのは脱水までの工程がきっちり終了した頃で、山盛りの洗濯物のカゴを抱えた息子に、何をしているんだ？　と父は見ればわかることを訊ねた。冬物のカーディガンとパジャマを取りにきた、お母さんに言われて、と丸田君は答えた。

ふたりは台所ですれ違い、丸田君はリビングの窓を開けてベランダに洗濯物を干した。夕方五時半にもならない時刻だったが、外はとっぷり暮れていた。丸田君の記憶では、空の洗濯カゴを持ってリビングに戻ったときにはテレビはニュース番組を流していて、父はソファに沈み込むようなだらしない姿勢で薄目を開けていた。上着を脱ぎ、ネクタイを緩めただけの帰宅時の服装のまま、ウィスキーのタンブラーを片手につかんでいた。丸田君が洗濯物を干し終わるまで、ものの数分のあいだに、父の顔は赤らんでいた。

「仕事はどうなった」タンブラーを空にした父が言い、億劫そうに唸りながら身体を起こし、テーブルに出ていた角瓶から自分で注ぎ直した。丸田君が黙って見ているとそれも一息に半分ほど飲んだ。

「仕事はどうなった」父が繰り返した。「見つかったのか」

たぶん、もうじき、と曖昧な答えを返すと、こんどは父が黙りこんだ。空の洗濯カゴをさげた息子は、リビングと台所の敷居のあたりに立っていた。半身になって父のほうへ視線をむけ、それから父が見ているテレビ画面のほうへ視線を移した。ニュース番組は関東地方の紅葉の見頃を伝えていた。話はいまので終わったものと判断し、敷居を跨《また》ごうとしたとき、父が声をかけた。

「肘の具合はどうだ」

「ひじ？」

「ああ、おまえの肘の具合だ。ちょっとここに座れ」

だが彼は指示には従わず立ったままでいた。

「おまえも飲め」

「酒は飲みたくない」と彼は答えた。

「飲めなかったか？」父が振り向いて言った。「そんなはずはないだろう」

「酒は飲みたくない。飲んで酔っ払いたくない」

これを聞くと父はまたテレビ画面に向き直った。数秒、無言を通したが、そこで辛抱が切れたようだった。

「酒を飲んで酔っ払いたくない、か。ん？　まったく、聞いて呆れる。三十にもなった男がしゃあしゃあと言うことか。仕事もしないで、半人前のくせに。いったいいつまで失業保険を貰ってブラブラしてるつもりだ」

話はふりだしに戻っていた。このあといつも通り父の決まり文句が繰り出されるだろう。俺がおまえの年のとき、おまえはもう小学生だった。いまのおまえを見てみろ、三十にもなって独り者で、無職で、女っ気もない。そんな文句を自分は目を伏せて聞き流すことになるだろう。

だがその日はいつも通りではなかった。

「おまえもう一度野球をやれ」父は息子の顔を見ずに命じた。「肘の具合は何ともないんだろう。ブラブラ遊んでいるくらいなら、コーチを手伝え。一緒に子供たちと野球をやれ」

「野球はもうやりたくない」と彼は答えた。

聞こえたはずなのに父の反応はなかった。紅葉前線の話題を流し続けているテレビ画面に目をやったまま、しばらく身じろぎもしなかった。答えたあとで丸田君は、これは大学進学後、野球をやめた理由を訊かれたときと同じ答えだと気づいていた。なぜやりたくないのかとさらに深く理由を訊かれても、とにかくやりたくないとしか言えなかった十代のあのときと同じ答えだ。

「なぜだ」画面がＣＭに切り替わってから父は訊ねた。ウィスキーの残りを飲みほし、また唸って身体を起こし、タンブラーに注ぎ足した。

「自分には向いてないと思う」

「そうか。じゃあ何が自分に向いていると思う。定職も持たずにのらくら暮らすことか。そうやって母親のパンツを洗って、孝行息子を演じることか。それとも、また宇宙人を見たと言って時の人になるチャンスでも待っているのか」

これも聞き流すべきだと丸田君は思った。いますぐ洗濯カゴを洗濯機の横に戻してそのまま父の顔は見ずにこの家から出ていくべきだ。だがその思ったことが実行に移せなかった。

「お父さん」気づいたときには彼は父のほうを向いて話しかけていた。父が首を振って息子を見るまで時間がかかった。

「そんなこと言ったおぼえはないよ」

「なんだ」

「宇宙人を見たなんて一度も言ったことはない」

「忘れたんだ。最初のときは小学生だったからな」

「最初のときも、次のときも、宇宙人なんか見ていない」

「高校を卒業して、あれで世間を騒がしておまえは変わった。あの事故では人がふたりも死んでいるのに、有名人気取りで自分を見失った。あれ以来おまえは頭のネジの緩んだ人間になったんだ」

「だれの話をしてるの」

「おまえこそだれの話をしている。おまえは野球をやるために大学に行ったんだ。そんなことすら忘れてるだろう。小さかった頃、俺の知ってるおまえは野球がやりたくてたまらない子供だった。俺がキャッチボールに誘うと小躍りしてついてきた。あの子供はだれだったんだ」

　彼は父の語るその子供を思い出そうと努めた。小さかった頃の自分が、右手にグローブをはめて、父のあとを飛び跳ねるようにしてついていく様子を思い描こうとしたが無理だった。当時のその子供はうつむき加減に父の後ろを歩いていた。やりたくてやったんじゃない、と反論する声が聞こえた。あなたがやれと無理強いするから仕方なくやっただけだ。ほんとうは左利きの野球選手になんかなりたくなかったんだ。それが自分の喋っている声だと気づいたとき、父が立ち上がるのが見えた。

「もっとほかに好きなことがしたかった。僕はギターを弾きたかったんだ。あなたが何も知らないだけで、ほんとうは音楽がやりたかったんだ」

父は立ったままウィスキーを一口飲んで苦い顔をした。

何を言っても父の耳には届いていない。無視だ。人の話など聞かない酔っ払いだ。父は台所に氷を取りにいくため立ち上がったのだと、丸田君はそのとき一秒か二秒の短い時間、見当違いなことを考えていた。だが飲みかけのウィスキーを手にした父は、まっすぐ丸田君に向かってくると物も言わずいきなり突き飛ばした。

丸田君はバランスを失い台所へ何歩かよろめき、食卓の椅子に腰からぶつかって椅子もろとも床に倒れこんだ。倒れても空の洗濯カゴは手から放していなかった。見上げる位置にいた父もまだタンブラーを握っていた。何だその目は、と父が言った。いまの言い草は何だ。どこまで親をコケにすれば気がすむんだ。

丸田君は返事ができなかった。返事をする暇も与えず、床にすわりこんでいた丸田君の腰を父が蹴った。一度では済まなかった。力任せに何度も、何度も、何度も、身をかわして逃れようとする息子の背中を、脇腹を、大腿部《だいたいぶ》を父は蹴り上げた。

「おまえは、俺の言うことは一つも聞けないのか。酒を一緒に飲めと言っても飲めないか。野球をやれと頼んでもやれないか。車の免許を取りに行けと前から言ってるだろう、免許を取って、ちゃんとした仕事について親を安心させろ。そんな簡単なこともできないか？　運転免許もない、いつまでたっても就職しない、結婚できる女もいない。おまえはいったいだれだ。何を考えてるんだ。おまえは、まさか、男が好きなのか。そうなのか？」

気の済むまで蹴ったあげく、床にうずくまっている息子を見下ろして父は喋った。声を荒らげるでもなく、ただ息を整えながら、腹に溜まっていた不満を吐き出し、最後に舌打ちをした。

「情けない。おまえはほんとうに俺の息子なのか」

そのあと丸田君は、父が冷蔵庫から取り出した氷をタンブラーに投げ入れる音を聞いた。まもなく父の足音が遠ざかり、聞こえるのはリビングのテレビの音声だけになった。

その日はそれ以上のことは何も起きなかったし、父に暴力をふるわれたことで何かが決定的に変わったわけでもなかった。そこからさきの八年は、いわばなし崩し的に過ぎた。丸田君は翌年、母の入院先だった医療法人に事務員の職を得た。就職の話は、母が一時退院していたときに実家を訪ね、みずから父に報告した。その後も実家で父と顔を合わせる機会は何度となくあったが、ふたりとも過去の出来事には触れなかった。それは母が再入院していた時期にも、他界後も変わらなかった。たがいに相手に投げつけた言葉、投げつけられた言葉を忘れてしまったはずはなかったが二度と蒸し返さなかった。八年のあいだに関係修復がなされた記憶もなく、彼はいまも以前と変わらぬ態度で父と接している。父も昔からずっと同じ不機嫌な顔で息子を実家に迎える。

❄

二階へあがった丸田君は、高校時代まで自室としてあてがわれていた部屋に入り、壁際の小さな本棚の前に立った。

三ヶ月前、父の留守中にここで同じことをしていたときの光景が頭をよぎった。あのときはまだ夏の盛りで、この六畳間の窓は開け放たれ、ときおり風がレースのカーテンを膨らませていた。外では絶え間なく蒸気が洩れ続けるような音をたてて蟬が鳴いていた。Tシャツにトランクスの恰好で彼は文庫本の本棚の前にすわりこんでいたのだった。本棚に詰め込まれた文庫本の中から目的の一冊を探しあてようとして、だがタイトルの見当もつかず途方に暮れていたのだった。

いまは静かだった。窓も閉め切ってあった。父の電話はまだ終わっていないのか、下からは何の物音も伝わってこない。丸田君は床に腰をおろし、あぐらをかいて本棚と向かい合った。いちばん上の段に並んだ文庫本の背文字を右から左へと読んでいった。高校時代の記憶とつながりのあるタイトルがぽつりぽつり目にとまった。八月にこの本棚を見たときとは、様子が違って見えることに丸田君はすぐに気づいた。

まず本棚上段の『茨木のり子詩集』という背文字に見覚えがあり十代の自分が手にした本だといまは確信が持てた。これが正しい記憶だ。記憶の改竄《かいざん》が正されたのだ。もしくは記憶の抜けが戻っているのだと状況を理解できた。それはこの夏、杉森真秀と再会したときに経験した感覚と同じだった。彼女が語る記憶に耳を傾けたとき、彼女が書き溜めていた手紙を熟読したとき、そのときまで自分にはなかったはずの過去の一つ一つが懐かしく思い出され、しかも一つ一つが心の収まるべき場所にしっくり収まったのと同質の感覚だった。『茨木のり子詩集』という文庫本のタイトルは十代の頃の杉森真秀の記憶も呼び寄せた。高校三年の秋、彼女が熱心に読んでいたのはこの詩人だった。彼女が読んでいる詩を自分でも読みたくて、というより彼女ともっと親交を深めたくて、頼んでこの詩集を借りて読んだのだ。

また同じ段に文庫にまざって押し込んである一冊の新書『自動車の社会的費用』にも見覚えがあった。これも高校生の杉森真秀の記憶とつながっていて、確か彼女に薦められた本だ。薦められて無理して買ったけれどたぶん読まなかった本だ。そのとき彼女はこんなふうに言った。ほら中学のとき先生が、みなさんもいつか読んでみるといいですよって推薦してた本、これだよ。マルユウも読んでみたら先生が自動車の運転はしない主義になった理由がわかると思うよ。主義といってもあの先生の場合は、自動車に乗らないわけじゃなくて、ちゃっかり奥さんに運転させてるんだからあんまり偉そうなことは言えないと思うけど。……「中学のときの先生」と彼は独り言を呟いて記憶をたどった。杉森真秀の過去の声に耳をすました。運転は奥さんにまかせて自分は助手席に乗る主義だった先生。湊先生。そうだった。彼女が手紙に書いていた通り、中学のとき三年間担任だった湊先生のことだ。

本棚から二冊の本を抜き取って彼は腰をあげた。

どちらもタイトルを見せれば杉森真秀は懐かしがるだろうか。文庫の詩集におさめられた詩の何篇《ぺん》かを彼女はいまでも暗唱できるだろうか。新書のほうは、読んだ形跡がないことを見抜いていまからでも読めともう一度薦めるだろうか。そんなことを思いながら彼は、本棚の上に置かれた写真立ての例の写真に目をとめた。少年がふたり並んで、どこかへ向かって歩いている写真。その様子を背後から撮影した写真。左側のひとりが、もうひとりの肩に右腕をまわしている。

それが小学生のマルセイとマルユウのコンビであることを丸田君はもう理解している。三十年ほど前の過去、初めて大人から真面目にＵＦＯの話を訊かれた日。記者の運転する四輪駆動車で天神山へ連れていかれて結局、待っても待っても何も起きなかったあの日、帰り道でのマルセイとマルユウの後姿を記録に残した写真だと、いまの丸田君には撮影時の状況にまで思いを馳せることができる。敗戦投手をなぐさめるように隣の少年の肩を抱いているのがマルセイで、肩を抱かれているのがマルユウである彼自身だ。

ただ記憶ではそこにもう一人、いてもおかしくないはずの三人目の少年の姿が欠けているのが、丸田君の腑に落ちない。当時マルセイとマルユウのコンビのそばには転校生の佐渡君がいた。マルセイ・マルユウの名付け親になった佐渡君が。三人はいつも一緒に行動していたはずで、だからこそ佐渡君は、必要に迫られてマルセイ・マルユウの綽名を使い始めたのだ。むしろ丸田君の思い描くイメージでは、ふたりの間に蝶番《ちょうつがい》のように割り込んで、両隣のマルセイとマルユウの肩に腕をまわしている佐渡君がいる。そんな構図の写真のほうが自然に思える。新聞社の取材をうけるより前、真夏の日盛りの午後、真っ昼間に、竹林の坂を登っていて透明なＵＦＯが頭上に浮かんでいるのに気づいたときにも、それが自分たちをいざなうように移動して天神山の頂で浮遊するのを見ていたときにも三人一緒だった。あのとき三人で同じものを見たのだ。だから新聞記者は三人を集めて話を聞きたがったはずなのだ。

丸田君はできればこの写真についても杉森真秀の意見を聞いてみたいと思った。彼女ならもっと別の角度から記憶を語ってくれるかもしれない。母親が小学校で教えていた子供たちが、ＵＦＯを目撃して新聞記事にまでなった。当時そのことについて何か母親から聞いていたことや、印象に残っていたことがあるかもしれない。そもそも自分たち三人の秘密だったＵＦＯ目撃事件が、いったいどんな経路で新聞社の人間の耳に伝わったのか、いまとなってはその点も腑に落ちなかった。

丸田君は写真立てをつかみ、二冊の本とは別の手に持った。

両手のふさがった状態で最後に本棚の上に積まれた本に目をやった。首を傾けて、横向きに積み重なった背表紙に上からざっと視線を下げてみただけだったが、途中で目の動きが止まった。記憶を呼び起こす文字のつながりがあった。たったいま自分がかかえていた疑問への解答、解答ではなくともヒントになると直感的に感じ取れるタイトルの本が一冊。

そのとき階段に足音がした。

彼は足音のするほうをいったん振り向き、父が二階まで上って来ようとしていることに気づき、もういちど本の山を見て、気になる一冊に目をこらした。『宇宙人はほんとにいるか？』と背表紙に記されていた。そしてそのタイトルとは別に、本の地に近い部分に巻かれたままの帯の背にはこう謳《うた》ってあった。


地球に宇宙人はやって来たか？


「何をしているんだ」部屋の入口に立って父が言った。

不機嫌な顔をしていた。だが詰問口調ではなかった。勝手に家にあがりこんで何をしているんだと怒っているのではない。たとえ何をしようがおまえは俺を失望させ不快にさせるばかりだ。そんな感じの投げやりな問いかけだった。

「昔の本を」と丸田君は言いかけ、崩れ落ちそうになった本の山を守った。「昔読んだ本を読み返そうと思って」

しばらく黙って父は息子を観察していた。息子が手にしている古い本にも、タイトルを読み取れたかどうかは別として、ちらりと目を向けた。

丸田君のほうはさっきまで両手に持っていた二冊の本と写真立てを、自分でどこに置いたか思い出せなかった。かわりに本の山から抜き取った一冊が、抜き取る直前までかかえていた疑問の解答、解答でなくともヒントになるという直感はまだ残っていたが、父と向かい合ってみると、肝心の疑問が何であったのか咄嗟に思い浮かばずもどかしかった。

「おまえに訊きたいことがある」と父が言った。

丸田君は本の表紙に目を落とし、父の質問を待った。

暗い宇宙空間を描いた表紙絵に『宇宙人はほんとにいるか?』と黄文字のタイトルが横書きにかぶさり、下部に巻かれた帯の色はオレンジで、そこにも白抜きで、地球に宇宙人はきているか?と念押しの宣伝コピーが躍っている。

「噂はほんとうなのか」と父が訊いた。

埃《ほこり》まみれの古い本を手にしていると記憶に手応えがあった。本の重み。表紙の手触り。指先にまといつく埃の匂いから遠い昔、子供向けに書かれたこの本を、真剣に、最後まで読み切った記憶があると丸田君は実感できた。いまから三十年も前の昔に。だがこれは自分で買った本ではない。

「おまえのことで悪い噂がまわって来てるんだ。おまえがマルセイの、あの死んだマルセイの、未亡人とつきあってるという話はほんとうなのか」

彼は顔をあげて父と目を合わせた。父の口から藪から棒にそんな話が出たことにではなく、父がいま丸田誠一郎をマルセイと綽名で呼んだことのほうに小さな驚きがあった。

「つきあってるのか?」

「いつか」という言葉が彼の口をついて出た。過去とも未来ともつかない、とりとめのない時間をあらわす言葉が。「いつか、話す機会があれば話そうと思っていたんだけど」

「何をだ」

いま僕が持っているこの本は、いまから三十年前マルセイから渡された本だ。マルセイが先に読んで、僕にまわしてくれたのだ。マルセイにこの本を貸したのは佐渡くんで、たぶん最初にこの本を読んでいたのは佐渡くんだったはず。三人の小学生は当時三人とも真剣にこの本を読んでいたのだ。だが父に伝えるべきなのはそんなことではない。

「マルセイが結婚した相手は、杉森真秀という僕もよく知っている昔からの友人で、僕たちは中学のときの同級生だった。マルセイと僕が通った小学校には杉森先生という女の先生がいて、その先生は杉森真秀のお母さんだったから、僕らと同い年の真秀という娘がいることは、中学で同じクラスになる前から……」

「そんな話が聞きたいんじゃない」父は途中で遮った。「その杉森という女と、おまえはつきあっているのか」

父に打ち明けたいことと、父が性急に求めている答え。いつものことだが、そのふたつは相容《あいい》れないものだった。父が求めているのは息子の正直さではなく、白か黒かの単純明快な答えだ。野球をやるのかやらないのか。宇宙人を見たのか見ないのか。昔からずっとこんなふうに答えを急かされてきたのだ。

「どうなんだ、女とつきあっているのか?」

丸田君は一度だけうなずいてみせた。

すると不機嫌一色だった表情に変化があらわれた。ほんの僅かだが、驚きに目を瞠《みは》るような顔をして父は息子を見た。

「いつからだ」

「いつから? だからそれは、最初から話せば、杉森と僕たちは中学時代からずっと」

「話をごまかすな。その女と、いったいいつからできてたのか訊いてるんだ」丸田君が答えに迷っていると父は焦れて質問をたたみかけた。「その女が妊娠しているというのはほんとうか? 噂はほんとうなのか? 女を孕《はら》ませたのはおまえなのか?」

それはちがう、と本来なら丸田君は答えるべきだった。

彼女が妊娠しているのは紛れもない事実だが、彼女を妊娠させたのは自分ではないし噂は本当ではないと。それはこの世界の現実としてあり得ないことだと、はっきり否定するべきだった。だが頭ではわかっていても、彼にはそうは答えられなかった。

今年の冬、彼女はおまえの子供を産む

七月の雨の夜、あの激しい雨の夜、メッセージを受信した瞬間から今日ここにいたるまで、予言は丸田君の心をしっかりと捉えていた。マルセイの死を知ったあとではそれは予言であるうえに彼の遺言にもなっていた。古い友だちが、人生の最後に、どうしても自分に伝えたかったことを「それはちがう」とか「あり得ない」とか一言で片づけるわけにはいかなかった。そう言ってしまえば死んだマルセイを頭のネジの緩んだ人間だと笑い者にするようで自分が許せなかった。

もし「それはちがう」と言いたいのならその一言で済ませるのではなく、もっと言葉をつくして語るべきなのだ。杉森真秀が時間と手間を惜しまず記憶を手紙に書き残したように、自分も手を抜かず一からこの記憶を物語るべきなのだ。いま思い出せるかぎりの記憶を。だがそのための根気が自分にあるだろうか。そんなことをあえてやる意味があるだろうか。このひとに対して。そもそも長い物語など欲してはいない人間に対して。

返事のない息子に父は苛立つばかりだった。

「マルセイが死ぬまえから関係があったのか。おまえらは、要するに、昔からの友だちのマルセイを裏切っていたのか。マルセイはおまえたちのせいであんな死に方をしたのか」

「わからない」

「わからない？　マルセイは駐車場の屋上から飛び降りたんだぞ」

「マルセイがなぜそうしたのか、僕にはわからない」

「ふざけるな。丸田監督が悩んでいたのは、中学校の先生をしている奥さんが不倫相手の子を身ごもったせいだ、その子を産むと告げられたせいだ、しかもその不倫相手というのが、丸田監督が信頼していた前の監督の息子さんだと、親たちはみんな噂してるんだ。わざわざ電話をかけて俺に注進してくるんだ。その杉森という教員は、スキャンダルのせいで学校を罷《や》めさせられるそうじゃないか」

「ほんとにわからないんだ。マルセイがなぜ飛んだのか、なぜそんなことになったのか。もしかしたら、宇宙人を見たせいかもしれない。前にお父さんが言ってたように、子供のとき僕らが宇宙人を見たせいかもしれない。でもそれもほんとうにそうなのかどうかわからない」

手にした本の表紙に彼は目を落としていた。息子が見ているもののほうへ、そして本を持つ息子の右の手首へ、父ももう一度目をやった。

「何を言ってるんだ、おまえは」

「僕らは宇宙人を見たのかもしれない」と丸田君は繰り返した。「それはお父さんが思っているような宇宙人ではないんだけれども。人のかたちすらしていないんだけれども。でも地球上では誰も見たことのないもの、物体ですらなくて、たとえばずっと先の、僕らが大人になってからよりももっとずっと先の未来の地球、未来のヴィジョンのようなものかもしれない。あのとき僕らが見たものは、見ても理解できなかったせいで、見なかったことにしてしまったのかもしれない。そして見たもののかわりに、見えないはずの宇宙船のイメージを自分たちで作り出したのかもしれない。空に浮かぶ透明なＵＦＯなんて、最初からいなかったのかもしれない。ＵＦＯが僕らを天神山に呼ぶ声なんて聞かなかったのかもしれない。お父さんが言ったとおり、僕らはただ『ＵＦＯの子供たち』と呼ばれていい気になっていただけかもしれない」

「やめろ」父が怒鳴った。「寝言みたいなことを言うのはやめろ。頭が狂ったのか」

そしてマルセイも気づいていたかもしれない。いま僕が考えているのと同じことをあいつも考えていたかもしれない。あのときから三十年経ったいまよりももっとずっと先の未来がどんな風景の未来かはわからないけれど、もしかしたらそれは、マルセイの妻から生まれてくる子供が、僕自身の子供であることを否定する理由のない未来なのかもしれない。子供の父親が誰であるかということから発生するスキャンダルなどそもそも地球上に存在しようのない未来かもしれない。

父が部屋の中へ入ってきた。

またいつかのように突き飛ばされ、足蹴《あしげ》にされる痛みを丸田君は覚悟したが、そんなことは起こらなかった。父は息子の手から本を奪い取った。表紙には目もくれず、横積みにされた本の山の上に置くと、次に、倒れていた写真立てに気づいてそれも元あった位置に立てかけ、さらに本棚の前にしゃがんで、抜き取られていた二冊の本も空いた場所に正しく戻した。そのあいだ一歩退がったところから丸田君は父親のすることを見ていた。

「お父さん」やがて彼は言った。「僕は杉森と家族になろうと思う」

「家族？」

「来月生まれてくる赤ん坊と、杉森と、僕と三人で」

返事が聞こえるまでに長い間があった。

「そうか」背中を向けたまま父が言った。一片の感情もこめられていない声だった。「それはよかったな」

それから父は立ち上がり、向き直って息子の顔を見た。

「これは」と本棚のふちに手を掛けて言った。「おまえが昔を懐かしんで、寝言をぬかすために取ってあるんじゃない。全部、死んだお母さんのためだ。ここにある古い本を、誰かがほったらかして出ていったあとも、一冊も捨てずにお母さんが大事にしていたから、俺は、お母さんがここを図書室のようにして本を読んでいたのをいまも憶えているから、ずっとそのときのままにしてあるんだ。これは俺の大事な家族の思い出だ。気安く触るな。わかったか。一冊たりとも、ここから持ち出すな。わかったか」

口にした言葉にはそぐわず父の語気はおとなしかった。苛立ちも怒りも声からは伝わらなかった。

「それはよかったな」と言ったときと同じく強弱のない無気力な声で父は喋っていた。

「わかったらここから出ていけ」

「お父さん、僕は」同時に言いかけていた丸田君は言葉を喉につかえさせた。

「僕は、何だ」と父が言った。「不倫相手と家族になるという報告ならもう聞いたぞ。それだけ聞けばじゅうぶんだ。どうした。その話を聞いて俺が喜ぶとでも思ったか。孫の顔を見られるのは嬉しいとでも言うと思ったか」

丸田君の喉もとまで例の、過去を悔いる、誰に向けてか定かではない「あなた」への詫《わ》びの言葉がせり上がっていた。だが表情に乏しい目をした父を前にして、ただそこに突っ立っていることしか彼にはできなかった。

「なあ、俺は正直迷惑なんだ。おまえがな、おまえが俺の息子であることが、迷惑だ。UFOを見ただの、宇宙人を見ただの、子供の寝言なら許せるが、おまえは自分がいくつかわかってるのか。もうじき四十にもなる男が、こんな無様な、世間に顔向けできないことを仕出かして、自分で何とも思わないのか。反省なしか。俺は不思議で仕方がない。おまえもだが、その女も、頭の中はどうなってるんだ。マルセイにすまないという気持ちは少しもないのか。一緒にいて、後ろめたくないのかおまえたちは？　何が家族だ。家族が聞いて呆れる。何だ、何か言いたいのか？　言いたいことがあるならはっきりと言え」

「マルセイは」と丸田君は言った。「マルセイが飛んだのは、きっとほかに理由があったんだと思う」

いままで眠たげにも見えた父の目に不審の色が出た。しかしすぐに、静かに一度瞬《まばた》きすることで父はそれを消した。父が言葉を堪えたのがわかった。

「そうか」と父は言った。

「お父さん」と丸田君はもう一度呼びかけたが、こんどもそれっきりあとが続かなかった。

「おまえたちは人の道を外れてしまったんだな。そのとばっちりで俺は子供たちの親から監督不適格の烙印《らくいん》を押されるわけだ」

自分に言葉が足りないのは丸田君はわかっていた。だがその足りない言葉の最初の一言であるべき、それはちがう、という言葉がどうしても口にできなかった。

「もういい、勝手にしろ。俺は疲れた。俺は、もうおまえからお父さんと呼ばれたくない。出ていけ」

父は息子から目をそむけると、なおも無気力な声で、「合鍵をおいてこの家から出ていけ」と懇願するように繰り返した。

10

十二月初旬、十二月初旬の薄曇りの日の午後、営業チームの部下の運転する車に佐渡君は同乗していた。

いましがた後部座席に乗り込んだばかりで訪問先の自動車学校の門を出たところだった。午前中にすでにタクシー会社と学習塾とビジネスホテルへの挨拶まわりを済ませ、次の目的地は地元展開のスーパーチェーン本部、その次が結婚式場とスケジュールが組んであった。

車の助手席には製作チームの同僚がいた。取引先で担当者に歳末の挨拶を済ませたあと、先方しだいでは早々と来年を見据えたテレビのスポットCMの契約更新や、もしくはCMの内容刷新やの話になることも考えられたので、朝から望月が同行していた。午後からの挨拶まわりには地元テレビ局の営業部の人間も顔を揃えた。そちらの営業チームの車は佐渡君たちよりも一足先に自動車学校の門を出て、いまはもう視界にとらえきれないほどの距離をあけて先を疾走している。

「荒いなあ」運転席の部下が、距離をつめるのを諦めて独り言をもらした。「あれじゃまるで逃走車だよ。何から逃げてるんだ」

「せっかちなんだよ」膝《ひざ》の上にスケジュール帳を取り出して望月が笑った。「あの部長。運転も他人任せにできない。飛ばせるだけ飛ばして、自分たちだけ五分でも早く着けばそれで満足する。といってもその五分で何をするわけでもない、時計見て苛々《いらいら》しながらこっちの到着を待ってるんだ」モレスキンのノートに何やら心覚えを書き込んだあと、望月は後ろの座席を振り返った。「去年もそうだったでしょう？」

「ああ」と佐渡君は気のない相槌を打った。

実際のところ、去年がどうだったかなど憶えてはいなかった。挨拶まわりの車中で去年もいまと同じようにぼんやり考え事をしていたのかもしれない。

自動車という乗り物を佐渡君はときどき、古くさい乗り物と感じるときがある。自分では運転をしないのだが、ひとがハンドルを握る車に同乗しているときに、運転席でそのハンドル操作やギアチェンジに神経を使っているたとえば会社の人間なり、妻なりの様子を見守りながら、自分がずいぶんと時代遅れのまだるっこい移動手段で目的地まで運ばれているような、そんな空想に入り込むことがある。理由は自分でもわからない。昔ながらの缶切りで、梃子《てこ》の原理でコキコキコキと缶詰の蓋を開ける。その作業を缶切りを扱ったことのない子供が見守っている。心持ちはそれに近いかもしれない。

遠い昔に考案された古い乗り物がいまも実用性を保っている。このひとたちはそれを器用に使いこなすことを覚えてこの時代を生きている。今後も生きていくだろう。だがそのようないわばこの時代の部外者的な感想を持つ佐渡君は、そう思ってしまう自分が、そのときどこに立ってものを考えているのかわからない。この時代でなければ、どの時代のどの地点からならこのひとたちをそんな目で見られるのか。車の運転を好むひとたちを、どの未来まで行けば時代遅れの缶切りを使いこなす人間同様に見なせるのか。

「運転に自信があるんですかね？」とハンドルを握っている部下が言う。

望月への受け答えにしては、その発言は少々ピントがずれているように思われた。後ろで佐渡君はそう思ったし、望月もそう思ったらしくすぐに返事はしなかった。部下が続けて喋った。

「きっとそうなんでしょうね。でもあれじゃ、車を苛《いじ》めてるようなもんですよ、あの運転。会社の車だからあんな運転してもいいって思ってるんでしょうか」

「どうだろうね。ただ、ああいう性格のひとだから」

「自分の車のときもあんな荒い運転なんですかね。あのひとふだんは何に乗ってるんですか。スープラとかランエボとか、そっち系ですか」

「さあ、そっち系かどうかは知らないなあ」

ふたりの噛み合わない会話を聞き流していると佐渡君の電話に着信があった。

仕事の電話ではなかった。喜んで電話に出たい相手でもなかったが、同じ相手から午前中にも一回かかってきて留守電まで残っていたので、いまじゃなくてもどうせ今日明日じゅうには話すことになるだろう。それならいまのほうがいい。この車での移動中に私用を一つ片づけるつもりで佐渡君は電話を耳にあてた。自分はいま古くさい乗り物に乗って移動しつつ古くさい交信手段を用いて古い同級生と話そうとしている、と意識しながら。

「ああ佐渡くん」相変わらずの大声が耳を打った。「留守電聞いてくれたか?」

「すまない、折り返しかける時間がなくて」留守電をまだ聞いていないことは曖昧に流し、あてずっぽうで佐渡君は答えた。「本田さんの件だね」

「ん? ああそうだ、本田さんの件もある。けどその前に来週の金曜の件、佐渡くんぜひ都合をつけてくれよ」

「来週の金曜」

「金曜の夜、時間をあけといてくれ。こっちにいる同窓生みんなで集合することになってるから。不定期の同窓会、というか、今年はいろいろあったからさ、テレビ出演とかね、それからマルユウの不幸のことも、もろもろ含めて、まあ仲間内の忘年会? いつもより人数も集まりそうだし、広めの座敷を予約してある。赤城さんの知り合いがやってる和食の店。一緒に鍋でもつつこう」

「そうか」

「そうなんだ赤城さんの顔でね。店の名前は」

「申し訳ない。その日は行けそうにない」と佐渡君は言い、一拍おいて付け加えた。「残念だけど」

むこうからの音声が一時的に途切れた。電波状況のせいかと思って待ってみると、そうではなく、先方は佐渡君を説得するための言葉を探していたようだった。

「佐渡くん」昔の同級生はあらたまった声を出した。「来週の集まりには出たほうがいいよ。年末で忙しいのはわかるが、それはみんな同じだろう? 悪いことは言わないから今回は出たほうがいい。短い時間でもいい、なんなら挨拶ていどでも」

こんどは佐渡君がいっとき黙った。

「顔を出すだけ、それでも無理か」

「難しいと思う」と佐渡君は答えた。

「もしかして佐渡くん何か誤解してないか」

松本君の声がすかさず追いかけてきた。

「最近の佐渡くんは、僕らのことを、どうも悪く誤解してるんじゃないのか」

具体的にどのようなグループを指して僕らと言っているのか、咄嗟に意味をつかめなかった。佐渡君がその言葉から思い浮かべたのは今年の夏、マルセイの葬式帰りの車で一緒だった松本赤城両名にあともう一人加えた同級生の顔くらいでしかなかった。

「もしそうなら佐渡くん、それは思い過ごしだよ。あの本田さんと僕らを一緒にされては困る。あの人と違って、僕らの誰ひとりきみから昔の出来事を聞き出そうとか、そんなことは考えていない。そんなことが目的で集まるんじゃない。ただの同窓会だ。それはもちろん、昔不幸な事故があったのはみんな知ってるけど、きみが触れられたくない話には誰も触れたりしないよ。現に僕も触れたことはないだろう？　たとえきみが小学生のとき『ＵＦＯの子供たち』と呼ばれて話題を集めていたのだとしてもさ、そんなのは、いまとなっては笑い話じゃないか。過去に何があったにしろ、誰ももうきみを偏見の目で見たりはしないよ」

運転席と助手席のふたりの耳があるので佐渡君は最初から小声で喋っていた。いつのまにか話をやめて前を向いているふたりが、聞き耳を立てているわけでもないだろうが、気になり出していた。

「それは、どこで聞いたの」と佐渡君は聞き返した。

「え？」

「その呼び名」

「呼び名？　……ああ『ＵＦＯの子供たち』か？　どこでって、そんなの前からみんな知ってるだろう。佐渡くん、来週の出席者の中にはきみと小学校時代によく遊んだってやつらもいるんだよ。小学校時代の友だちで、中学も高校もずっと同じだった懐かしい顔が何人も。だから安心しろ、みんなきみのことはよく知ってるし、昔のこともちゃんと全部呑み込んでくれてるから」

どの友だちのことを言われているのか見当がつかなかった。小学校時代によく遊んだ友人なら佐渡君にはマルユウとマルセイしか思いつかず、中学に入ってからはその二人に杉森真秀が加わるくらいで懐かしい顔などほかには思い出せなかった。

ただ松本君の口から『ＵＦＯの子供たち』という呼称を聞かされた直後、ふいに思い浮かんだ懐かしい言葉ならあった。一つだけでなく数珠《じゅず》つながりに連想されて佐渡君に回想を迫っていた。それは宇宙からはじまり、宇宙ステーションや、宇宙コロニーや、宇宙船や無人探査機や光速や光年や、それからワープといった、小学生の佐渡君がなじんでいた単語の集まりだった。

「これは僕の個人的な意見だけど」と断って相手が喋った。「佐渡くんがみんなの前に現れないと、のちのち佐渡くんの不利になると思う。不利というのはつまり、言い方が難しいが、一つには、余計な誤解をまねくというか。……要は、あの不倫カップルだ、杉森と丸田、ふたりと佐渡くんは比較的近い関係にあったわけだから、過去のいきさつからしてね。もしかして佐渡はあいつらの味方してるのか？　なんて言うやつが出てくるかもしれない。最初からあいつらの便宜をはかっていたのは佐渡か？　とかさ、まさかそこまでは邪推しないにしてもね、佐渡くんが僕らと会うのを避けていれば、もし避けているように見られたら、いつかそんなふうに噂に尾ひれがついてしまうかもしれない。なにしろマルユウは、あのふたりのせいであんな不幸な死に方をしてしまったんだし。あともう一つは」

「そんなつもりはないんだ」

「わかってるさ、佐渡くん」松本君は先をつづけた。「ただ、あともう一つね、佐渡くんの不利になるということの中には、もっと別の意味もある。だって……いやらしい言い方に聞こえるかもしれないけど、きみのとこの得意先には、僕らの仲間が関係している会社がいくらだってあるだろう。きみもこれまでさんざん母校のネットワークを利用して営業実績を積み上げてきたわけだろう？　そこに影響がおよばないとも限らない。きみの評判しだいでは。しかも評判と言ってもさ、悪い噂のきっかけは佐渡くんが僕らの集まりに顔を出さなかったこと、ただそれだけのことという落ちになるんだよ。たかが同窓会だぜ？　そんなのバカバカしいだろう？　そう思わないか。むろんあくまで僕個人の意見だし、考えすぎだと言われればその通りかもしれない。でもな、絶対にそうならないとは言い切れないだろう」

「わかった」電話を終えたい一心で佐渡君は答えた。さっきから宇宙ステーションや宇宙コロニーといった単語がずっと頭に浮かんでいて、相手の喋る声は考えの妨げになるばかりだった。「できるだけ都合をつけるようにするよ」

「できるだけじゃだめだ、佐渡くん、ぜひともだ。ぜひとも都合をつけて顔だけでも出すと約束してくれないと。そうじゃないと、こうやってきみとのパイプ役になっている僕までみんなから誤解をまねく恐れがあるんだ。わかるか?」

「ああ、そうしよう」

「そうしようって、何を」

「同窓会には顔を出すよ。松本くん、申し訳ないがキャッチが入ってる」

「それからな、さっき言ってた本田さんの件、あれはもう気にしなくていい。例の本の話はなしになった。なしというより一から仕切り直しらしいんだが、とにかく彼女はライターを降ろされた。だからもう佐渡くんのほうへ連絡はいかないと思う。もし何か言ってきたとしても、相手にしなくていい。むしろ彼女とは関わらないほうがいい。いろいろと面倒なひとらしいし噂では。まあくわしいことは来週会ったとき話そう」

キャッチが入っているのは事実で、電話をかけてきているのは噂の主、ライターの本田だった。佐渡君はほんの一、二秒の間に判断を下し、彼女の電話に出ることにした。たったいま彼女に訊いてみたい質問を思い出していたところだった。

「すまない」佐渡君は運転席の部下に声をかけた。「そのへんで車を停めて降ろしてくれないか」

「えっ?」部下が戸惑った声を発し、「どうしたんですか」助手席の望月が半身になって振り向いた。

「一件電話をすませてから行きたいんだ。すまないが停めてくれ」

「もしもし佐渡さん？　いまお電話だいじょうぶですか」と本田の声が訊ねた。

「ええだいじょうぶです、少し待ってください」部下の運転する車はちょうど信号待ちで速度を緩めたところだった。「電話が終わったらすぐに追いかけるから」と佐渡君は前のふたりに言った。

「でも、もうじき着きますよ」と部下が言い、「こんな所でわざわざ降りなくても、電話ならむこうでも」と望月が言いかけた。佐渡君はかまわずコートに袖を通し、後部座席のドアに手をかけ、車が停まるとすぐに路上に降りた。内側車線に停車中の車と車のあいだをすり抜け、「本田さん」と電話に呼びかけながら、ガードレールを跨いで歩道に降り立った。

「だいじょうぶですか佐渡さん。いま立て込んでらっしゃるんじゃないですか？　わたしのほうは別に急ぎの用件ではないので」

「だいじょうぶです」佐渡君は心がはやっていた。街なかで社用の車を乗り捨てるという思い切った行動で勢いがつき、一刻もはやく彼女の答えが知りたくてそれを聞き出すことしか頭になかった。

「本田さん、あの本、お父さまはどうされたんでしょう」

つかぬことをうかがいますが、という前置きすらもどかしかった。

「……何ですか？」心から不思議がる声が返ってきた。

佐渡君が知りたいのは、先々月彼女と会ったとき別れ際に手渡された『宇宙人はほんとにいるか？』という題名の本、その本に関する情報だった。その本に関する自身の記憶が当を得ているかどうかだった。だが答えを聞くためには質問の意図を理解してもらう必要がある、どこからどう話せばいいのか、佐渡君は迷った。

「先日お送りしたメールは読んでいただけたでしょうか」と本田が訊いてきた。

「ええ読んでいます」と佐渡君は答え、通行人の邪魔にならないよう歩道の端に寄った。歩道の端には側溝があり、側溝の一部に鉄格子のグレーチングがかけられ、格子の穴をふさぐほど落ち葉がびっしり積もっていた。

「それで今日お電話したのは、今後の、佐渡さんとの……」

「メールに書かれている事情は了解しました。今後にむけての本田さんのご意向も理解しています。ただし、そのお返事とは別に、いま僕がお訊ねしているのは、まったく私的な事柄の、記憶の確認です。子供の頃の話です。僕が小学三年生のときだから、本田さんは中学生くらいでしょうか、十月にお会いしたとき、お父さまの鞄の中にあったあの本を本田さんは憶えているとおっしゃった。それはその頃の記憶ではありませんか？」

「あの本……というと？　例の宇宙人の本のことですか」

「そうです。宇宙のはじまりから宇宙人や宇宙船のことまで書かれた本」

しばらく待っても本田が口をひらかないので佐渡君は言った。

「じつは僕は当時、入院中に病室のベッドであの本を読んだ憶えがあります。お見舞いに貰ったあの本を熱心に。でも誰に貰ったかの記憶が抜けてるんです」

「入院中に？」本田がすぐに反応した。「それは、いつのお話でしょう。怪我をして入院されたあの転落事故のときとはまた別に、ということですか」

「ええ別です。ですから、これは子供の頃の話です、あの事故よりずっと前、本田さんのお父さまが最初に僕たちの記事を書かれたとき、つまり『UFOの子供たち』の記事を。……言ってることはわかりますか」

「はあ」と彼女は返事をした。「では、そのときも佐渡さんは怪我をして入院されたんですか」

「いいえそのときは怪我ではありません」佐渡君は少し焦れた。「生まれつきの疾患があって、子供のとき手術を受けたんです。ちょうどその入院時期が、お父さまが最初の記事を書かれた時期と重なったんです」

「……それが？　お話がまだよく見えないんですが、時期が重なったというのは要するに、父が最初の記事を書いた、その取材のときに佐渡さんは入院中だった？」

「ええ、ですから僕はその取材には同行していません、それより前に入院が決まったので。つまり小学三年生のとき、本田さんのお父さまと一緒に天神山に登ったのは僕を除いたふたり、丸田優くんと丸田誠一郎くんのふたりだった、ということです。当時の新聞記事は、もちろんもう読まれてますよね？」

「はい」

「子供のとき僕が読んだあの本は、その天神山の取材が終わったあと、誰かが病院まで届けてくれたんです。親が買ってくれた本ではなくて、病室のベッドで看護師さんから手渡されたような記憶があります。たぶん僕が眠っているあいだに見舞いの人から言《こと》づかっていたんでしょう。いま思えばあれは、友だちと一緒に取材をうけられなかった、そして新聞にも載りそこねた不運な小学生を気の毒がって、どなたかが本を差し入れてくれたんじゃないか。そうだとすればいちばん可能性があるのは、もともと『UFOの子供たち』に関心を持っていて、その記事を書いた記者でしょう。もしかしたら本田さんのお父さまがお見舞いに持ってきてくれたのでは、と考えたのですが」

「……そういうことですか」

「ええ、何か心当たりがありますか？　当時を思い出してみて」

「ありませんね」本田の返事はつれなかった。「残念ながらとくに何も思い出せません、本のことは。父があのタイトルの本を鞄に入れて持っていたという記憶だけで」

「何も？」

「当時の父が、ことさら宇宙人に関心を持って暮らしていたという思い出もありませんし。ただ、佐渡さんのいまのお話で、わたしのほうは疑問が一つ解けました。三十年前に父が書いたあの記事の中に、取材対象の少年がふたりだけ登場しているのはそういう事情だったんですね。佐渡少年は取材のときは、その場にいなかったわけなんですね」

と本田が喋っている途中から、彼は考えに沈んでいた。あの本を看護師に言づけてくれたのが本田の父ではなかったのなら、では誰だったのだろう。『UFOの子供たち』の記事を書いた記者以外の誰があの本を僕に届けてくれたのだろう。

「……佐渡さん？　それはよっぽど大事なことなんですか？　仮にですが、父が当時佐渡さんにあの本を贈ったのだとして、そうすると何がどうなるんでしょう」

この問いに彼は答えられなかった。

本を贈ってくれた人物が特定できれば、いまはもう所在も知れないあの本が当時実在したことの証明になるからだ。そうすれば、この時代の部外者であるかのように自動車を古くさい乗り物だとときに感じてしまう空想癖の拠《よ》り所が得られるからだ。自分が部外者であると感じるとき自分の立っている場所を、あの本を読んだ子供の頃にまでさかのぼって見出せる気がするからだ——だがたとえそんな思いを口にできたとしても、それが説得力を持ち他人の理解を得られる答えでないことはわかっていた。

そんな話を他人にするつもりがないことも彼は自分でわかっていた。足もとの側溝には落ち葉が厚く溜まっていた。鮮やかな黄色や橙《だいだい》や赤や褐色の、扇子や団扇《うちわ》やハートやアーモンドの形をした落ち葉が鉄格子の穴をふさいでいた。色も形もばらばらの降り積もった落ち葉に視線を落としているうち、同じ季節の、三十年も昔の、小学生当時の記憶の中へ、声変わり前の少年たちが話している時間の中へといまにもワープしていきそうになる。そのことにも佐渡君は気づいていた。

宇宙人は地球までたどり着けないんだ。

病み上がりの少年は、入院中に読んだ本の知識を自慢しているところだ。同学年のマルユウとマルセイを前にして。

なぜかって、宇宙人が住む星と、僕たちがいる地球との距離は何十光年も離れているから。十光年だったとしても、光速で飛ぶ宇宙船で旅行しても十年かかる。でも光速の宇宙船で旅行はできないんだよ。宇宙空間には隕石《いんせき》や宇宙のチリがいっぱいちらばっていて、光速の宇宙船はそれと衝突するのをよけられないだろう。光速でよけながら宇宙空間を飛ぶなんて不可能だろう？　もし星くずが一個でもあたったら衝撃で宇宙船はバラバラに破壊されてしまう。そんな危険な宇宙旅行は宇宙人にもできっこない。じゃあ宇宙船のスピードを、宇宙のチリをよけられるくらいに遅くしたらどうなるか。それだと十光年の距離を旅するのに、十万年以上の時間がかかる。十万年以上だよ！宇宙船が地球に着くころ、船内の宇宙人はどうなってると思う？

「だから絶対にあり得ないんだよ」と少年は主張する。「宇宙人を乗せた有人宇宙船が地球に着陸するとか」

「そんなはずない」マルセイが反論する。「バカだなあ佐渡くん、そのためにワープがあるんだろ？宇宙人の文明は人類より進んでるんだからさ、そんなの宇宙船がワープすれば解決だよ。十光年だって二十光年だって、超光速で瞬間移動できるんだよ」

「それはSFじゃないか」少年は落ち着いて言い返す。「超光速のスピードで宇宙空間を移動するとか、SF作家が考えついた架空の発明だよ」

「カクウ？」

「嘘ってこと」

「じゃあ宇宙人がワープを発明してないって証明できんのか」

「証明なんかしなくても宇宙科学者の常識だよ、本にそう書いてあるから」

「宇宙科学者の常識だとどうなるの？」黙って聞いていたマルユウが口をはさむ。「SFじゃなくて、ほんとうに、空に宇宙船を見たのなら。その人たちが見たものはどうなるの」

「そうだよ、どうなるんだよ。佐渡くんだってあのとき竹やぶで一緒に見ただろ。声も聞いたんだろ？　天神山に登れって。頭の中で声がしたって佐渡くんも言ってたろ」

「無人探査機だね」と彼は声のことには触れずに答える。むずかしい顔をしているふたりに気づいて、そのあと「たぶん」と付け加える。「たぶん、地球上の生命体の調査のために、宇宙人が打ち上げた無人探査機」

「なにそれ」とマルセイ。

「地球人だってボイジャー計画を立てて、無人探査機を打ち上げただろう？　宇宙人に向けたメッセージと一緒に。きっとそれと同じことだよ」

「ボイジャー計画？」

「それなら地球までたどり着ける？」とマルユウ。

「うん、ゆっくり時間をかけてやっと。十万年以上の」

「マルセイ、あれさ、UFOにしてはゆっくり飛んでなかった？」

「ああ、それは俺も思った、飛んでるんじゃなくてふわっと浮かんでるみたいだった」

「本に書いてあったのは」と彼は解説を加える。「人類と宇宙人の出会い方には、三通りの段階があるんだって。はじめに宇宙人からの電波を受信する出会い方があって、それは第一種の接近。宇宙人が送り出した無人探査機と出会うのが第二種の接近。それから、最後に宇宙人と直接出会う、第三種の接近」

またむずかしい顔になったふたりに対して、彼は「だから僕が本を読んで考えたのは……」と言いかける。

「無人探査機か」とマルユウが先に言う。

「第二種か！」とマルセイが声をあげる。「そうか、じゃあ俺たちが見たのは無人探査機なんだ！な、そうだよマルユウ、あの透明なＵＦＯ、竹やぶの空に浮かんでたやつ、見間違いじゃなかったんだ。第二種の接近だったんだ！」

はしゃぐ相棒に調子を合わせることなく、マルユウがじっと目を見て訊ねる。

「佐渡くんもそう思ってる？」

「たぶん」

「じゃあ、頭の中で聞こえた声は？」


聞こえてますか佐渡さん？

「あの宇宙人の本の件ですが」電話の声が強引に佐渡君を現実に引き戻す。三十年後の、道端の側溝に落ち葉の降り積もった現実に。「お話をうかがったかぎりでは、わたしはお力になれそうにありません。でももしあの本、本の謎が、佐渡さんにとってどうしても解きたい謎だとおっしゃるなら、ためしに母に訊いてみましょうか。わたしの記憶にないことでも、母なら何かしら思い出せるかもしれません。母だけじゃなく、ほかにも父の同僚だったかたに訊いてみる手もあるかもしれません。もちろん今後のこともありますし、取材の前に佐渡さんがぜひにと望まれるなら」

本田の喋る声が彼には煩わしかった。自分から問いかけておきながら、本の謎などという言葉遣いで相手にずかずか踏み込まれるのは望まなかった。身勝手なのはわかっていたが、本の記憶を共有できない相手と、これ以上の話をする気は失せていた。あの事故で命を落とした新聞記者の身内とはいえ、彼女は二ヶ月前たった一度会ったきりの、会ったときにどんな服装だったか、どんな顔だったかすらも憶えていない遠い距離の他人だった。十年一緒に暮らしている妻にも理解してもらえない『UFOの子供たち』の経験を、ほかの誰かにわかってもらえるはずもなかった。自分が抱えている本の謎を、その程度を謎と呼べるならだが、軽率に他人に洩らしたことさえ悔やまれてならなかった。

「いいえ、そこまでしていただかなくても」と彼は告げた。「本のことはもう忘れてください」

「忘れていいんですか、ほんとに」

「はい。それから今後の取材のことですが、やはり僕らは」

思わずそう言ってしまってから、佐渡君は躊躇した。

二秒と待たずに本田がうながした。

「僕らというのは佐渡さんと、丸田優さんのことですね」

「やはり僕らは、本田さんのご意向には添えないと思います」

「それは丸田さんもそうおっしゃっているということですか」

「たぶん」

「佐渡さん」電話のむこうでいったん、ため息を隠したような間をおいて本田は言った。「どうか、そんなふうに結論を急がないでください。先日のメールでもお伝えした通り、わたしはもう一回仕切り直して、じっくり腰をすえて取り組みたいと考えています。幸いにも興味を示してくれる出版社が見つかって、いい方向へ話が転がりだしたところなんです。おふたりにお会いして話をうかがうのも来年、年が明けてからを予定しています。いちど丸田優さんに連絡をつけてみてください。そしてゆっくり話し合われたうえで、もう一度考え直してみてください。丸田優さんに会ったらこうお伝えください。おふたりのプライバシーに踏み込むのがわたしの目的ではありません、決して」

「そろそろ仕事に戻らなければならないので」

「くれぐれも誤解なさらないでください。わたしは、亡くなった父の思い出を書くために佐渡さんたちの記憶を利用したいのでもありません。本のテーマは、ひとりの無名の青年の、成功をつかみ損ねた人生を書き残すことです。脇島田さんのとなりでベースを弾き続けていれば彼には輝かしい未来が約束されていた。その未来を本人も望んでいたはずだった。それなのに彼は別の道を選んだ。自分の意志で。おふたりの親友だった丸田誠一郎さんが、才能ある音楽仲間に背を向けて選び取ったその人生を、可能なかぎり事実にもとづいて再現したいんです。周囲の人たちの証言や、あとは、もちろん父が関わったUFO取材の件もふくめて。それからもう一つ、肝心の」

本田はそこで息継ぎをし生唾を呑んだ。

「肝心の、彼の死の謎も洩らさずに」

佐渡君は二度繰り返された「肝心の」という言葉を聞き咎めた。

「何が言いたいんです、本田さん、何を書くつもりなんですか」

「佐渡さんはどこまでご存じなのかわかりませんが」本田は即答した。「丸田誠一郎さんの転落死については不確かな噂が飛び交っています。あれが覚悟の自殺だったというのもその一つです。あくまで逃げ切るつもりで焦って足を踏み外したというのも一つ。でもどちらにしても理由が納得できません。丸田さんにそこまでするどんな理由があったのか。だって事実をいえば、彼はただショッピングモールの駐車場で職質をうけただけなんですよ。駐車した車のそばで、これはあなたの車か？　と交通警察官に訊かれただけなんです。必死の逃亡をはかる理由がどこにありますか。もちろんそれ以前に丸田さんの車が自動車事故を起こしていたという記録はあります。それはこちらで調べて確かな事実であったことが判明しています。ただそれも軽い接触事故、事故の当事者に言わせればあて逃げですが、怪我人が出たわけではないし、追突と呼べるほど重大ではない事故です。丸田さんはその事故の責任追及を恐れて職質の場から逃走し、駐車場のスロープを懸命に駆け上がってあげく屋上から身を投げた、もしくは足を踏み外して落ちたと噂は語っているんです。どう思われますか佐渡さん、そんな話が信用できますか。理屈が通っていると思われますか」

どう思うとも答える時間を佐渡君は与えられなかった。

「理屈を通すために、いかにもの噂を囁《ささや》く人たちはいます」本田は話を続けた。「鵜呑《うの》みにしてその噂に加担する人も大勢います。職質をうけたとき丸田さんが未成年の女子を連れていたという噂。それが小学生だったという説も、中学生だったという説もある。野球チームの気に入った少年を車に乗せて連れ回していた、常習犯だったと見てきたようなことをいう人もいる。わたしが調べたかぎりでは根も葉もない噂です。全部でたらめです。丸田さんが『UFOの子供たち』の一員だったことを知っている人の中には、オカルトまがいの話を捏造《ねつぞう》する人もいます。駐車場の屋上から身を投げたとき、その瞬間、空を飛んだ丸田さんの姿が見えなくなった、透明になって消えた、そう証言する人が現にいます」

「透明になって消えた？　マルセイが」

「その瞬間を目撃した人からじかに聞いたと、わたしに伝えてくれた人がいます。その瞬間を目撃した人というのはつまり丸田さんを追っていた警察官ですね。でもその話はホントですか？　なんて真面目な顔でわたしから警察官に訊ねるわけにもいかない。なぜなら現に、駐車場から飛んだ丸田さんは消えてなどいないわけだし、たとえ一瞬そう見えたのが本当だったとしても、次の瞬間丸田さんの死体は駐車場の下の道路に……」

「本田さん」話を中断させるために呼びかけてはみたものの、先をどう続けてよいのか言葉が見つからなかった。「まさか、本気でそんな噂話を書くつもりでいるんですか」

「ええ、ええそのつもりです。書くべきと判断すれば。でもわたしが言いたいのはそういうことではなくて」本田は言葉を切り、また生唾を呑んだ。「佐渡さんは、ご友人の丸田さんがあんな死に方をしなければならなかった本当の理由をお知りになりたくはないのですか」

「本田さん、僕はもう……」

「もう一つだけ、佐渡さん、もう一つだけ聞いてください。これは噂話ではなく事実です。実は亡くなった丸田さんの周囲で起きている奇妙な事件があるんです。人が失踪しています。ご存じかもしれません。丸田さんが亡くなる以前の七月に市内のゴルフ場で、ある日忽然と、誰にも何も告げずに人が二人消えています」

彼は不意を打たれた声で訊ねた。「いったい何のことを言ってるんですか」

「失踪したのは丸田さんが勤めておられた会社の社長さんです。それに専務さん、どちらも男性です、六十代と五十代の」

「……それが？」

「人が二人も失踪してるんですよ、大の大人が二人同時に。何も言い残さずに、ある日ゴルフのプレイ中に突然姿を消したんです。まるで、ゴルフカートに乗って二人でどこかへ旅行にでも出かけたみたいに」

電話を耳にあてたまま佐渡君はしばらく黙っていた。それがマルセイの死と何の関係があるのかと言い返したかったが、あえて口にするのもうとましかった。

「社長と専務、二人は恋愛関係にあったのではありません」生真面目に本田は喋った。「ですからこれは計画的な逃避行とかそういう類のものではあり得ません。失踪当日の午後、二人は社長の運転する車で一緒に会社を出ています。社長の車は駐車場で発見されたそうですが荒らされた様子もなく、事件性をうかがわせるものは見つかっていません。人が争った跡もなければ、一滴の血も流れてはいません。暴力をともなった事件らしき事件の痕跡《こんせき》が何一つ残っていない。車内だけでなく、ゴルフコースにもどこにも。確かな目撃者もいない。ですから届けを受けた警察としても手の打ちようがないようです。書類上では家出人扱い。周囲の人たちからすれば文字通り失踪、蒸発ですね。

それぞれ家族のある二人の男性が突然、誰にも何も告げずどこかへ消えてしまったわけです、長年住んでいる街を捨てて。不思議でしょう？」

それでも佐渡君は何も答えなかった。

「ただしこの二人が姿を消したとき、その時点ではすでに丸田さんはその会社を退職されていました。丸田さんが退職されたのは今年三月末のことです。それから七月になって二人が失踪し、八月に丸田さんが亡くなられた。出来事の順序としてはそうなります」

「で」と佐渡君は声を出した。

「はい、それで、率直に言うと、わたしはその順番で起きた出来事に何か、わたしたちには見えないつながりがあるのではと想像しています」

「見えないつながり？」

「そう言うしかないのですが」

「想像」

「想像です」

「つまり」佐渡君は言った。「何もわからないわけだ。はっきりしたことは何もわからずに本田さんは本を書くつもりでいるわけだ」

「そうですね」彼女は認めた。「何もわかっていません、いまのところは、はっきりしたことは。でもわからないから何もなかったとは言えないでしょう。ＵＦＯのことも、バンドの脱退のことも、彼の死についても、わたしはそのとき何が起きたかを知るために、一つ一つ時間をかけて調べているんです。佐渡さんはわからないことをお知りになりたいと思わないのですか？　たとえば、これはただの偶然かどうか、失踪した社長、その人物は昔丸田さんが通われた中学校で教師をされていました。名前を言えばおそらく、いや佐渡さんもとっくにご存じなんでしょうこのことは？」

「やめてほしい」

「はい？」

「あなたが知る必要のないことを好奇心でほじくり返すのはやめてほしい」

「佐渡さん、誤解ですそれは。待ってください！」

二ヶ月前に会ったときは、バンドの「誕生前夜」を書くための取材だと語り、ヴォーカルの脇島田をメインにした「バンドのサクセスストーリー」を本にまとめる予定でいたはずのこのライターの言うことは、たとえ状況が変わったのだとはいえ、まるっきり信用できない。信用できないどころか彼女は危険だ。最後まで聞かずに電話を切ったあと、佐渡君はまずそんなことを考えた。なぜ彼女が危険なのか明確に言葉にすることはできなかったが、不穏な胸騒ぎとともに確かにそう感じた。死んだマルセイにとって。それから生き残った者にとっても。僕ら三人のあのUFOをめぐる無垢《むく》な記憶の保存のためにも。

それからふたたび佐渡君の頭は過去へと向いた。営業先のスーパーチェーン本部にすでに到着しているはずの同僚たちではなく、三十年前の、いまとおなじ落ち葉の季節で待っている仲間たちのほうへ彼は戻っていった。退院したばかりの彼の脚力にペースを合わせながら、前後をかためて、いつもよりゆっくり斜面を登っているマルユウとマルセイの息遣いや足音の聞こえるほうへ。

竹林を抜けて視界のひらけた丘の上に秘密の場所があった。子供の目にはおそらく実寸よりも拡大されて感じられていたはずの円形の広っぱで、まわりを高低差のある不揃いな形の岩に囲まれていた。一カ所岩の囲いの途切れているところがあり、そこには幅が二メートルにも満たない石段が設けてあった。石段といってもぜんぶで三段しかなく、登ったさきの狭い道には枯れ葉が厚く積もっていて、さらにその道を奥へ行くと古い祠《ほこら》が朽ちかけた残骸《ざんがい》のように建っているのを三人は知っていた。

三人はその石段の最上段に並んですわって未来の話をした。あの本に書かれている未来の話——最初に「地球の周囲をまわる宇宙ステーションがつくられ」、「そこを基地にして、宇宙コロニーをつくる計画がすすめられていく」未来の話を。太陽エネルギーや他の星の資源を利用して宇宙コロニーを着々と広げていき、月や金星や火星にも人類の基地を建設して、そこから宇宙探索の旅にも出てゆき「やがては太陽系のすべての惑星を利用して、広大な人類の文明系をつくりあげる」という果てしない未来の話を。

マルユウとマルセイは彼を真ん中にはさんで両脇で感心しながら話を聞いてくれていた。

宇宙人は地球にたどり着けない、という衝撃の事実をふたりに伝え、それにワープという言葉を使ってマルセイが反論したのは、その未来の話の前だったのかそれともあとだったのか。結局のところ僕らが見たものは、あれが見間違いではなかったとすれば、宇宙人が飛ばした無人探査機だったはず、という可能性に三人ともが納得したのは？　どちらにしても、彼はふたりが自分の考えをちゃんと真面目に受け止めてくれたことが何より嬉しかった。

ふたりは佐渡君が読んだ本を読みたがった。ふたりとも先に読みたがって、そのためにジャンケン勝負をして読む順番を決め、佐渡君が貸した本はマルユウからマルセイへ、もしくはマルセイからマルユウへ回し読みされたはずで、そしてその後……あの本はまた自分のところへ戻ってきたのか？　戻ってきたとすればいまどこにあるのか？　佐渡君にはそれがもう思い出せない。

反対にひとつ、いまだに忘れられない思い出もあり、それはたぶんジャンケンの決着がついたあとで、マルユウかマルセイのどちらか、少年の一人が、こんなことを言っている場面だ。


でもみんなには内緒な？


少年は足もとの落ち葉を一枚拾いあげて、ほら、と意味もなく佐渡君に差し出しながらそう言った。受け取って見ると、深みのある赤い絵具で彩色したような鮮やかな色の落ち葉だった。

「本なんか読んでるとこ見つかったら、三人で宇宙人の研究してるとかまた変な目で見られるから。だからみんなには内緒な？」

「うん、親にも内緒」すぐにもう一人が同意する。「UFOの話とかしただけで、また先生に相談されるから」

「特別なことは内緒にしとかないと。ひとと違う経験したら、友だちがいなくなるからな」

そうなの？　と声には出さずに、佐渡君は赤い落ち葉をつまんだまま隣を振り向く。

「僕たち一回、ひとと違う経験してるから。新聞にも載っちゃったし」

「こいつの痣もほら、また前より大きくなってる」

「ほんとだ」

「色もモミジみたいに赤くなってる。ちゃんと隠せよ、な、新聞記者にもバラさなかったんだからな俺」

「佐渡くん、無人探査機の話も、誰にもしちゃだめだよ」

うん、しない、と佐渡君はうなずきで答える。

「頭の中で聞こえた声のことも。三人だけの秘密な。この三人の」

それから佐渡君は、こんどはさっきの深紅《しんく》よりも明るめのオレンジがかった落ち葉を一枚押しつけられる。「こっちのほうがきれいだろ?」とその少年は言う。「じゃあこれは?」対抗意識をもやした反対側の少年が石段を離れ、もう一枚同系色の、形のととのった落ち葉を拾ってくる。それをきっかけに、いっときのあいだ宇宙人や無人探査機の話題を置き去りに、より美しい落ち葉探しに三人は没頭する。

だがこの記憶に佐渡君は自信が持てない。

落ち葉探しの記憶にではなく、少年がさらりと口にした「ひとと違う経験をしたら、友だちがいなくなる」という教訓めいた言葉の記憶に。

それはほんとうに小学三年生のマルユウかマルセイの口から発せられた言葉だったろうか。それはいつだったか妻が、クラス内での息子の孤立を心配するあまり、夫である自分にむかって思わず口走った台詞ではなかったか。ＵＦＯを見たとかいう変わり者の転校生とつきあっていたら、ほかの友だちが離れていく。変わり者どうしのつきあいしかできなくなる。朱に交われば赤くなる。あなたがそうだったように。そんな意味を言外にふくませた非難ではなかったか。あるいは妻の非難を心にとどめ、いま自分自身の過去を振り返ってそのとおりだと認めている、認めざるを得ない、つまりそれは僕の人生の正しい教訓ではないのか。

　そうなのかもしれないし、そうではないのかもしれない。

　人と違う経験をしたら友だちがいなくなる。それはマルユウとマルセイから受けた警告だったかもしれないし、妻からの八つ当たり的な非難だったかもしれない。また自分で自分の人生から学びとった教訓かもしれない。ガソリンや電気で路上を走る自動車を古くさい乗り物だと感じてしまう自分は、そのとき、あの落ち葉の散り敷いた石段にすわって宇宙コロニーの未来を思い描いている少年なのかもしれない。人類の輝かしい未来をとっくに経験して、そこからいまの時代を眺めている部外者の少年なのかもしれない。あるいはマルユウもどこかで同じことを思っているかもしれない。もう死んでしまったマルセイも、湊先生から譲られた中古の自動車を運転中に、古くさい乗り物だとふいに感じる瞬間があったかもしれない。

　そうかもしれないしそうじゃないかもしれない。確かなのは、あの本を読んだこと。三人でまわし読みしたこと。それを三人以外には内緒にしたこと。そしてそれ以前に、あの年の夏、晴れ渡った日の昼間、青空に忽然とあらわれたＵＦＯを三人揃って目撃していたことだ。七色に輝くシャボン玉の被膜のように、光の干渉で空気の色を一部変え、少年たちにみずからその存在を知らしめてきたＵＦＯを。竹林の斜面に立つ少年たちの頭上、百メートルほどの近距離にあり、無色透明で、音も立てずホバリングしてそこにいるのは絶対に間違いないのに、空や雲や竹の葉の色にまぎれこんで物体としての輪郭がつかまえにくく、全体がどのくらい大きいのかどんな形をしているのかも想像のつかない浮遊体を。

確かな事実はそれだけで、それ以上の記憶には佐渡君は何ひとつ自信が持てない。

あの本を誰が見舞いにくれたのか、思い出せない。マルユウとマルセイが読み終わって返してくれたのかどうかも憶えていない。いったいいつ、あの本への関心が薄れ、三人でいるときも話題にのぼらなくなり、そしていったいいつの日から三人で会う機会が少なくなり、やがて三人ばらばらになってもう決して親友とは呼べない関係まで遠ざかってしまったのか、それもわからない。

高校卒業の年、新聞社から二度目の取材話が舞い込んだとき、十年前に目撃したＵＦＯをどれほどの感慨とともに思い出していたのか、それすらもわからない。あの青空に浮かんでいた人の目に見えるはずもないＵＦＯを、聞こえるはずもない声で天神山のほうへと少年たちをいざなって移動していったＵＦＯの存在を、十八歳になった自分はまだそのときも信じていたのか。あるいはそのときはすでに子供が体験した白昼夢だと自分でも認識していたのか。取材に応じたのは、天神山でいくら待っても何も起こらないことを確認して気持ちの整理をつけたかったからなのか。マルユウとマルセイのふたりはどうだったのだろう。ふたりともまだ信じていたのか。小学三年生から高校卒業までの十年間に薄れかけていた記憶を、突然の取材依頼をきっかけに本意ではなくよみがえらせることになったのか。もう親友とは呼べない間柄になっていたふたりは、『ＵＦＯの子供たち』

と呼ばれて同級生たちから敬遠されていた時代に信じていたものを、もういちど一緒に信じてみるつもりであの場にいたのか。

ちょうど人間の唇のような平べったい形状をした雲が上下に開いて、そこから吐き出されるように色のない浮遊体が徐々に姿をあらわす映像の記憶が残っているのだが、それが実際に目にしたものなのか、実際には見てもいないのちに作りあげた記憶なのか、どちらとも言い切れない。その記憶についてマルユウともマルセイともなぜか確認し合ったおぼえがない。もっといえばそれが小学三年生時の体験によって植え付けられた記憶なのか、それから十年後、あの天神山での事故のさいの記憶の断片なのかも区別がつかない。その映像を頭によみがえらせるたび佐渡君は混乱し自信をなくす。頭の中にふたつの遠い過去の時間が入り交じり収拾がつかなくなるのを怖《おそ》れる。

マルセイが言い遺《のこ》した言葉。

――手首の痣のことも、本当か嘘か、知りたかったら佐渡くんに聞いてみるといいですよ。

湊先生から聞かされた、もう死んでしまったマルセイによる、まるで先生と元教え子が出会うのを見越した予言ともとれる言葉。

――もし佐渡くんに会う機会があったら俺がそう言ってたと伝えてください。きみが見たものを見たままに話してくれてもいい、隠し立てすることはない、俺らはちっともかまわないと伝えてください。

だが佐渡君はその自分が見たものに自信が持てないでいる。本当か嘘か、誰にむかっても断言できない厄介な記憶を抱えて、高校卒業からこの二十年、いや小学校三年生のとき以来三十年ずっと、自信というものに無縁の人生を送ってきた。「きみが見たものを見たままに話してくれてもいい、隠し立てすることはない」とマルセイは言う。けどそれはできない相談だろう。なぜなら見たものを見たままに喋ると友だちがいなくなるからだ。『UFOの子供たち』と揶揄され敬遠されるからだ。そうならないためには口を噤むしかないからだ。それがきみたちの出した結論ではなかったのか。あの本のことはみんなに内緒にしよう、三人だけの秘密にしようと僕に提案したのはきみたちじゃなかったのか。なあマルセイ、そうじゃなかったのか？　いまごろになって「俺らはちっともかまわないと伝えてください」ときみは言う。まったくの部外者である湊先生に僕への伝言を託す。その俺らはかつての親友どうし自分たちが抱えた秘密について話し合ったことがあったのか。あの天神山の事故のあとたった一度でも話したことがあったのか。それともそんな必要はなかったのか。たとえ会わなくとも、ふたりとも同時に同じことを考えていたとでも言いたいのか。それを僕に伝えたいのか？　小学三年生のとき僕らが青空に見たもの、あれは宇宙人の無人探査機だった。でも十年後の天神山での体験、あの事故の直前に目にしたものは無人探査機なんかじゃなかったと、そう僕に言わせたいのか。ではあれは何だったんだ僕が見たものは。当時十八歳の僕が見たものは。乗っていた自動車が崖下へ転落し、最初に意識が戻ったとき僕が見たもの。見たとあのとき信じたものは。

❄

がたがた震えながら山道を走行する自動車の助手席で、窓枠に肘をかけて青空を振り仰いでいた彼は真っ先にそれを見た。細めていた目を瞬きして、気づいたときにはそこに、人の唇のような形状の横長の雲が棚引いているのを。そしてその雲が上唇と下唇とに分離するように口をひらいて、できた通り道から色も形も定かでない文字通りのＵＦＯが、七色の光をときおりチラチラゆらめかせながら姿をあらわすのを。

あるいはそれを見たのは彼ひとりで、運転席の記者も、後ろの座席にいたマルユウとマルセイも、上空の雲の変化にすら気づいていなかったかもしれない。

先導するかたちで前をいくバイクがちょうどカーブに差しかかったところだった。道を明るく照らしていた太陽の光が、見る間に光量を失い、空気の色に紗《しゃ》がかかった。あっという間の出来事だった。時間が早送りされ、急速に夕暮れ時まで飛ばされたかのようにあたり一面の景色がセピア色に翳《かげ》っていった。

その現象を彼は、しかし実際にそれが起きる直前に予測できていた。あれが雲を抜けたのだ。僕たちの真上に来たのだ。だから彼は怖れなかった。心臓の鼓動が速まるのを意識しただけでパニックに襲われたりもしなかった。少なくとも自動車とバイクを運転していた大人たちのようには。

あのときと同じだ。

胸を高鳴らせながら彼はそう思い、思ったと同時に後部座席を振り返った。きっとふたりとも気づいているはずだった。あのときと同じだ。小学生のときに経験したこととそっくり同じことが起きようとしている。な、そうだったよな？　あのときも、まるでセピア色のサングラスをかけたみたいに僕らのまわりの世界が見えたんだよな？　記憶では確か一分かそこら、ほんの短いあいだ。

そして声を聞いた。テンジンヤマニノボレという聞こえるはずのない声を、頭の中で。

だが三人でそのことを確認し合っている時間はなかった。

運転席の記者が何やら声をあげ、鋭くハンドルを切ったからだった。自動車の車体が大きく揺れ、タイヤが小石を跳ねとばした。前をいくバイクの男性はカーブを曲がりきるため速度を調整しつつ、上体をまっすぐに立ててヘルメットの頭を捩るようにして空の様子を気にしていた。それを見た瞬間、彼は急に不安にかられ、より激しい胸の鼓動を意識した。

違う！　と彼はバイクにむかって警告したかった。

違うんだ。探さなくても太陽はいままでと同じ位置にあるし、これは世界の終わりの景色ではないんだ。そうやって上を見てもやすやすとは見つけられないけれど、ただバイクで先導役を買って出たあなたがおそらく現れるはずがないと高をくくっていたに違いないものがいま現れてそこにあるんだ。太陽と僕たちのあいだにあって下を見ているんだ。あと数十秒かそこら待てばそれはシールドを解除し、安定色の無色透明へと姿を変えすべての光を貫通させる。世界はまた同じ色を取り戻す。そしてそれは――その透き通ったＵＦＯは――おそらく遠い星から何万年もの時間をかけてやって来た無人探査機は地球上の僕らに信号を
前方でバイクが横倒しになるのが見えた。

次の瞬間には主《あるじ》を失ったバイクが一回、二回と回転しながら地面を削り取っていた。

それから運転席の記者の短い叫び声を聞いた。助手席で彼は咄嗟に、倒れたバイクを避けて自動車が取るはずの進路、左手の木立のほうへ視線を振った。衝突を予測して息を呑んだ。だが衝撃は

予測したタイミングを過ぎてもやって来なかった。自動車はなぜか右手の崖の方向へ滑り出した。車輪が四つある乗り物であることをみずから放棄するかのように斜めに車体を浮かせ、ワンバウンドして大きく横移動し、遠心力でというよりも片側の二輪で地面を蹴った勢いそのままに崖を跳び越え、もっと遠くへ、もっと高みへ、真上に浮かんでいる透明なUFOとの一体化をめざすかのように空高く飛んだ。最後まで耳の奥に残っていたのは彼自身をふくめ車内にいた全員のあげる悲鳴で、そのあとは憶えていない。大破、とのちにメディアでは報道された自動車が崖下に落ちたときの衝撃は、まったく記憶にない。

意識が戻ったとき最初に見えたのは球状星団だった。

むかし本の挿絵で見たおぼえのある「球状星団」を連想させる白っぽい気体のかたまりが彼の目の前に浮かんでいた。そのせいで知らぬまに自分が乗っていた自動車ごと暗い宇宙の果てまで飛ばされてしまったかのような、恐怖ともぞくぞく感ともつかない感覚を味わったのだが、あたりは闇《やみ》に包まれているわけでもなく、彼は森の中にいて、しかもしっかりと大地に腰をおろしていた。

よく見ると彼がすわっているのは樹木の太い根の上だった。地中深く伸びるはずの木の根が地表に露出し、人の血管のように大小枝分かれして地面を這《は》っている。その血管の一本、土にはんぶん埋まった小ぶりの丸太んぼうのようにも見える根っこの上に彼の尻はのっていた。

うっすらと湯気が立ちこめたような一面の靄《もや》を背景に、濃淡のある白い気体のかたまりが浮遊していた。最初に球状星団という言葉を連想したバスケットボール大のものもあれば、そのまわりをゆらゆらと漂うピンポン玉のように見えるものもあった。地面から顔をあげるとそれらの空気玉が白いドット模様のようにうるさく視界に入り、あたりを見渡す妨げになった。

どこかで、さほど遠くない場所で、複数の声がしていた。話している内容まではわからなかったが、彼にはそれが人々のざわめきに聞こえた。地表を血管のように這い伸びる根上がりした木の根を目でたどり、先端が細まってまた地中に潜っているその先、白い靄の奥に救助の人たちが集まっているのだと想像した。自動車に同乗していたほかの三人がそこで手当てを受けているのだと。

彼はみんなの無事を確認するために立ち上がった。

立ち上がったあとになって、自分も転落した自動車から投げ出された怪我人に違いないのだからもっと慎重に身体を動かすべきではないかと不安がよぎったが、不思議とどこにも痛みは感じなかった。右脚の膝小僧の下のあたりに綿パンの内側から血の滲んだ跡がついているのを見ただけだった。両足で踏ん張って立っても特になんともなかった。

彼は物音のするほうへ歩きだした。

道らしい道もない木立の間を抜けて、大小のドット模様のたゆたう靄を両手でかき分けかき分け歩いていった。

すると、大勢の話し声のような音が近づくにつれ、それが耳にくぐもって聞こえるのに気づいた。くぐもって、しかもひび割れた音声に聞こえる。あとになってわかったことを言えば、それは突発性の難聴と耳鳴りが原因だった。意識が戻った最初から、近辺で、控えめな音でたえず蒸気が吹き出しているような、それに加えてもっと遠くでチリチリと非常ベルがしつこく鳴り続けているような、そんな物音が聞こえていたのだが、その実態が耳鳴りだと彼は病院に搬送され診察をうけたのちようやく気づくことになる。

だがそのときは違った。森にたちこめている靄と、沸騰する薬缶から湯気が沸き立つような音のイメージとが合致して違和感はなかったし、そして実際そのようにくぐもった声で、しかも歪《ひず》んだ音声で話す者たちがこの先にいる、と彼は聞き取っていた。

その声が急にやんだ。

行く手に張り出していた笹《ささ》を払いのけると、大小の空気玉が跳ねるように宙を舞い、笹の葉がばさばさと音を立てた。それを聞きつけて靄の奥で人々が話をやめ、こちらを注視しているような張り詰めた気配が伝わってきた。

誰か！　と彼は声に出した。誰かいますか！

その自分の発した声もくぐもって耳に届いていたはずなのだが彼は気づかなかった。佐渡くんか？　こっちだ！　と誰かが応える声を期待してしばらく待ってみた。しかし靄のむこうは静まりかえったままだった。たえず蒸気の吹き出す音と、遠くで非常ベルの鳴る音、不安をかきたてるその二つの音を別にすれば。

彼は気をとりなおして前へ進んだ。さっきまで人の声がしていたと信じたほうへまっすぐ歩いていった。

靄のせいで、前方二メートル先の視界もきかない。ただし地面から膝の高さまでなら空気玉に邪魔されることもなくうっすら周りを見通せたので、できるだけまっすぐ進むため彼は足もとに注意を払っていた。一分か二分、そうやって森の中を下草を踏みつけながら前進してみたが、人のいる場所にはたどり着けなかった。そんなはずはなかった。さっき聞こえた声からすると何分も歩くほどの距離ではない。このままでは同じコースを知らずに何度も周回することになるのでは？　と早くも不安がきざした。足もとの景色には変化がなかった。一分か二分前にスニーカーで踏みつけた緑の野草といま踏んでいる同じ色の地面との見分けがつかなかった。

彼は歩くのをやめた。目をつむり、もう一度人の声がしないかと耳をすました。

そのとき電子音が鳴り出した。初めて聞く音ではない。日常聞きなじんだ音だ。最初からずっと聞こえていたノイズと区別して耳がその音を拾い、近くで電話が鳴っているのだと理解するまで、少しだけ間があった。聞こえているのは電話の着信音に違いなかった。

彼は音のする方向へ顔を向けた。

迷わず何歩か歩いただけで音がより高まり、そちらの方向で間違いないと確信できた。電話はたぶんすぐそこの、笹の茂みが途切れて一面が緑の中、白い花弁がぽつぽつとまじって見えるあたりで鳴っている。

大股になってさらに何歩か前へ進み、たったいま頭に描いたイメージどおり、小さな花弁をつけた山草の根もとに落ちている携帯電話を彼が目にとらえた直後、着信音は鳴りやんだ。

そして次に、彼は真横を見た。

そこの草むらにマルユウとマルセイのふたりが倒れていた。

鳴りやんだ携帯電話から遠くない場所に――その携帯電話はのちに自動車を運転していた記者の

持ち物だとわかるのだが——ふたりは折り重なるようにして横たわっていた。ほかに人影はなかった。ふたりを発見するまで彼が想像していた救助隊の姿はむろんまだ見えなかった。救助の人たちが天神山に登ってくるのは、彼がそこに落ちていた携帯電話で緊急通報をしたあとのことになる。

意識を失っているふたりのそばに彼はひざまずき、ふたりの肩を揺さぶってふたりの名を呼んだ。

「マルユウ！　マルセイ！」と交互に呼び続けた。

うたた寝から目覚めるように現に戻り、瞼をあけたのはマルセイのほうだった。仰向けの状態で横たわっていたマルセイは、覆い被《かぶ》さったマルユウの身体をゆっくりと片方の掌で押しのけて、みずからも背中でずり上がるようにして、一息ついた。もう一方の腕はマルユウの腕と重なり自由がきかなかった。

「ああ、佐渡くんか」マルセイはマルユウの腕と自分の腕とを、互いを傷つけまいと用心するように慎重に引き剝がした。「きみもいたのか」

あるいは、きみも生きていたのか、と言いたかったのかもしれない。そう言ったのだったのかもしれない。くぐもって聞き取りにくい声だった。ただそれが彼の耳には、柔らかな草のベッドで昼寝でもしていたふうに、いまにも背伸びが始まりそうな屈託のない感想に聞き取れた。

「マルセイ」彼は呼びかけた。「大丈夫か。立てる？」

「足をくじいたみたいだ。起こしてくれ」

そう言って差し伸ばされた友人の手を彼はつかんだ。

マルセイの手首をつかんで助け起こそうとした。大きな勘違いに気づいたのはそのときだった。

……これは違う。佐渡君は困惑した。これは、自分がいまつかんでいるのは、マルセイの右手とは違う。自分が助け起こそうとしているこの友人はマルセイではなくマルユウではないのか。佐渡くん、どうした、早くとマルセイの顔をした友人に急かされて彼の困惑は深まった。

（マルユウ）と彼は呼びかけたくなるのを堪え、両手で相手の腕を引っぱり起こした。「怪我の具合は？　ひどく痛い？」

何も答えずに相手は上体を起こし草の上に座り込んだ。それから彼に腕を預けたまま顔をあげて周囲を見渡すと、

「どこなんだここ？」と言った。

「天神山だよ、崖から落ちたんだ、車ごと」

「落ちた？　高く飛んだだろう、しかもだいぶ遠くまで。俺、……僕ら、小学校の裏山まで飛ばされたんじゃないのか。な、空の上から竹やぶが見えただろう？　昔のあの、僕らの秘密の場所も見えた。あああそこに着地するのかなって思って見てた気がする。佐渡くんは見なかった？」

「小学校の裏山までなんて飛ぶわけないよ。ここは天神山の崖の下なんだ」

「……そうなのか。僕はもっと遠くまで飛んだと思ったけど」

「周りが見える？」彼は訊ねたが相手は黙っている。「靄のなかにボールが見える？」

「ボール？」友人は聞き流して、隣でまだ地面にうつ伏せているもう一人の友人に視線を落とした。その横顔を覗きこむように首を傾けて「ちゃんと息はしてるな」と言った。

一緒になって首を傾けていた彼は、どう相槌を打てばいいのかわからず、かといって何も言わず

にいることもできずに質問を繰り返した。

「……きみにも見える？　そこらじゅうに、球状星団みたいに浮かんでいるボールが？」

「ああ、見えるさ」

相手は彼の場違いな言動をたしなめるように吐き捨てた。

「それより助けを呼ばないと。ここが天神山なら、崖から車ごと落ちたのなら、落ちたのは僕らだけじゃなかったはずだし。そうだろ？」

言われた彼はほんの数秒、考えをめぐらせた。それから支えていた友人の腕を放し、そばを離れて携帯電話を拾いあげた。

そのときから違和感はあった。事故後に意識が戻り、こんなにもわけのわからない状況におかれているのに——濃淡のある白い球体をともなった靄、という未知の気象に遭遇しているのに——さしてうろたえることもなく、ああ見えるさとしか言わない友人にまず違和感があった。そのことにそこまで驚かない自分自身にも違和感があった。いったい何が起きたんだ？　これは何だ？　と意識の戻った友人は訊かなかったし、そしてそれ以前に彼も自分から、さっきのあれを見たか？　雲のあいだから現れたＵＦＯを？　と興奮を伝えることもしなかった。

自動車がいったん空を飛び、崖下に転落したのは紛れもない事実なのに、落下の衝撃で車内から外へ投げ出されたマルユウとマルセイと自分がいま「ちゃんと息をしている」ことも当然ながら不思議だった。崖の上で突如発生した事故と、いまここに立っている自分たちとの、時間差のある現実がうまく噛み合っていなかった。あれが原因ならこれが結果であるはずがなかった。本当は彼は、真っ先にその疑問を相手にぶつけたかったし、できるならすぐにもうひとりも揺り起こして一緒に話し合い、その不思議を三人で共有したかった。

だが彼は誰にも疑問をぶつけなかった。

救助の人たちがやって来てその場で話を聞かれたときも、まともに答えられた言葉の数は少なかった。バイクと自動車の運転者がふたりとも命を落とした事実をつきつけられたあとではなおさら喋る言葉がなくなった気がして口を噤んだ。そしてその後、自分たちが体験した不思議について三人で集まって話す機会もなかった。運ばれた病院内では彼はマルユウともマルセイとも引き離されていたし、自分より怪我の重いふたりがどんな治療を受けているのかも知らなかった。その気になれば彼らの病室を探して様子をうかがうこともできたはずだがそれすらしなかった。会うな、と誰に命じられていたわけではないのに。話すな、と誰かに強制されたわけでもないのに。自分の意志で、彼は自分に口止めをした。誰とも話すべきではないと判断した。おそらくマルユウもマルセイも同様の判断をくだして口を噤んでいるだろうと信じて。

ただしそれは、あれから二十年もの長い時間を経たいま、彼が過去を振り返って要約できることであって、事故現場に立っていた当時の彼は、救助を求める電話をかけろと友人に言われて携帯電話を手にしたあとも、まだ考えをまとめられず迷っていた。

「でも人が……」十八歳の佐渡理は不安を口にせずにはいられなかった。「……人がこれを見たら」

「これ？」同い年の友人は動じるふうもなく答えた。「この靄のことか？　靄ならすぐに晴れるさ。もとどおりの森に戻る。きっと一分かそこらで」自信たっぷりにそう予言すると彼は左肩をぐるっと回してみせた。

この短いやりとりをしたときの心持ちを、彼はいまもはっきりと思い出せる。人がこれを見たら、と自分が心配していたのは明らかに、僕ら三人以外の「人が」という意味だった。つまり『UFOの子供たち』以外のすべての人たちがこれを見たらどう思うだろうかという大きな不安だった。

そしてそれに続くもうひとつの場面、救助要請の電話をどうにか終えたあとで、友人に訊ねた言葉と、相手が答えた言葉、彼はそのやりとりのこともはっきりと憶えている。

「マルユウ？」と彼は自信のない声で呼びかけた。

呼びかけてみて、実はそれが事故後に感じていた何よりも強い違和感だったと彼は気づいた。友人の腕をとって助け起こしたときから、やはり何かがおかしかったのだ。呼びかけへの反応をしばらく見守ったあと彼は訊ねた。

「きみは、マルユウなのか？」

「うん？　……いや、ちがう。僕はマルセイだ」

そう答えた同い年の友人のほうへものも言わずに歩み寄り、もう一度彼は地面に膝をついて、相手の顔を、真正面から見た。

それはむろんマルセイの顔だった。それからさらに無言のまま相手の腕をつかみ取り、すぐに放すと、もう一方の腕をつかんで、そちらの手首の内側にマルユウのしるしを見つけた。小学生のときから知っていた痣だった。マルユウの痣に違いなかった。それはマルユウがマルユウであることを示す痣のはずだった。その赤紫色の痣から二の腕へ、二の腕から肩へ、首筋へと視線を這わせ、おそるおそる相手の顔を見た。それはマルセイだった。マルセイの顔は微笑《ほほえ》んでいた。

「なんだよ？　僕の顔がなんか変か？」

「いや、変じゃない。声が歪んでいてよく聞き取れないし、ちょっと混乱したんだ。でもきみはマルセイだ」

「あたりまえだ、僕はマルセイだよ、昔から。小学生のとき佐渡くんが最初にそう呼んでからずっと。ここにのびてるこいつがマルユウだ。見ろよ、このダサい水筒。よくストラップが千切れなかったもんだな」

彼はすぐにでもそこに寝ているマルユウの腕を持ち上げ、マルセイにそうしたように手首の痣の有無を確かめるべきだったかもしれない。だが自分から混乱の度を深めるようなそんなまねはできなかった。空気玉の浮かぶ靄の中をさまよってふたりを発見し、救助要請の電話をかけ終えた彼は、そのときはそれで精一杯だった。崖から空高く舞い上がり、その後真っ逆さまに転落した自動車に乗っていた自分たち三人がいま無事であること。それ以上の不思議はもう受けとめきれそうになかった。痣の記憶にも自信が持てなかった。この顔はマルセイだ。だったら子供のときから手首の内側に目立つ痣があったのはマルユウではなくマルセイなのだ、そう自分に言い聞かせその場で記憶の書き換えをするしかなかった。そしてそれ以降、記憶の正誤を再度点検することなくこれまでの二十年をやり過ごしてきた。先月駅前の広場で湊先生と出会って、マルセイからの思いもかけぬ伝言を聞かされるまでは。

あのとき俺の手首に出た痣が、マルユウの手首から消えたのかそのまま残っていたのか、答えは佐渡くんが知っているかもしれません。佐渡くんに聞いてみるといいですよ。

だが答えを彼は知らない。湊先生の知りたいことには何とも答えられない。ただ、やはりあのときあの場で感じた違和感は正しかったのだとだけ、彼はいま記憶を確認している。あれが何だったのか、厳密にマルユウとマルセイに何が起きていたのか、万人を納得させうる言葉では説明できないけれども、あのときあの森にたちこめていた靄の中で、やはりそれは起きていたのだ。

現実に起きたこと、見たものから目を逸らさず言葉で表せば、雲間から出現したUFOや、晴天から一転したセピア色の風景や、助かるはずのない転落事故からの生還同様、それもまた『UFOの子供たち』の体験した「この世界の不思議」として語るしかない現象が起きていたのだ。マルユウとマルセイのあいだで、この時代の言葉に直訳するなら手首の痣の複写ないし転移が本当に起きていたのだ。そしてその結果マルセイがマルユウであり、マルユウがマルセイでもある、湊先生に言わせればふたつの異なる人格がひとつのねじれた輪っかになって結合されたような、まさにそんな事態をもたらしていたのだ。二十年前、あのとき自分がそれを最初に目撃していたのだ。マルユウとマルセイが、高校卒業後にそれぞれ予定していた未来を台無しにしてしまう、いまとなってはそうとしか言えない未来の待ち構える、ねじれた運命の始まりを。

彼はいまでもはっきりと思い出せる。

救助要請の電話を終えて、「マルユウ？」と自信のない声をかけたとき、友人はその呼びかけに

反応し、具合を試すようにもう一度、左肩をぐるっと回してみせた。それから「うん」と声に出してしっかりうなずくと、

「大丈夫、なんともない。この腕でちゃんと……」

ちゃんと、投げられる、とはっきり言った。その言葉は、歪みのある音声で、しかし意味は正確に彼の耳に届いた。ギターを弾けるでも、エレキベースを弾けるでもなく、何よりそれが大事なことであるかのように、この左腕でまた野球のボールを投げられると、心から安堵《あんど》した様子でマルセイの顔をした友人は言った。

11

その年の冬、歳末でにぎわう土曜日の午後、駅ビルの書店で買い物をすませた丸田君は、人で混み合うエスカレーターを避けてひとり階段を使い下へ降りた。

一階の階段近くに設けられた催し物会場ではお揃いの聖歌隊の衣装の子供たちがクリスマスの音楽を奏でていた。

市内のカトリック系幼稚園の園児たちによる毎年恒例の行事らしく、統制のとれたそのハンドベルの演奏には聴き覚えがあった。雛壇上に横二列に整列した子供たちにも、指揮をする園長先生の大きな身振りにも見覚えがあった。自分のパートになると握りしめたハンドベルを誇らしげに振る子供らの顔にも、鳴らす順番を待って息を詰めている子供らの真剣な眼差《まなざ》しにも既視感があった。

でもそれは、妙な言い方だが、本物の既視感ではなかった。

駅ビルの出口へ向かう前にしばらく足をとめ、他の買い物客にまじって園児たちの演奏を見物しているうちに丸田君は気づいた。

これは杉森真秀の手紙で読んだことがある。これと同じものを過去に見ていたのは杉森真秀だ。

過去のいまと同じ季節に、いま自分が立っているこの場所で。そのことに気づいた丸田君は、この夏に読んだ手紙のその場面へと心を飛ばし彼女の隣に寄り添ってハンドベルの音色に耳をすました。薄く目を閉じて。

そうやって思い描いた杉森真秀の瞳《ひとみ》はうつろに見えた。少なくとも子供たちを見ている彼女に笑顔はなかった。卒論書きに充実した生活を送っている大学生とも思えなかった。余計なことかもしれないがそれは確かに丸田君の見た通りで、そのときの彼女はどこか頼りなげだった。卒論完成後の未来、新生活への期待や自信に満ちあふれた人のようにはとても見えなかった。私は私で記憶している。当時同じ場所にいた私が肩をたたいて「杉森さん」と声をかける直前までの彼女の印象はそんな感じだった。

ハンドベルの演奏が一曲終わり、拍手で会場が沸いた。

丸田君の心は過去の杉森真秀の隣を離れた。次の演奏曲がアナウンスされ、それからまもなく横で誰かが何事かブツブツ言う声が聞こえた。続いてバックパックごと肩を拳で殴られたような衝撃を感じた。

そのとき丸田君はバックパックをちゃんと背負わずに左肩にストラップをかけて提げていたので、それが邪魔なのだろうと咄嗟に考えた。横を向いて謝ろうとした。左側に立っていたのはお年寄りだった。ダウンのロングコートで着膨れした白髪のおばあさんだった。

「すみません」一言謝って丸田君は後ずさりした。身体の向きを変え、幾重にもなった人の輪から抜け出て、さらに数歩移動したところで、ようやく思い違いに気づいて後ろを振り向いた。

あの人は見知らぬおばあさんではない。だいいち他人におばあさんと呼ばれる年齢ではない。まだ六十代なかばのはずだ。ダウンコートのせいで体格が一回り大きく、動作ももたついて見える。白髪のせいで顔つきが別人のように見える。でも彼女は知らない人ではない――杉森先生だ。

振り向いた先に彼女は立っていた。

目が合うと、丸田君の心を読み取ったのか、自分のほうから慌てずに歩み寄ってきて、一メートルほどの間隔をあけて向かい合った。ダウンコートのポケットに両手を差し入れ、うんそれで？とでも言いたげに丸田君の顔を見上げた。

「すみません、気がつかなくて」

「わたしに気づいて逃げ出したのかと思ったわ」杉森先生は真顔でジョークを言った。声帯の厚みの感じられる、深みのある、懐かしい声で。たぶん半分はジョークだっただろう。「わたしとは口をきくなと、真秀に言われてるから逃げたのかと」

「ごぶさたしています」杉森先生の嫌味を聞き流して丸田君は頭を下げた。「ご自宅のほうへ挨拶に伺おうと思いながらなかなか時間がとれなくて」

「わかってる。自動車の教習所に通ってるんでしょう？　妊婦の介添えをしながらだものね。それはなかなか時間もとれないわ」

「すみません。真秀さんからお聞きになっていると思いますが僕たちは、この秋から」

「聞いてないのよ」杉森先生はゆったりとした言い方で遮った。「この秋からも何もね、真秀からは言い訳ひとつ聞いていないの。マルセイが死んだあと、きみと真秀とのあいだにどんないきさつがあったのか。わたしが聞いてるのは、口さがない人たちの噂だけ」

「すみません。僕はてっきり……」

「マルユウ」

「はい」

「顔をよく見せて」杉森先生は顎をくいと上げて丸田君の顔を観察し、うなずいて、笑みを浮かべた。「うん、大人になったマルユウの顔だ。二十年ぶりの」

「先生、僕たちは」

「ほんとはマルユウ、さっきこの白髪のおばあさんはどこの誰だと思ったでしょう」

「思いませんよ、そんなこと」

「顔を見ればわかるんだよ。きみが嘘をついているかどうかは、昔から」

「どこの誰だなんて思いません」

「じゃあもう一つだけ正直な答えを聞かせて」杉森先生の顔はもう笑っていなかった。「きみたちは、いったいいつから会うようになったのか、わたしに教えてくれる？　きみと真秀は」

それが杉森先生にとって重要な質問だと理解したので彼は嘘はつかなかった。

「八月からです」

「八月。今年の？」

「八月に僕からマルセイに電話をかけたんです、急にあいつのことを思い出して。そしたらその電話に真秀さんが出て、マルセイが死んだことを知らされて、それから」

「そうだったの」杉森先生はやはり丸田君に最後まで喋らせず事情を呑み込んだ顔になった。「そういうことだったのか」

「ええそれで……」

「ねえマルユウ、運転免許を取ろうと思ったのは自分の意志？」

「そうです、もちろん」

「運転免許の試験には合格したの？」

「いいえ、まだですけど。でももうじき」

杉森先生は一度だけ息を吸う音をたて、そこからは一気に喋った。

「真秀は？　順調？　きみたちふたりきりで何か困ってることはない？　いまにも赤ん坊が生まれそうなんだよね？　きみがその子の父親になって、真秀とふたりでその子を育てていくんだよね。きみたちはそのことで誰に対しても一切恥じるところはない。そうなのね？　わたしの理解は、噂で聞いたこととは若干違うけど、それで間違ってない？」

たたみかけられた質問に丸田君は一度のうなずきで答え、でもそれでは全然足りない気がして、

「杉森先生、もしよかったら」

と何を付け足すつもりなのか自分でもよくわからずに言いかけると、当の杉森先生は右手をポケットから抜き出して彼の口を封じるように二、三度横に振った。その右手の手首には駅ビル内の惣《そう》

菜《ざい》屋のものらしい小ぶりの紙袋がぶら下がっていた。

「ならいいの」杉森先生は右手をコートのポケットに戻した。「そういうことならね、わたしが口をはさむことなんか何もない。好きにしなさい。こんな所で引き止めて悪かったわね。もう行かないと真秀が待ってるんでしょう臨月の、今日にも生まれそうなんでしょう？　きみたちの子供が」

「予定日は来週です。今日は真秀さんに頼まれて本を買いに寄ったんです、自動車学校の帰りに。茨木のり子という人の、文庫の詩集を」

杉森先生はまったく関心を示さず、詩人の名前も話の接ぎ穂にはならなかった。「そう」と言ったきり、丸田君が言葉を失っているうちに杉森先生は先に歩き出していた。

あての外れた思いで丸田君は取り残された。

これは私の想像だが「杉森先生、もしよかったら」と言いかけたあとには本来なら「どこかでお茶でも飲みながら話しませんか」ふうの台詞が続いたはずだった。ちょうどあの杉森真秀の手紙の中の場面で彼女が私をお茶に誘ったように。

黒いダウンコートの背中はとくに急ぐふうもなく人の流れにのまれて次第に遠ざかり、ビルの外へ出ると、左へ曲がって視界から消えた。丸田君が向かうべき方向は逆で、右へ行ったところから駅前大通りを横断するとそちらに杉森真秀の待つアパートへ帰るためのバス停がある。

ハンドベルの演奏が終わり、また会場が沸いた。

さっきよりも一層大きな拍手の音を背中に聞きながら、スマホを取り出して確認してみたが、杉森真秀からのメッセージは届いていない。時刻は午後三時前。確認中に買い物客のひとりにバックパックごと身体をぶつけられ前へ、一歩つんのめった。その一歩で踏ん切りがついて丸田君はビルの出口へと歩き出した。扉を押し開けて外の冷気に触れると、バックパックのストラップを両肩に通して真っ直《ます》ぐ背負い直し、迷わず左へ足を向けた。

❄

杉森先生に追いつくのに手間取ったのは、早足で歩道を左へ直進し、短い横断歩道を三つ渡り、ようやくそこで勘を働かせて来た道を引き返すまでに時間を要したからである。丸田君は途中で目の端にとらえていた脇道へ入り込み、その通りの中ほどにある喫茶店の看板を目にした。そしてこれが杉森真秀の手紙に書かれていた例の喫茶店だと直感した。

その直感は正しく、私は昔そこで杉森真秀とコーヒーを飲みながら話したのだし、ほんの一ヶ月前に佐渡君を誘って長々と話しこんだのも店名に「茶房」の文字の入る同じ店だったのだが、ただし杉森先生はそこではなく通りのもう少し手前、私の馴染みの喫茶店とは斜向《はすむ》かいの位置にあたるコインパーキングに駐車した軽自動車の運転席にいた。

むろんその軽自動車は高校生だった丸田君が見覚えているあの軽自動車とは別物だった。車体は白で、車高も記憶にあるものより高かった。それでも丸田君はコインパーキング内に駐車中の車の中から一目で杉森先生の軽自動車を見分けて歩み寄った。

杉森先生の車はアイドリング中で、窓越しに見えた杉森先生はうなだれていて、両手で顔を覆っていた。すぐそばに立った丸田君に気づいているはずなのに顔を上げようとはしなかった。

その様子を一分、あるいは二分ほど辛抱して見守ってから丸田君は運転席の窓をこんこんとノックした。

杉森先生はいったん背を向けて助手席に置いてあった紙袋を探ってハンカチを取り出し、それを何度か目もとにあてた。そして一度鼻をかんだ。それからハンカチを紙袋に戻すと、外に立つ丸田君のほうを向いて窓を降ろした。

「どうしたのマルユウ」わりと平気そうな声だった。心配したほど泣き腫らした目でもなかった。

「わたしに何か用？」

丸田君は訊かれる前から答えを用意していただろう。およそ二十年前のあの記憶、商店街のクリーニング店のそばで立ち往生していたくすんだ色の軽自動車、なだらかな傾斜の一本道での押しがけの記憶、あの過去の時間を共有する者どうし通じ合える冗談を。

「押しましょうか先生。車、動かなくて困ってるなら、また押しましょうか？」

微笑しながら丸田君はそう言った。すでに車はアイドリング中で、杉森先生には面白みのない冗談だったかもしれないが、私はきっと丸田君はここで一度はそう言ったと思う。

彼の気持ちを酌《く》んで笑ってあげようとして、うまく笑えない杉森先生はかえって渋い表情になった。それを見て丸田君はあわてて素の顔に戻ると、もう一つ用意していた答えを口にした。

「何か誤解があると思うんです」

「誤解？」

「ええ杉森先生と真秀さんとのあいだに。僕が思うに」

杉森先生は丸田君から顔をそむけ、車のハンドルに指先を触れてしばらく考える時間をおいてから言った。

「あの子はわたしを恨んでいるのよ。もう絶対に許してはくれないと思う」

「どうしてそう思うんです」

「あの子の顔を見ればわかる。わかるでしょう、きみにも。あの子がわたしの話をするときの顔をさんざん見てるでしょう」

「わかりません、僕には何のことか」

杉森先生は首を傾け、窮屈そうに振り、上目遣いで丸田君を見た。彼は腰をかがめて杉森先生と目を合わせた。

「真秀から聞いてないの？　わたしがマルセイとの結婚を認めなかったこと」

「聞いていません」

「ほんとに？」

「聞いていません何も」

杉森先生はまたフロントガラスへ顔を向けた。

「わたしは最後まで反対したの結婚に。結婚どころかあのふたりが交際してることがまず信じられなかった。だってね……わかるでしょう、マルセイなのよ、高校時代に一悶着《ひともんちゃく》あったマルセイ。しかもこう言っちゃ何だけど、大学中退して、ろくに仕事もしないで子供と野球やって遊んでるような男よ？　性格が温厚なだけが取り柄の、性格が温厚というかお人好《ひとよ》しというか気が小さいというか、なぜよりによってマルセイなのよ？　男ならほかにいくらだっているでしょう。母親として反対するのは当然でしょう。でもあの子にはどう言っても通じない。お母さんは何もわかっていないと言い返すだけで、その一点張りで、わたしはわたしが何をわかっていないのかがわからない。実の親子なのに理解し合えない」

　丸田君は口をはさまず黙って腰をかがめていた。

「それでもう言い争うのにも疲れてしまった。そんなに好き勝手がしたいなら、じゃあそうすればいい。結婚でも何でもして後悔に苛《さいな》まれるといい。いちばん言っちゃいけないと思っていたことを言ってしまった。本当はわたしは、わたしが何をわかっていないのかあの子をとことん問い詰めるべきだったのに、それもしなかった。ただそんな態度を取りながら、陰で、あの子が荷物をまとめて家を出て行ってからの話だけど、わたしはマルセイに会って自動車免許を取ることを勧めたの、勧めるというより説得したの、運転免許があれば就職口も紹介できるからと言い聞かせて。それは本当にあてがあったからだし、免許が取れたあとはわたしが話を通して面接にも行かせたのよ。本気でふたりのために良いことだと思ってそうしたの。少しでも力になりたいと思って。ただ真秀には内緒で」

　杉森先生はそこで話を切り、首を横に振った。

「それが？」と丸田君は言ってみた。

「それがも何も、それがもとでマルセイはあんな死に方をすることになったのよ」

　杉森先生はうっすらと笑って見せた。自分自身をあざけるための声のない笑いを。

「積年の恨み、とでも言うのかしらね。今度という今度は絶対に許せないとあの子は思ったでしょうね。わたしのお節介のせいでたびたび不幸が起きる。死ななくていい人が死に、生き残った人を悲しませる。きっとそう思ったはず。自分の娘だけじゃなくて、マルユウ、きみにもわたしは恨まれてるのかもしれないね」

「僕が？　先生を恨む？　なぜですか。何のことかよくわかりません。つまりこうですか。先生が説得して運転免許を取らせなければマルセイは事故を起こさなかった、言いたいのはそういうことですか。もしかしたら当て逃げ事故のことを言ってるんですか。それがばれるのが嫌でマルセイは警察から逃げ回って死んだと思ってるんですか。本気で？」

杉森先生はフロントガラスを凝視していた。丸田君はさらに上体を倒して車内を覗きこんだ。

「それは違いますよ、杉森先生」

「どう違うの」

「そんなことがあるわけがない。真秀さんだってそんなこと思っているはずがない」

「ね、どこがどう違うの？」

「先生もマルセイのことは知ってるでしょう。さっきもそう言ってたでしょう。僕たちが知ってるマルセイは、ちょっとそそっかしいところはあったけど、でもたとえ事故を起こしたとしても、その場から逃げるような卑怯《ひきょう》な人間じゃなかったはずです。事故の非がどちら側にあっても、自分から真っ先に車を降りてむしろ相手の心配をするようなそんなやつだったでしょう。僕はそう思います。僕が知っているマルセイならそうしたと思う」

実を言えば、その指摘は、そのくらいは杉森先生にも想像できていることだった。だからこのとき丸田君の言ったことを、同感だと心の中ではうなずきながら聞いていたはずだ。

「でも現にマルセイは逃げたじゃないの。事故の現場からも、あとで警察に職務質問されたときにも」

「理由があったんですよ、きっと。事故といっても車のバンパーを擦ったくらいで、当て逃げというのは相手の車の運転手の主張なわけですから。もしかしたらマルセイは、事故を起こしたなんて自分では気づいていなかったのかもしれない。そのとき何かの用事でひどく急いでいて、そのことで頭がいっぱいで」

予想外の答えに納得いかない顔で杉森先生はまた首を振り、丸田君と目を合わせた。

「だけどショッピングモールのときはどうだったの。警察官に呼び止められて、これはあなたの車ですかと訊かれてなぜマルセイは逃げたりしたの」

丸田君は目を合わせたまま同じ答えを繰り返した。

「理由があったんですよ、きっと」だが今度はその先を続けられずに口をつぐんだ。

杉森先生は期待はずれの深いため息をついた。

「マルユウ」

「はい」

「そこに立ってて寒くないの？　わたしは首が痛い」

杉森先生は助手席に置いてあった紙袋を取り除《の》け、ドアロックを解除した。そっちへ、と顎をしゃくられた丸田君は軽自動車の前方をまわってドアを開け、指示どおり空いたシートにすわった。背中から降ろしたバックパックは揃えた膝の上に置き、両手を交叉させて胸に抱いた。その位置から斜め向かいの喫茶店のステンドグラスの窓が見え、さっきまでそこへ杉森先生を誘って話の続きをする予定でいたことを思い出した。ついさっき車内へと顎をしゃくられる前まで。

「茨木のり子？」運転席の杉森先生が唐突に話し始めた。「わたしが一番きれいだったとき？」そして丸田君が抱きかかえているバックパックへまた顎をしゃくった。

丸田君は杉森先生がじっと見ているバックパックを顎を引きつけて自分でも見て、自動車学校の教材のほかに中に入っている買ったばかりの詩集のことが話題にされていると理解した。杉森先生は有名な詩のタイトルを声に出したのだ。

「茨木のり子なら国語の教科書にだって載ってたでしょう。なんでいまごろあの子はそんな詩を読みたがってるの」

「さあ。久しぶりに読み返したくなったらしいですよ。新装版の文庫が出ているのを知って。先生、よかったらすぐそこに喫茶店が」

「ねえマルユウ」

「はい」

「真秀はね、ある時期からわたしに大事なことを話してくれなくなったと思う。会えば読んだ本の話くらいはするけど、あの子にとって一番肝心なことには口を閉ざすようになった。その肝心なことからわたしを遠ざけるようになった」

「誤解ですよ、きっと」

「そういうのはもういいから」杉森先生は決めつけた。「誤解ですよとか、お為《ため》ごかしみたいな合いの手は要らないから。率直に話しましょう。わたしにはわかるの。ある時期というのはあの子がマルセイと交際し出した頃から。わたしがそのことに強く反対して、あの子が家を出ていったときから。そして一番肝心なことというのは、わかってると思うけど、マルセイとマルユウ、きみたちふたりの秘密にかかわること、わたしはそう思っている」

両手でバックパックを抱いた丸田君は横目で杉森先生を見ただけで何とも答えなかった。答える代わりにもう一度喫茶店へ先生を誘ったほうがいいのではないかと迷っていた。この先は温かいコーヒーでも飲みながら、もっと心を落ち着けて話すべき話題ではないかと。

「わたしはねマルユウ、ほんとのことを打ち明けると、何も知らないわけではないのよ。きみがどこまで聞いてるかは知らないけど、わたしはつい最近佐渡くんに連絡を取った。会って少し話もした。だから湊先生のことも知っている。湊先生とは前に一度電話でご挨拶したこともあるし、佐渡くんに会ったあと、お手紙も書いた。佐渡くんの話だと生前のマルセイと行き来があったらしいから。それがどのくらい親密な行き来だったのか、佐渡くんの口は、あるところまで来ると重くて、埒《らち》が明かないから、わたしが直接湊先生に疑問をぶつけた。わたしが知りたいこと、一番不安に思ってることも率直に手紙に書いて送った」

丸田君の懸念をよそに、杉森先生はすでに心を落ち着けている模様だった。杉森先生の顔にはこれといった負の感情は表れていなかった。怒って喋ってはいない、悲しんで喋ってもいない。辛そうにも見えない。ただ事実を事実として伝えている。

「まだ湊先生から返事は頂けてないけど」と杉森先生は言い、丸田君の反応を見た。

そして反応が皆無なのを見て取るとこう言った。

「湊先生でなくても、きみなら答えられるかしら」

「その手紙で」そう言うしかない気がして彼は言った。「湊先生にどんな疑問をぶつけたんですか」

「わたしの娘、真秀が妊娠している。今年の冬、わたしにとっての孫が生まれる。でも生まれてくる子の父親はマルセイなのか、マルユウなのか、それともそれ以外の誰かなのか、わたしにはわからない。娘はわたしの疑問に答えてくれない。疑問にちゃんと答えてもその答えを受け容れられる相手としてわたしを数に入れていない。母親のわたしを、彼女は信頼していない」

彼は黙って外の喫茶店を見ていた。横で杉森先生に視《み》つめられているのは感じていたが振り向かなかった。それはちがうと、真秀さんの妊娠している子の父親は自分ではないと、本来ならここでも——いつか父に問い詰められたときと同じで——答えるべきなのはわかっていた。でもその一言が口にできなかった。

「それは誤解ですよと言わないの？」

丸田君は言わなかった。

「こっちを見て、言えないの？」

丸田君はそれにも答えなかった。

「マルユウ、わたしの娘の話なのよ。わたしは本気で疑っているのよ。真秀を妊娠させた男が誰なのか」

それは杉森先生の本心だった。彼女が書いてきた手紙を実際に読んでいる私にはわかる。彼女は娘を妊娠させたのが誰なのか本心から知りたがっていた。そしてそれがマルセイでもマルユウでもない第三の男である可能性も疑いに入れていた。

確かに彼女は何も知らないわけではなかった。なかでもN先生のことには私などよりずっと詳しかった。私はN先生の数学教員時代の生徒に対する横暴な態度を記憶にとどめているのみだが、彼女はN先生が中学校を退職後、亡父の遺した仕出し料理店の事業を引き継ぎ、新社長として辣腕《らつわん》をふるい規模を拡大させ、自社ビルや他に飲食店を経営するまでに成長させた経緯もよく知っていた。しかも彼女は、もともと夫の大学の同期であるN先生とは顔見知りの間柄と言ってよかった。

彼女の手紙には――私が受け取った現物の手紙ではなく、私が私の判断で書簡体小説ふうにアレンジした手紙という意味だが――おおよそこんなことが書かれていた。

❄

昔夫が死んだとき早々と駆けつけて事務的なサポートをしてくれたのはN先生でした。その後、法要の行事のたびにあたりまえのように世話を焼いてくれたのもN先生でした。むろん自社の利益になることを見越しての親切なふるまいではあったでしょうが、当時を思い出してわたしはN先生に悪感情は持っていません。のちに、老舗の仕出し料理屋さんとはもう呼べないほど事業を拡げていた頃、何やら良からぬ風評も伝わってきてはいましたが――あそこの社長は妻と自分の娘以外の女を全員性の対象と見なして放蕩《ほうとう》しているだとか、人目を憚る筋と関わっているだとか——でも自社ビルを建てるくらいのやり手なのだからさぞかし敵も多いことだろうし、その敵側の人たちが流す噂、噂に尾鰭《おひれ》の付いた醜聞を真に受けるのもどうか、などとあまり気にもかけませんでした。

それでこれは数年前の話ですが、わたしは自分からN先生に連絡を取りました。娘の夫、丸田誠一郎をそちらで社員として雇ってもらえないだろうかと頼み込んだのです。N先生は丸田君のことを憶えていて、一度面接に寄越《よこ》せと言いました。わたしは彼の背中を押して会いに行かせました。丸田君の就職が決まったあとで、そのことを知った娘の真秀はわたしに怒りました。激怒しました。そしてうかつなことに、わたしは娘の怒りの原因に気づけませんでした。面接で丸田君はN先生から、いまここでスプーンを曲げて見せろ、そしたら採用してやるとからかわれたらしいのですが、そんな嫌がらせが本人にどんな思いをさせたのかも、そのときは深く考えもしませんでした。

わたしがわたしのしたことを後悔しだしたのは、全部の出来事が起きてしまった後のことでした。娘婿の丸田誠一郎がN先生の会社に就職して弁当作りの作業場で働き、配達係として働き、そうなると同時にそれまでよりも一段と娘夫婦との距離が遠くなったような気がして、気がするどころか三人で会う機会など皆無といった状況が長らく続いて、娘にも、その夫にも敬遠されているらしい事実に遅まきながら気づき、どうにかしなければと一計を案じているうちにやがて、こちらには一言の断りもなく彼がN先生の会社を退職していたことを知り、強引に呼び出して話をすると煮え切らない当人の口から、退職の件よりも予想外の娘との離婚話を切り出され、何が何やらわからずおろおろする間にあの忌まわしい事件が起きてしまい、とうとう丸田誠一郎は、というよりわたしの小学校時代の教え子であるマルセイは死んでしまった。

　そのときはもう手遅れでした。動転して電話をかけたわたしに娘は、お母さんが夏物の喪服の心配などする必要はないと、冷たい声で言い放ちました。おそらくわたしがそのようなつまらぬ心配を電話で口走ったのでしょうが、そうでなくても娘はわたしの助力など求めていませんでした。夫が亡くなったのだから妻としてやるべきことを自分でやる。お父さんが死んだときのお母さんと一緒にしないでほしい。いまはとにかくあなたの顔は見たくない。喪服を着て通夜やお葬式に出るつもりでいるならそれもやめてほしいと娘はきっぱり言いました。

　マルセイが死んだ日、娘にあなたの顔を見たくないと言われた日から、後悔が始まりました。いまさらとお思いかもしれませんが悪い記憶は次から次へとよみがえりました。中学校時代に数学教師であったＮ先生を娘が忌み嫌っていたこと。わたしの夫が亡くなったときにも弔問に現れたＮ先生を娘は避けていたこと。ろくに口もきこうとしなかったこと。その娘をＮ先生が大声で呼びつけて無理やりお酒を注《つ》がせようとしている通夜の一場面。三回忌のときも同様の一幕が繰り返されたこと。Ｎ先生のところで働き出したマルセイと一度会って聞かされた彼のぼやき。仕事それ自体への不満ではなく、しばしば社長に酒の席に呼び出され、しかもそのたびにお前の嫁もここに呼べと命じられる、嫁に電話をかけろと言われてそうせざるを得ない、しつこく命じられるそのことが苦痛だというぼやき。そして噂に聞いていたＮ先生の醜聞。お金や女性や暴力沙汰をめぐる醜聞。

　わたしは脂汗の湧き出る暗い予感にとらえられました。ずっと昔の天神山で起きた人身事故。そのことも思い出されてなりませんでした。新聞社からの取材依頼を、良かれと思いあいだに立ってマルセイやマルユウや佐渡君に伝えたのはわたしでした。あそこへ彼らを行かせたのはわたしでした。そのせいで死者が出て彼らも大怪我を負いました。彼らを傷つけ不幸にしました。あのときと同じです。就職の斡旋《あっせん》も当人のためにと思ってしたことです。けれどわたしはまた行かせてはならないところへマルセイを行かせたのかもしれません。わたしが犯した同じ過ちのせいで、今度はマルセイを死なせてしまったのかもしれません。

そこへ追い討ちをかけるように不穏な噂がまわってきました。

噂は二つあり、一つはN先生の失踪。それからもう一つは転落死したマルセイの、残された妻の妊娠です。まわってきた噂の順番はどちらが先だったのか、どちらにしてもわたしにとってより深刻な意味を持つのは後者でした。わたしは生前のマルセイからも、むろん娘当人からも妊娠の話は聞かされていなかったのです。わたしは電話をかけるのももどかしく、当時娘が住んでいたアパートへ車を走らせました。

ところが娘はドアを開けてはくれませんでした。アパートの開放廊下に立ち何回も何回も電話をかけたあげく、ようやく応えてくれた娘の声は、マルセイが死んだ日の電話で聞いた声と酷似していました。それより前から、もうずっと以前から娘はそんな物憂い声でしかわたしとは喋ってくれなくなっていたのだとそのとき、わたしはあらためて思い知らされました。

「帰ってください」と娘は言いました。招かれざる客に対して言い放つように。ひとりでいたいので帰ってくださいと電話の声は言いました。でも引き退がるわけにはいきません。

「話したいことがあるのよ真秀、ドアを開けて！」

わたしの娘は妊娠しているのです。

「ねえ開けて！　お母さんどうしても真秀と話したいことがあるの」

しかもその話をわたしは人づてに聞かされたのです。

それが夫であったマルセイとは別の男の、不義の子であるらしいとの信じ難い噂、またそれが理由で中学校教員を辞職したという事実とともに。

「真秀？　少しでいいから話をさせて」

返答はなく、無情にも電話は切れていました。

「真秀、お願い！　顔を見せて！」

わたしはドア越しに叫びました。

「お願いだから、お母さんに話をさせて！」

部屋のドアを拳でドンドン叩いて懇願しました。

けれどどうやっても無駄でした。

帰り道、わたしは運転する車を何度も道端に停めて休まなければなりませんでした。呼吸を整えるためシートベルトを外して、どうにか正気を保つために深呼吸を繰り返さねばなりませんでした。ハンカチが使い物にならないほど体じゅうから嫌な汗が吹き出して止まらなかったからです。

わたしは疑っていました。

いままでわたしの想像になかった最悪の出来事が、真秀に起きてしまったのではないかと疑っていました。そしてそのきっかけを作ったのは母親であるわたしではないのか。わたしがマルセイに強く勧めて運転免許を取らせ、N先生のもとへ就職面接に行かせたこと、それが結果として最悪の出来事を呼び寄せたのではないのかと。

同時にわたしはN先生の失踪も疑っていました。それが本当に失踪なら、失踪へのマルセイの関与を疑っていました。その関与とマルセイの自死とを関連づけて疑っていました。

ここまで書けば湊先生にはおわかりでしょう。わたしは、自分の娘にはどうやっても訊くことのできない真実を、湊先生にお訊ねしたいのです。娘夫婦から敬遠されていたわたしとは違い、娘はともかく、マルセイとの親密な行き来があったとお聞きしている湊先生に、率直にお訊ねしたいことがあるのです。


そして手紙には確かに率直な質問が書かれていた。


だから私には想像できる。杉森先生は丸田君と会った冬の日、コインパーキングの軽自動車の中で、隣にすわっている丸田君にも率直にこう訊ねたと思う。

「真秀のお腹《なか》の子の父親は誰なの」

何よりも知りたいことだから、丸田君が答えるまでしつこく訊ねずにはいられなかったはずだ。

「なぜきみは、きみたちはみんな、そんな大事なことをわたしに教えてくれないの」

しかしいくら訊ねても丸田君は無反応でぴくりともしなかった。じゃあわたしから言う、と杉森先生は語気を強めた。

「いい？　わたしが疑っていることをはっきり言う」

丸田君は杉森先生のほうへゆるゆると顔を向けた。

「マルセイが働いていた会社の社長、N先生が行方不明になったのはマルセイの仕業。マルセイがN先生をこの世界から消し去ってしまった。どんな方法でかはわからない。でもそう考えればマルセイが警察との接触を避けていた理由にも説明がつく。マルセイは警察からN先生のことを訊かれるのを恐れていたのよ。じゃあなぜそんなことをしたか。なぜあのお人好しのマルセイが人ひとり抹殺するような犯罪に手を染めたのか。なぜなら、マルセイはN先生が許せなかったから。なぜ許せなかったのか。なぜならマルセイは絶対に許せないことをN先生がしたのを知ってしまったから。なぜ絶対に許せなかったのか。それは――それはN先生が、もう一人の同時に失踪した専務とかいう男と組んで、二人がかりで、マルセイの妻をむごい目にあわせたから。夫として、いいえ人間として絶対に許すわけにいかないむごい目に。そのせいでマルセイの妻は」

とそこまで喋って、杉森先生は急にやめた。

そしてなかば口を開けたまま黙り込んだ。話を聞いていた丸田君の顔に笑みが浮かんでいるのを見たからだった。

「違いますよ先生」と丸田君は事もなげに言った。「それは誤解です」

「何が誤解なの」

「真秀さんは、先生が疑うようなむごい目になんかあっていません、N先生からも誰からも。だから安心してください。そんな訳のわからないことを言って取り乱さないでください」

「訳のわからないこと？」

丸田君は車のフロントガラスごしに斜向かいの喫茶店のほうへ視線を投げていた。彼の横顔を杉森先生はじっくりと分析するように見た。顔を見ればわかるんだよ、きみが嘘をついているかどうかは、昔から……。

「本当なのね？」

たっぷり時間をかけたあとで、杉森先生は言った。

「きみは嘘をついていない。そうなんだね？」

「いったいどうやってマルセイがひとを抹殺できるんです」

丸田君は杉森先生とは目を合わせなかった。ただ彼の顔には依然として微笑みが残っていた。

「仮にマルセイがひとを殺したとして、死体を警察が見つけられないなんてことがあるんですか」

「だからそれが抹殺よ、マルセイはN先生ともう一人の男をこの世界から消し去ってしまったのよ」

「どうやって？　先生、泣かないで」

丸田君に指摘されて、涙が頬を伝わって流れているのに気づいた杉森先生はまたハンカチを取り出した。

「どうやっても、こうやっても」涙を止められない杉森先生は泣き笑いに聞こえる声で言った。「そのくらいできるんじゃないの？　わりかし簡単に。だってあのマルセイは、わたしの真秀を、十何年ぶりかに会った真秀を一目で振り向かせて、結婚までしちゃったのよ？　昔はあんなにマルセイのことを嫌っていた真秀を。子供たちに混じって野球のバットを振っていただけなのに。まるで魔法じゃないの。そのことに比べたら、人を二人抹殺するなんて楽勝よ。マルセイはね、わたしみたいな凡人には理解できない能力の使い手だったのよ、ジェダイのフォースパワーみたいな」

「そう思ってたってことですか」

「うん」

「本気で。ジェダイのフォースパワー？」

「だってきみたちは」杉森先生は皺くちゃのハンカチでまた鼻をかんだ。「きみたちは宇宙人に愛された子供だったでしょう。だから特別に選ばれて、凡人にはない能力を授かったのよ」

「僕まで仲間にされちゃうんですか」

「そうよ」杉森先生はまだ泣いていた。「わたしはきみのことも疑っている。真秀の妊娠が、わたしの疑っていたようなことではなかったと知っていまは安心した。本当にそれは良かった。わたしの想像が間違いであって良かったと心の底から思う。でも、まだわたしは真秀のお腹の子の父親が誰なのか知らされていない。なぜ真秀もきみも、そのことになると言葉を濁すのかわからない。だって父親はマルセイに決まってるでしょう。マルセイが死んだあとできみが真秀と再会したのが事実なら、マルセイしかいないじゃないの。ねえ、違うの？　そうじゃないの？　それともまだほかに何かあるの？　わたしに隠してることが」

「先生」

「何よ？　ああもう、安心したのに涙が止まらない。やっと安心できたのに、なぜだか泣けてくる。

わたしは、もうじき生まれてくる孫の父親が誰なのかも知らないおばあちゃんになる」

このとき丸田君は七月の雨の夜にマルセイから受け取ったメッセージのことを思っていたはずだ。でも彼はこう言うしかなかった。

「僕にもわからないんです」

「そう」杉森先生は泣きながらうなずいた。「そういうことね。結局わたしにはそういう返事しかできないってことね」

「杉森先生、本当にわからないんですよ」丸田君は表情を引き締めた。「きっと真秀さんにも確かなことはわからないんだと思う」

丸田君の顔に目を釘付けにして、杉森先生はしばらく放心していた。

「前に介護施設で働いている人から聞いた話なんですけど」秘密を打ち明ける口調で丸田君は声を低めた。「職場の医療法人の系列の介護施設。そこに百歳になるおばあさんがいて、ときどきそのおばあさんの内緒の話を聞いてあげるんだそうです。担当の彼はおばあさんから仕事ぶりを見込まれて、信頼されているらしくて」

「マルユウ？　それは何、何の話をしてるの」

「おばあさんが言うには、自分はある時期、ある時期といっても一年や二年ではなくてもっとずっと長い時間、本人によれば若い娘だった頃からです、宇宙の別の星にいたんだそうです。それがあるとき地球に帰ってきて、意識が戻ると施設のベッドの上にいた。そして不思議なことに、少しずつだけどこの地球上での記憶も戻ってきたというんです。自分は、とっくの昔に死んだ夫と若いときに結婚して四人の子供を産んだ。女としてのそれが務めだと思っていたから、頑張って四人の子供たちを人並みに育てあげ、いまでは孫もいるしひ孫も何人もいる。大勢の親族たちのいちばん上に立つおばあさんだ。親族たちは順番に面会に来る。年老いた子供の顔、一人前になった孫の顔、おなかに赤ん坊を宿したひ孫。見ればだいたいのところは思い出せる。みんな自分の親族だ。でも実感がない。自分がしたはずのことが、自分が実際にしたことには思えない。誰か別の人の思い出が混じっているように思える。この子供や孫を自分の腕に抱っこしてあやした、そんな手ごたえがまるでない。彼らと一緒に過ごした日々の楽しかったことや、悩み事や、彼らを叱ったことや褒めたことや、一緒に笑ったこと泣いたこととの具体的な思い出がない。それでもみんな自分の血を分けた子孫たちだということはどうにか、理解できる。ほのかな愛情も感じる」

「認知症？」杉森先生が口をはさんだ。

「そうかもしれません。そうなんでしょうね、きっと。おばあちゃん、宇宙の別の星ではどんな生活だったの？　そう訊いてもまったく憶えていないと彼女は言う。どうして地球に帰ってきたの？　それもわからない。でも、と彼女は言う。あっちの星のことは何も憶えていないけど、その星にいた実感はある。見るもの見るもの珍しかった、暑くも寒くもなかった、風邪ひとつ引かず、何の病気もしなかった、食べなくてもひもじくなかった、偏頭痛も生理痛もなくて楽ちんだった、あっちの星の時代は良かった、自分以外にも地球の人間が大勢いたし、人間といってもかたちなんてないんだけど、みんなそうだから寂しくもなかった、それはよく憶えている。あたしね、とおばあさんは言う。長いこと旅をしていたのよ。旅？　そうよ、心の旅。あたしの心はあっちの星に行っちゃ

って て、こっちで生きていたのはあたしそっくりの心の抜け殻だったのよ。心の旅か、と介護士は言う。羨《うらや》ましいですね、そんな旅行ができるなんて。でもおばあちゃん、どうやればそんなことができるんです。そもそもおばあちゃんはどうやって地球を出発したんですか？」

丸田君はそこで話を切った。数秒だけ我慢して、杉森先生はしぶしぶ訊ねた。

「どうやって地球を出発したのよ」

「あたしは飛んだのよ」百歳の女性の声色で丸田君が答えた。


それから数秒ではきかない長めの沈黙が車内を支配した。


「おばあさんがそう言ったんですよ」

丸田君がぼそっと言い、杉森先生が言い返した。

「それだとおばあさんは二人いる」

「二人？　心が旅をしたとおばあさんは言ってるんですよ」

「どんな旅にしろ、地球に残ったおばあさんは子供たちを立派に育ててあげたんだから、矛盾してる。飛んだって、どうやって飛んだのよ」

「さあ。でも彼女も宇宙人に愛された子供だったのかもしれませんね。もしかしたら僕らよりずっと」

フン、と鼻を鳴らしたのか鼻水を啜《すす》ったのかそんな音を立ててから、杉森先生は言った。

「それがきみの答え？」

「答えというと？」

「生まれてくる子の父親のこと。結局どう説明しても先生には理解できませんよって、いまの話でうやむやにしたいんでしょう？」

「そんなつもりはないんですが」

「わたしは佐渡くんにも会ったと言ったでしょう。会って何の話も聞き出せなかったと思ってるの？　そうでなくてもわたしはきみたちが、きみとマルセイがあの事故の後で変わったことは知ってる。大学で野球をやるはずのきみが急にやめてしまい、音楽を続けるはずのマルセイがバンドを抜けていつのまにか少年野球のコーチになった。それこそマルユウとマルセイが入れ替わったみたいに。自分が過去にしてきたこと、望んでいたこと、その記憶の中に、自分じゃない人間のしたことや望みが混じってしまったみたいに、でしょう？　それはわかるの、わたしだけじゃなくて、何かが、きみたち自身の想像も超えた何かが起きてしまった。そのくらいはわたしにもうすうすわかってる、頭では。理屈では。真秀にもきみにもそれを学校で習った知識では説明できないんだということもわかる。でも、でもね、でもそんな説明のつかない神秘的現象は、オカルトは……オカルト？　わたしの孫が？　ああ……もう、くそ！　畜生！　ふざけんな、こんちくしょう！　……もういい。もうどうでも、なるようになればいいわ」

杉森先生は涙まじりに悪態をつきまくり、というか元教員として自身のふがいなさを悔しがり、一度深呼吸をして、掠れた音のする細く長い息を吐いた。そんな先生を見守るだけで丸田君は言葉をかけなかった。

「ほんとにもういいわ、それで」

杉森先生は自分を宥めるのに成功した様子だった。

「佐渡くんにも話したけど、もとをたどれば、小学校のときマルセイと佐渡くんの担任だったわたしがいたらなかったせいでこうなったんだもの。だから自業自得よ。わたしが最初に新聞記者の取材からきみたちを守ってあげるべきだったのよ。それなのにわたしは、噂を聞きつけて現れた記者を追い返せなかった。追い返せなかったどころかわたしは、新聞に載った写真を記者の人から譲り受けて、喜んできみたちに配ったりした。一緒に預かった本を、どんな内容かも読まずに入院中だった佐渡くんに届けたりもした。そのせいできみたちの宇宙熱をいっそう高めてしまった。そうでしょう、そうよね？」

丸田君の答えを待たずに杉森先生は喋り続けた。

「そうなのよ。ほんとにいたらない先生だったのよわたしは。だからこれは当然の報いなのよ。この年で、年金貰って悠々暮らせる身のはずなのに、やることは病院通いで、何がどう効くのかわからないクスリのお世話になって、あげく医者にはヒポコンドリーだとか言われて、娘にも避けられて、友だちもいない。家にいてテレビを見るだけ。電話も詐欺まがいの電話以外かかってこない。誰とも話さない。独り言だって言わない。独り言ってねマルユウ、孤独な人がブツブツ言うものだと思ってるでしょう。でも違うよ。ほんとに独りぼっちでいる人は独り言なんか言わない。独り言は、そばにいる人に聞いてもらって初めて独り言なんだよ。夫に死なれて、娘も出て行って独りになってそのことがよくわかった。夫が生きているときはわたしはよく独り言を言ったものなの。でもいまは違う。わたし以外に誰もいない家の中ではわたしは独り言も言えない」

この独り言に関する考察は、妻を失ったのちの私の実感でもあるのだが、杉森真秀と一緒に暮らし始めて間もない丸田君にはピンとこなかったかもしれない。

「ねえマルユウ、わたしは心の底ではもう信じてるんだよ。きみとマルセイはあの事故で入れ替わったんだよね？　全部が全部じゃなくても、記憶の半分くらいが混ざり合ってしまったんだよね？　マーブル模様みたいに。あの真秀にもマルユウとマルセイの見分けがつかなくなるくらいに。そうなんでしょう？　それでもしかしたらいまも、マルセイが死んでしまってからも、きみの心にマルセイの色味が少しだけ残ってるんじゃないの？」

この考えも沈黙で受け流されると思っていた杉森先生は、丸田君が意外な返事をしたので驚いた。

「そうかもしれません」と丸田君は答えた。「自分がしたはずのことに自分で実感が持てないとか、自分がした覚えのないことの記憶が残っているとか、そういうことは、たぶんあったと思います、これまで」

「うん」杉森先生のうなずきに自然と力がこもった。「そういうことなんだよきっと。きみがそう言ってくれると、先生もちょっとは自信が湧いてくる。やっぱり起きてたんだ。起き得るんだね、そういう不思議なこと。わたしたち凡人でも、その不思議さを感じ取れないわけじゃないし。ほんのちょっとしたことだけど。だって、先生きみと話しててマルセイじゃないかと思ったもの、さっき駅ビルでね、『運転免許の試験には合格したの？』って訊いて『いえ、まだですけど。でももうじき』って答えたとき、そのときだけきみがマルセイの姿に見えた。ああのときのマルセイだ、って記憶が巻き戻ったみたいだった」

「そうなんですか」

「そうよ、マルセイも同じ答えを返したの、同じ顔で。嬉しそうな顔をしてみせて。最初のうちは教習所に通うのも気が進まなかったはずなのに。そりゃそうよね、あんなひどい事故の被害者なんだもの。車の運転なんて、気が進まなくて当然でしょう。でもわたしに言われてマルセイは断れなかった。それが真秀との結婚を許す条件だと言われれば、頑張って運転免許を取るしかなかった」

「先生」

「だからもういいわ、もう何も言わなくても」

「よくわからないままでいい、きみたちと一緒で」

「どういいんです」

「失踪した人のことも」

「うん何もかも。きみを信じて受け容れるわ。生まれてくる子のことも、きみにもわからないんでしょう？　だったらわたしにもわからない。マルセイが駐車場の屋上から飛んだのだって、死ぬつもりなんてなかったのかもしれない。どこかへ飛ぼうとして飛んだのかもしれない。体は下に落ちて死んじゃったけど、心は、ほんとにどこかへ飛んじゃった可能性だって否定できない、誰にも。彼は宇宙人に愛された子供だったんだから。……ああ、それにきみもね。マルユウ、きみも、もし飛ぶ気になれば飛べたりする？」

「どこか行きたい場所がありますか」

「え？　わたし？」

「戻ってみたい過去とか」

「戻れるの」

「あのポンコツの軽自動車、押しがけした日まで戻りますか」

「戻れるの？」

「ジェダイのフォースパワーで、戻れるなら戻りたいですか」

自分はからかわれているのだと頭の半分ではわかっていても、丸田君の誘いは魅惑的に思え、杉森先生は時間をとって頭のもう半分で真面目に考える顔になった。丸田君にそう言われたら、これは私でもそうしたと思う。

「やめとくわ」しかし杉森先生は言った。杉森先生の涙は出尽くしたようでハンカチの出番はもうなかった。

「あの日に戻れば、その後に起きたきみたちの事故は防げるだろうし、娘との関係ももっと上手く保てていたかもしれない。わたしは今日こんなふうに車の中で泣いたりしなかったかもしれない。でもやっぱり、やめとくわ。きみたちには悪いけど、もし過去に戻ってやり直せても、夫にもう一回死なれるのはつらい。死に顔を見たくない。想像するだけでも息が詰まりそうになる。わたしはできることなら、年を取った夫の顔が見たかった。わたしだけ老いるんじゃなくて一緒に年を取りたかった。マルユウ、ちょっとだけ外の空気を入れてくれる？」

丸田君は助手席側の窓を降ろし、冷たい風に顔をさらしながら杉森先生の声を背中に聞いた。

「自分勝手な先生でゴメン。でも、夫に早死にされた人生をもう一回生きたいとは思わないわ。夫に死なれた妻がつらいのは、独り言もそうだけど、なんてことない小さな話を聞いてくれる人がいなくなることなのよ。大事な人が亡くなって気づくのは、その人に言いたいことがもう言えないということ。今日一日の出先での出来事とか、もののはずみでよみがえった学生時代の思い出とか、伝えたくてももう伝えられないということ。宇宙人に愛された特別な子供の話とかじゃなくてね、ほんとにもっと平凡なこと、他人にはどうでもいいこと、たとえば若いときのわたしは真秀みたいに痩《や》せてて、それから運動神経が良くて……」

「想像つきませんよね、知らない人には」

丸田君の呟きを聞き取って、背後で杉森先生は笑ったようだった。

「わたしはねマルユウ、中学のときには、野球部のキャプテンと卓球の試合やって負かしたことだってあるのよ」

こんどは丸田君が窓の外を見たまま笑顔になり、気が弛《ゆる》んだのかつい軽口をたたいた。

「だって千メートルを二分で走れたんでしょう?」

「うん?　そう、正確には二分十秒でね。誰も信じないけど」

「僕は信じますよ。先生の若いときを見たことなくても、先生が言うことなら信じます」

「ありがとう。初めてそう言ってくれる人に出会えたわ」

「生まれてくる先生の孫にも言って聞かせましょうか」

「そうしてくれる？」と調子を合わせたあとで、杉森先生はため息をついた。「ところでマルユウ」

「はい」

「そのことは誰から聞いたのかな。わたしが若いときに出した千メートル走のタイム。やっぱりきみは、真秀からわたしへの不満を聞かされてるんじゃないの。いたらない母親の陰口をさんざん」

「……あ」

「相変わらずだねえ、マルユウは」

「陰口とか、そういうんじゃないんです全然」

「まあいいわ。とにかくそういう話ができなくなるのよ、先に夫に死なれると。ピンとこないでしょう？　もっと大事な話をすることが夫婦の大事だと思うでしょう。でもそうじゃない。いちばん大事なのは、小さくて平凡な話をすること。何年も何十年も、倦《う》まずに小さな話を続けること。だから覚悟しなさい。きみが仮にジェダイのフォースパワーの使い手だとしても、そんなものは夫婦の間では何の頼りにもならない。それはマルセイが証明したでしょう？　きみにできるのは、せいいっぱい長生きして、真秀の話を聞くこと、そして自分も話すこと、平凡で小さな話を、来る日も来る日も。飛べるからって、決して飛ぼうなんて考えたりしちゃダメ。真秀とふたりで子供を育てると決めたのなら」

「そのつもりです」

「そう」と杉森先生は満足げに言った。「じゃあその窓を閉めて、車を降りて、リュック背負って家に帰りなさい。先生はもう大丈夫だから」

「送ってくれないんですか」丸田君はさほど驚いたふうもなく杉森先生を見て訊ねた。「ついでに家に寄って、真秀さんと話していきませんか、いまみたいな……」

「いまみたいな？」

「ためになる話を？」

「話すのはきみでしょう。帰ったら早速、車の中で泣いてるお母さんを見たよって報告して、真秀の心を動かすのがきみの役目でしょう。わたしはいささか喋り疲れたわ。もう顎がダルいわ」

「わかりました。じゃあまた今度」

「あとね」素直にドアを開けて降りて行こうとする丸田君に杉森先生が言い聞かせた。「今日会ってわたしと話したことを真秀に逐一伝えて、それでどうなるかはきみの話し方にかかっているけど、もし真秀から電話でもかかってきたら、わたしから提案する。一度みんなで集まる機会を持とう。きみのお父さんも呼んで。なんなら佐渡くんも、湊先生も一緒に。年が明けたら出産祝いと、あとはマルセイを偲《しの》ぶ会をやろう」

「頑張ってみますけど」ドアを半分開いたところで丸田君は首をひねった。「僕の父を呼ぶのは、難しいと思いますよ」

「そうなの？」

「はい相当。だいいち真秀さんに会いたがらないと思う。それから生まれてくる赤ん坊にも」

「じゃあわたしが会って説得する。そっちは任せて。きみのお父さんだって独り暮らしなんでしょう？　連れ合いに先に死なれた者どうし、サシでじっくり話してみる。先生どうせヒマだし、病院通いだけで時間なら腐るほどあるし、なんならきみのお父さんと一緒に野球やってもいいくらい」

丸田君はそこは聞き流して車を降りドアを閉めた。

窓越しに杉森先生が片手をひょいと上げるのが見え、上げ返すと、それが別れ際の最後の挨拶になって車はじわりと発進した。丸田君はバックパックを背負い直しながら、いつかどこかで、杉森先生と父がキャッチボールに興じている絵をイメージしてみたが、その絵は一瞬目に浮かんだだけで長くは残らなかった。杉森先生の運転する軽自動車は駐車場を出る際に一度クラクションを鳴らし、路地を右折して大通りのほうへ消えて行った。

❄

杉森先生から届いた手紙には結局、私は返事を書かなかった。

返事の書きようもなく躊躇っているうちに、年末になって先に杉森先生から二通目が届き、先日は失礼な手紙を送りつけて申し訳なかったと詫びの言葉が述べられていたからだ。一通目と同様一方的といえば一方的に、何から何まですべて自分の気の迷いであり、妄想に過ぎなかった、あらぬ疑いは晴れたのであの質問のことはもう忘れてほしいと書かれていた。

私はその詫び状にも返信しなかった。ただ年賀状に、私はマルセイとは亡妻の愛車を介在した行き来があったのみである旨を数行記し、それ以上の深入りを避けた。年賀状には先方からまた儀礼的な返しが来て、以来、杉森先生とは年賀状のやりとりが続いている。

当時私が杉森先生に返事の書きようがなかったのは、本当のところは私にもわからなかったからである。

私はマルセイが私の体にほどこした奇跡を知っている。その同じ夜「悪者を飛ばしてやりました全力で」と理解に苦しむ台詞を彼が口にしたのも確かに耳に残っている。だが実際のところ、彼がどのような力をふるって何をやったのかは知らない。

もしかしたら杉森先生の想像した通り、N先生の失踪はマルセイの仕業なのかもしれない。N先生ともう一人の男性はマルセイのフォースパワーでこの世界から飛ばされたのかもしれない。現にあれから時が経ったいまもなお二名とも行方不明なのだから、その可能性がゼロだとは言い切れない。

とすれば、もしかしたら杉森先生が恐れていたことが現実に起きていたのかもしれないし、それが起きたがために、N先生を絶対に許せないマルセイは全力をふるいN先生らを――時代がかった言い方だが――成敗したのかもしれない、とも考えられる。またそのことを杉森先生の前で笑って否定してみせた丸田君にも、実のところ、何が起きたかわかっていなかったのではないかとも。

それともマルセイが何を起こしたかわかっていながら丸田君はあえて杉森先生の前ではそのことを否定したのか。

丸田君は杉森先生に対して嘘をついたのだろうか全力で？　そしてその嘘を杉森先生は信じてしまったのだろうか？　あるいはそうではなくて、もしかしたら杉森先生は丸田君の嘘を見抜いていたのだろうか？　見抜いたからこそ泣かずにいられなかったのだろうか？　泣くだけ泣き切ったあとで丸田君に夫婦の大事を説いたのだろうか？

……いや、それはないな、と先生は独り言をつぶやく。

どう思う？

この小説を書きながらこれまでずっと、迷いが生じたときにはそうしてきたように、小さく声に出して問いかけてみる。

するとパソコンのモニターで点滅しているカーソルを見つめているうちに、心の声が聞こえてくる。それはたぶん妻の声だ。生きていた頃の妻の口調だ。先生は心の声に耳をすます。テレパシーの真似事のようなものだが、テレパシーならマルセイのおかげで実地を踏んでいるので先生はコツをつかんでいる。目を閉じて集中する。ミルク色の深い霧をイメージする。

すぐそこでかぎ針を使っていた手を止め、編み物からふと顔をあげるような感じで、妻の声が答える。

（そうね、それはないね）

だよな？

（それだと救われない、湊くんの教え子たちみんな）

だから僕もそれはないと思うよ。

（でもマルセイは？　じゃあマルセイはなぜあんな死に方をしたの？）

わからない。

（わからないまま？　わからなくていいんだ結局？）

だめか？

（教員時代は正解を教えるのが仕事だったのに？　湊くんが、わからない？）

わからない。そのことは僕みたいな中途半端な人間の手には負えない。マルセイは、N先生の心を支配していた得体の知れない悪と戦って犠牲になったのかもしれない。僕などには想像のつかない邪悪な心と。

（悪のほかには何も詰まっていない、心がスカスカの人間と）

うん。

（マルセイは動画ごと全部抹殺したの？）

……わからない。

（マルセイが言ってた、きみが一生見ることもないような、おぞましい動画のこと。そうじゃないの？）

だからわからないんだよ。

（正解を出したくないってこと？）

僕はね、もともと教員向きじゃないらしい。もちろん小説家向きでもないんだけど。職業適性テストというのをやってみたんだネットで。そしたらいちばん適した職業は夜店の金魚すくい屋のおじさんだそうだ。僕は進む道を間違えてたよ。

（いまさら？）

妙に納得したんだ。確かに向いてたかもしれない、ひとにものを教えるより、子供たちが金魚すくいに夢中になるのを見守っているほうが。

(平凡で小さなこと、か)

うん?

(まあそうだけど、でも平凡で小さなこと、それだけで済む人生なんてあるのかしら。わたしはわたしでまさか今日? と思いながら死んじゃったし。独りになった湊くんの人生は平凡?)

……そうだね。平凡とばかりは言えないかも。

(ね?)

平凡な人生なんていったいどこにあるんだろう。


あの年の冬から、世界的な感染症の流行期を経て、四年の歳月が流れた。

先生はその大半の時間を自宅にこもって独りで過ごした。そしてこの小説を書くためにキーボードを叩きつづけた。

ありったけの時間と体力を、そしてあるかなきかの文才をこのために先生は注ぎ込んだ。来る日も来る日も同じ一日を繰り返し、机に向かい、言葉に閊《つか》えながら、表紙の文字が薄れるほど国語辞典を引き、難所では独り言をつぶやいて心の声と交信しつつ、自分の身の丈に合った小説を書いてきた。

先生は書くことに助けられたのかもしれない。

もしマルセイにうながされてこれを書かなければ、引きこもりを余儀なくされた期間にこの小説を書くという仕事がなければ、とうの昔に生きる意欲など失い、枯れ木のように朽ちて倒れていたかもしれない。

正直に言うと、執筆期間中にも、もう何もかも投げ出して楽になりたいと思ったことはある。書くことと、鉢植えの草花への水やり。三度三度の食事と処方薬の服用。昨日と同じ繰り返しの日々に神経を擦り減らすばかりで、頼みの綱の妻との交信すら神経衰弱の戯言《たわごと》に思いなされて、こんなことは無意味だと、そもそも自分は妻のいない人生を生きることなど望んでいないのだと、ぶり返す虚無感に纏《まと》いつかれた時期はあった。

そのときどうにかこの世界に踏み止《とど》まれたのは、心の朽ちかけた先生が——かつてマルセイが妻の愛車を引き取りに来た頃のように笑うことも泣くことも忘れてしまった先生が——ある日、ひとつの出来事に遭遇したためである。そしてその常識では説明のつかない出来事から、虚しくても生きていろ、無意味でもいましていることを続けろというメッセージを受け取ったのだと信じられたからである。

昨日とそっくりの顔をした日常を時として見慣れぬものの影がよぎる。わたしたち凡人でも、その不思議さを感じ取れないわけじゃない。杉森先生はたぶん正しい。

それはこんな出来事だった。

12

その夏、関東地方の一部が緊急事態宣言下に置かれていた八月初旬、先生は一日だけ遠出をした。遠出といっても市内の、マルセイらが昔通った小学校の跡地を徒歩で訪れ、その裏山まで登ってみようと思いついただけで、気晴らしと小説の取材とを兼ねた遠足みたいなものだった。朝からおにぎりを作った。冷えた麦茶を魔法瓶に入れた。煙草も用意した。取材ノートの代用として、リビングの電話の横にいつも置いてあるメモパッドも持っていくことにして、準備を終えるとリュックを背負い、麦わら帽子をかぶって先生は自宅を出た。

昼頃、小学校の校門のあったあたりに着いてみるとそこに、いまも変わらず青々と葉を繁らせている桜の大樹のそばに、見覚えのある自動車が停まっていた。

運転者は不在だったが、自動車は一日でマルセイに譲った妻の愛車だとわかった。ボンネットにもテールランプの横にも初心者マークが貼られたままの姿で、ボルボ２４０はまるで先生が現れるのを待っていたかのようにそこにあった。

桜の木陰に入り、しばらく先生は息を整えた。静かな夏の日だった。蝉が一匹、ジジジと鳴いて飛び立つ音がした。先生は首にかけたタオルで汗を拭い、あたりを見回して自動車の持ち主がいないのを確かめると、念のためメモを記して自動車のフロントガラスとワイパーの間に挟んだ。たぶん行先は自分がめざしている場所と同じだろう、行き違いになることもなくメモは無駄になるだろうと思いながら。

先生は野球場を仕切るフェンスに沿って歩き出した。扇形をしたフィールド全体を囲っている金網のフェンスは先生の胸の高さしかなく、その気になれば乗り越えることも可能に思えたが、内野の土と外野の芝と二色に塗り分けたように美しく整備された中へ立ち入るのは憚られた。外野のレフト側から内野の三塁側へ、フェンスの外を先生は足早に歩いていった。白い日差しの照りつける無人の野球場を横目に見て、舗装された小道を進むうちに、奥の三塁側とそして一塁側にも、雛壇状の、緑のペンキを塗った簡素な観覧席が新設されているのに気づいた。以前ここへ来たときにはそれはまだなかったはずだ。先生は三塁側観覧席とフェンスのあいだの通路を抜けて、バックネットまで一度も足を止めずに裏へ回ってみた。

バックネット裏のスペースは想像していたよりずっと狭く、その先の崖を見上げることはできても、裏山に登るための足掛かりなどなかった。地面から一・五メートルほどの高さまでコンクリートで固められ、そこから上は雑草がみっしり生えた急斜面、さらにその上となると木々がこんもり生い繁っている。どこかに「関係者以外立入禁止」の抜け道があったはずなのだが、いまはどうなったのだろう。三塁側の方向は下の道路に面しているので、先生はこんどはコンクリートの壁に沿って一塁側へと移動し、どこかよじ登れる場所がないか探すことにした。

するとじきに、新設の観覧席の真裏に一カ所、ここならなんとかなりそうだと思える地点を発見できた。コンクリートの壁の上が緩斜面になっていて、草の生え方もそこだけまばらで、それが人の足が踏み均した跡のように見えなくもない。立ち入り禁止の裏山に登りたい者は、いまはここを登山口として利用しているのかもしれない。先生は迷わなかった。一度深呼吸をして、コンクリートの壁の上端に両手をかけると地面を蹴った。そうやって勢いをつけて老体を持ち上げ、背中のリュックの重みにも耐えてどうにか這い上がり、傾斜の緩い斜面に立つことに成功した。

そのまま木立の中へ入り込むと、右手の方向へ、土が剝《む》き出しになった細い登りの道が延びていた。どう見ても人が踏み均した道に違いなかった。そのくねくねした坂道を踏ん張って上へ上へとたどっていくと、話に聞いていたお地蔵様があった。色が褪せて千切れかかった赤い布をお地蔵様は胸に巻いていた。道らしい道はそこで途切れ、その先はもう竹やぶだった。

すでに呼吸が怪しかったが、かまわず前へ進んだ。足が滑りそうになると手近の竹をつかんで支えにして登り続けた。ここだ、と先生は思った。ここで、この季節に、いまと同じ季節に、子供たちはＵＦＯを見たのだ。いまから三十年も昔の夏休みの、真っ昼間、この竹やぶの空に。

先生は上空を気にしながら竹やぶの斜面を登って行った。ばらばらの間隔をあけて埋め込まれた、不揃いな形の石段を伝って登っていると先生は完全に息切れした。まわりは静かだった。聴こえるのは先生の口から出るハアハアという荒い息だけだ。蟬も鳴いていない。鳥も飛び立たない。人の声もしない。青空には何も浮かんでいない。だがこの竹やぶを抜けたその先に、きっと誰かがいるという直感が先生にはあった。誰かというのはむろんあのボルボの所有者のことだ。

登り切ってみるとあっけなかった。

もっと長時間の山登りになるかと危惧《きぐ》していたのだが、竹やぶを抜けるのにものの十分とかからなかった。思ったほど、というか話に聞いて想像していたほど標高の高い山ではなかった。小学三年生の足でもそう時間はかからなかっただろう。休まずここまで来たせいで息は相当あがっていたが、気分としては拍子抜けだった。気がつくと先生は視界のひらけた場所まで登りつめて、目の前に平坦な空き地を目にしていた。

相撲の土俵をひとまわり広くした程度の円形の平地。俵のかわりに周りは幾つかの岩に囲われている。色も形状もさまざまだが、大半が人が腰を下ろすのに適した高さの、表面がすべすべした感じの岩だ。その一つに先客がいた。先生に背を向ける恰好で下界の景色を眺めている様子の男がいた。

低い岩を跨いで空き地へ入り、たいらな土の地面を踏みしめて先生はそばへ歩み寄った。

黒無地の半袖のポロシャツにベージュの綿パン。色の組み合わせを別にすれば先生と大差ない服装で彼はじっとすわっていた。余計な荷物は車に置いてきたのか彼はてぶらだった。隣の岩に場所を取った先生は、背中のリュックを下ろし、麦わら帽子も脱ぎ、タオルで額と首筋の汗を拭いた。

「やっぱり、きみでしたか」先生は声をかけた。息が苦しかったのでそれだけ言うのが精一杯だった。

「ごぶさたしています先生」と相手が挨拶した。

先生はぜいぜい息をしながら片手をあげてみせ、リュックから魔法瓶を取り出すと麦茶を飲んだ。

魔法瓶のキャップ一杯では飲み足りず、立て続けに二杯目を注いだ。

それきり数分間、あがった息がおさまるまでだが、黙って隣の彼と一緒に同じ方角を眺めていた。

「思ったより遠いね」それから先生は話しかけた。「ここから、あの山までは」

「ええ、結構距離があります。ここからあの山までは」

「きみは」先生は少し迷ってこう言った。「ひとりですか今日は」

「ええ、ひとりです。杉森は家で子供を見てくれています」

「そうか」必ずしも杉森真秀のことを訊ねたつもりではなかったのだが、先生は話を合わせた。

「お祝いを言うのを忘れていた。出産おめでとう。と、これは杉森くんに直接言うべきでしょうが。

男の子だそうですね」

彼は頬を緩め、軽くうなずいてみせた。

そのあと彼が何か言うのを先生は待ってみた。だが二杯目の麦茶を飲み干して待っても彼は何も言わなかった。

ふたりのいる位置から真正面に天神山の全景が見えた。昔彼らが通った小学校の名ばかりの裏山と、むこうの本物の山とのあいだには一本の川を挟んで市街地が広がっている。数えきれないほどのビルや集合住宅や民家の屋根が立ち並び、緑地が点在し、網の目のように道路がつながり自動車がうごめいている。ここからなら天神山までは目と鼻の先、というイメージをそれまで先生は抱いていたのだが、目測の距離としては十キロではきかないだろう。

「無理がありますね」先生は言った。「あの山からここまで自動車ごと飛ばされるなんて。フィクションとしても、それを書くのは無理がある」

少し考える間を置いて、彼が訊ねた。

「それは何の話をしているんですか、先生」

「あの事故の話ですよ。あのときさみたちは空を飛ばされて、この秘密の基地に着地した。そして一旦《いったん》空白の時間をおいたのち、もう一度むこうの山の崖下まで運ばれた。どうやらきみたちのうちの一人はそう思い込んでいたようですが」

「その話、佐渡くんから聞き出したんですね」彼が言った。「子供が生まれたことも。この場所のことも」

「小学校の裏山も、きみたちがそう呼んでいた頃とは様変わりですね。この場所じたいは変わらないのかもしれませんが、登って来るまでのルートが聞いていた話とは違う。下では入口が見つからなくて往生しました。老体に鞭打《むちう》ってなんとかここまで登っては来ましたが」

先生が話すのを聞いてまた彼が頬を緩めた。

「佐渡くんをすっかり手なずけましたね先生。昔のことにもずいぶん詳しそうだ」

「人聞きが悪いな。手なずけたなんて、そんな。わたしはマルセイから頼まれた話を佐渡くんに伝えただけです。お返しに佐渡くんは思い出話をしてくれた。それだけですよ」

「それだけじゃないでしょう」

「ああ、佐渡くんと話したのは一度きりではありません。佐渡くんからは、きみたちが二十年ぶりに再会したことも聞いていています。会えて良かったと佐渡くんは言ってましたよ。ただ……」

言い淀《よど》んだ先生の心の内を彼が読んだ。

「マルセイも一緒ならもっと良かった」

「そうですね。確かに、そう思いました」

「で先生、今日のこれは」頬を緩めたまま彼が言った。「ここまで登って来られたのは小説の取材ですか」

「ん？　まあ、そう言えないこともないが」先生は意表を突かれて相手を見た。

「どうしました。小説を書けとマルセイに唆《そそのか》されたんでしょう？」

微笑を保っている彼の顔は、先生をからかうように、また挑発しているように見えないこともなかった。

「その話は、誰に聞きました」

「誰って、佐渡くんからですよ」

「マルセイから直接ってことはないよね？」

「マルセイから直接。どうやって」

「いや、いま一瞬そんな気がしたんだけど。違いますか」

「まさか」彼はいっそう目を細め、愉快そうに笑ってみせた。

その笑いにどこまで演技が混ざっているのか先生には見分けがつかなかった。ただ笑う気もないのに頬筋を持ち上げ目を細め、笑顔を作ってみせる人間がいることは先生自身よく知っている。

「丸田くん」先生は真顔で呼びかけた。「わたしはもう何を聞いても驚きませんよ。だから、ひとつ正直に話してみないか。この目で見たことでなくてもわたしは、きみたちの話すことなら信じられるから」

「何をですか」

彼は下界の景色に目を戻していた。

「マルユウ」先生は努めて穏やかに語りかけた。「たとえ今日きみがマルセイとここで会っていたとしても、わたしがここに来るまで、きみの隣にマルセイがすわっていたのだとしても、わたしは信じると言ってるんだよ。あるいは、マルセイがこの場所に現れて直接話していたのではなくても。何か、それに類したことをふたりでやっていたのだとしても」

「それに類したことって」

「わたしに思いつけるのは、テレパシーによる交信かな。遠い星との交信。死んだとされる人間の魂との交信」

「本気で喋ってます？」

「本気です」

丸田君は首をかしげ、指先で眉のあたりを軽く掻いた。その仕草の流れで、彼が手首の痣を気にして目をやったようにも先生には見えた。

「先生、よそでそんなこと喋らないほうがいいですよ。頭のおかしな人だと思われて、友だちいなくなっちゃいますよ」

「よそで吹聴《ふいちょう》などしません。相手がきみだから喋ってるんです。それで、どうなの、本当のところは」

「先生が退職されていてよかったと思います。現役の教師にそんな話を聞かされる生徒がいたら可哀想だ。みんな友だちがいなくなってしまう。それが本当のところ、僕の答えです」

「そうですか」

先生は丸田君のすげない態度に若干傷ついた。彼の親友であったマルセイは先生の命を救うため奇跡を起こしてみせたというのに。

「マルユウ」先生はそれでもなお努めて穏やかな声で話した。「友だちがいなくなるときみは言うけれど、わたしには、そもそも友だちなどいません。小学校時代からの唯一の親友と呼べるのは妻でしたが、その妻ももういない。わたしはねマルユウ、以前マルセイが自分の人生を生きている実感がないと言ったのを憶えています。そのときは気の毒に思いました。だがいまのわたしはマルセイと同じです。わたしにも自分の人生を生きているという実感などない」

眉を掻くのをやめて丸田君が先生のほうを見た。

「いや、いまのわたしにはではなくて、もともとわたしに自分の人生を生きているという実感があったのかどうか、確信がない。そんなことすらわたしにはわからない。きみらが中学生だった頃のわたしは、ただ波風を立てぬよう自分を殺して先生を演じていただけかもしれない。妻が生きていた頃のわたしは、良き夫であろうとやはりその役を演じていただけかもしれない。だが退職して、妻にも先立たれてみると、何のために頑張って演じる必要があったのかわからない。本当にわたしは中学教諭であることを望んでいたのか。良き夫であることを望んでいたのか。すべてが他人事に思える。ここまで長い道のりを歩いてきたというのに、わたしは誰か別の人間の人生を生きていたような気さえする。もしこれが、いまきみの目に見えているこれがわたしだとしたら、昔のわたしは、中学教諭を勤めあげて妻を失うまでの人生は、あれは何だったのか。部屋にこもってきみたちのことを書いているうちにそんなことも考えたんです。わたしは自分の人生と言える時間を過ごしてきたのか。もうじき七十にもなろうという人間が、いまになってくよくよ考えているんです」

「どうしたんです急に。先生は何がおっしゃりたいんです」

きみもおそらく同じではないのかと先生は言いたかったのだ。あの事故がきみたちにもたらした記憶の障害。たとえそれが元に復したのだとしても、代償として大切な仲間を失ったきみは、いまきみは自分の人生を取り戻したという実感があるのかと問いたかったのだ。だが先生はそうは言わなかった。

「今日はマルセイの命日でしょう。本来ならきみはマルセイのお墓に参るべきだ。杉森くんも一緒に、あの冬に生まれた子供を連れて。わたしはそう言いたいんだ。それなのにきみはひとりでこんなところにいる。昔の小学校の裏山に登って、きみたちがＵＦＯの秘密基地などと呼んでいた場所にいて、ひとりであの山を眺めている。きみはここでマルセイを待っていたんでしょう？　死んだはずのマルセイがここに現れるのを。それとも、それに類した不思議な出来事が起きるのを期待して。違いますか」

「それはむしろ先生のほうでは」

丸田君は視線を外して横を向くと、さきほどと同じく口もとを緩めた。その笑顔に先生はまたいたく傷ついた。

「不思議な出来事を期待してここまで登ってこられたのは先生でしょう。僕は気まぐれな寄り道です。近くまで来たので懐かしくなって登ってみました。マルセイの墓参りなら、そのつもりで午後から予定を立ててあるんですよ。もちろん杉森と、僕らの息子も連れて。先生、マルセイは死んだはずじゃなくて、死んでしまったんですよ。あいつの遺骨はお墓に入ってるんです。だからこんなとこでいくら待っても無駄です。もしよろしかったら、先生がお疲れでなければですが、マルセイの墓参り、ご一緒しませんか。杉森も湊先生には一度ご挨拶したいと言ってますし」

「遠慮しますよ。墓参りなんて、柄じゃない」先生は不機嫌を隠さなかった。「わたしは家から弁当を持って来てるのでね、ここでひとりで食べて帰ります。死んだマルセイを偲びながら」

「先生」

「いいんです、きみがあくまでシラを切るなら仕方がない、この話は終わりです。もうかまわないでください。わたしは頭のおかしな人で結構だ」

先生はリュックの底から弁当箱を取り出して膝の上に載せた。そうまでした以上引っ込みがつかず、弁当箱を包んであるハンカチの二カ所の結び目をほどきにかかった。

「先生、そう拗ねないで、ちょっとだけ話を聞いてください」と丸田君が言った。

確かにまるでいまの自分は駄々をこねる子供みたいだ。その自覚はあったが先生は意地を張って顔をあげず、弁当箱を見下ろしたまま丸田君の声に耳を傾けた。

「不思議な出来事って、待ち構えていてもタイミング良く現れるものではないですよ。それは僕の経験から保証します。手に取ってほらと見せられるようなものでもないです。たぶん普通の顔をしてもうそこにあるんですよ。知らない間に起きていて、気づいたら普通にあるんです。でも気づかない人には見えない。不思議な出来事は先生、たとえばその弁当箱の中身が、蓋をあけたら握り飯ではなく柏餅に変わっている、先生の知らないうちに。でも先生はうかつにもそのことに気づかないんです。もともと柏餅を入れてあったのだと思い込んでしまうから。もし気づければ、それはマルセイのサインかもしれないのに。死んだはずのマルセイがここに現れた証拠かもしれないのに。だって先生、車ごと崖から転落しても命に別状のなかったマルセイが、自分の意志で、駐車場の屋上から飛んだんですよ。彼が死んだなんて考えられないじゃないですか。気づく人ならおかしいと気づくはずですよ。そうでしょう？　先生はそう信じてるんでしょう？　だったら、さあ先生、弁当箱の蓋をあけてみてください」

先生は丸田君の指示には従わなかった。丸田君の声に真実味が感じられないのがそのときはただ不愉快だった。この子は生前のマルセイと先生との関係を知っているはずなのに、マルセイが先生にほどこした奇跡の治療もきっと知っているはずなのに、なぜ笑いながら恩師をからかうような態度を取るのか理解に苦しんでいた。

「もうひとつ聞いてください先生」丸田君は続けた。「こっちはもっと大事な話です。ここからの下りのルートのことです。弁当箱の蓋を開けて、中の握り飯でも柏餅でも食べ終わったら、さっき先生が登ってきた道ではなく、あの石段を登ってください」

丸田君は腰かけていた岩からすでに立ち上がっていた。先生の視線を受け止めると、右手のほうへ指を差してみせた。すぐそこに古びた灰色の石の階段があった。子供三人なら肩を寄せ合ってすわれるくらいの幅を持つ、角の摩滅してまるみを帯びた、たった三段しかない階段が。

「登るといってもほんのちょっと、その先の道を行けば展望台があります。展望台のある場所がこの裏山の頂上です。先生のおっしゃる通りこの裏山もずいぶん様変わりしましたよね、昔は展望台じゃなくて、いまにも崩れ落ちそうな古い祠があって近寄るのも気味が悪かったんですが。展望台まで行ったら、そこからはまた下り坂です。ちゃんとした手摺《てすり》のある坂道ですよ。その坂道はもっと下で階段につながっています、両側に手摺があって安全な階段に。で階段を降りると下の道のバス停に出られます」

下りの道案内を終えても丸田君は笑顔だった。

「先生は間違った道を来たんですよ。先生が登ってきたルートはもう閉鎖されてるんです、完全に。近所の悪ガキだって竹やぶに入り込もうなんて思いませんよ。展望台に来る人はみんな、きっと竹やぶがそこにあることにも気づいてない。反対側の安全で便利な階段を登るんです。だから先生も下りのときはそうしてください。みんなと違う道を行くのは危険なだけです。そのお年で、転んで足の骨でも折ったら大変ですからね。竹やぶの中で叫んでも誰も助けに来てはくれませんから。いいですか先生。僕にアドバイスできるのはそれだけです」

先生は返事をしなかった。ただ丸田君の笑う顔を訝しげに見守っていただけだ。じゃあ先生、僕はこれで、と最後に丸田君は片手をあげた。手首に目立つ痣のあるほうの右手を。

「きみたちは」という言葉が先生の口を突いて出た。「きみたちは……」

「何です、きみたちは？」

その言葉が丸田君以外に教え子の誰を指しているのか曖昧なまま先生は言った。

「……これでいいのか、本当に」

「ご心配なく。僕らはだいじょうぶです、僕たち家族は。それより先生はお疲れのように見えます。どうかお体を大切になさってください。よかったらそのうち飯でも食いましょう。杉森も一緒に。僕らの子供の顔も見てやってください」

丸田君は背を向けると例の石段をひと跨ぎに飛び越え、展望台への登り道を一度も振り返らずに歩いて姿を消した。


ひとりになった先生は、しばらく膝に弁当箱を載せたまま遠い山のほうへ視線を投げ、下界から微かに立ちのぼってくる街のざわめき、人々の営みの音を聞いていた。その音を除けばあたりは妙に静かだった。蟬の声ひとつ聞こえないのが不思議だった。

やがて先生は弁当箱の蓋に手をかけた。亡くなった妻がかつて先生のために見立ててくれた、どこだかの有名な杉の板を使った輪っぱの弁当箱だ。その中に今日は自分で握ったおにぎりを二個と、タクアンを数切れ詰めて家を出て来たのだ。それが柏餅に変わっている？　そんな馬鹿げたことがあり得るはずもない。先生にはわかっていた。思い切って楕円形《だえんけい》の蓋を取ると、そこにあるのは記憶通りの数のおにぎりとタクアンだった。不器用に巻いたおにぎりの味付け海苔《のり》が蓋にくっついて半分消えてしまっている。

先生は食欲を感じなかった。それでも一つ手にして頰張り、さっきのあの丸田君の態度について考えてみた。僕にアドバイスできるのはそれだけですと丸田君は言った。それだけとは何だ。主眼は何なのだ。いったい彼は私に何を言いたかったのだろう。

先生は丸田君の歩き去った方角へ目をやった。もう一口おにぎりを頰張り、ゆっくりと咀嚼しながらふと、妙だと気づいた。待てよと先生は考えた。……階段を降りると下の道のバス停に出られますと丸田君は言った。そしてそっちの道へ歩いていった。つまり下の道のバス停でバスに乗るために。そうなのか？　そうだとすればあれはどうなる、あの自動車は。

来がけに見たあのボルボはどうするんだ。初心者マークの二枚貼られたボルボは乗り捨てか？　いやそれとも、あのボルボをあそこまで運転してきたのは丸田君ではなかったのか。桜の木の下まで乗りつけて先生に見せつけるように停めておいたのは彼ではなく誰かほかの人物だったのか。

……誰かほかの人物。それは誰だ。考えられるのは誰だ。

先生は食べかけのおにぎりを弁当箱に戻した。

蓋を閉め、ハンカチで包みこみ、端と端を結ぶのももどかしく急いでリュックの中にしまった。魔法瓶も押し込んだ。麦わら帽子を被《かぶ》り直してリュックを背負うと、丸田君が教えてくれた石段の先へ続く道には目もくれず、さっき登ってきた竹やぶのほうへと取って返した。

その後の下りの行程、もと来た道を逆にたどり野球場の一塁側観覧席の裏へと降り立つまでの記憶は飛んでいる。先生は、ただ一つのことを考えながら竹やぶの斜面を飛ぶように駆け降りた気がする。ただ一つのこと——誰かほかの人物などいないのだ。あの妻の愛車ボルボはマルセイに譲り、マルセイの死後、ほとんど唯一の遺産として杉森真秀の所有となり、だが杉森真秀は運転免許を持たず、いまは彼女の夫である丸田優が、死んだマルセイがそうだったように頑張って免許証を取得したマルユウが乗っているはずなのだ。だから考えうる可能性は一つだ。もしあれをあそこに停めたのがマルユウではないとすれば、ほかには誰もいはしないのだ。

一時間ほど前と同様、人影は見えなかった。人っ子一人いなかった。先生は仕切りのフェンスを乗り越え、フィールド内に入ると左中間の芝の緑をめざして走り出した。片手で麦わら帽子をおさえて年甲斐もなく全力疾走しながら、そのとき先生はとっくに手遅れだと気づいていた。自分がいま向かっている方向、左中間方向のフェンスの向こう側には自動車の影すら見ることができなかった。だが先生はスピードを緩めずに走った。

もう一度フェンスを乗り越え目印の桜の大木までたどり着き、勢いのままあたりを見回し、出口の坂道のほうへ十数メートル、また駆け戻ってこんどは野球場のセンターからライト側フェンスに沿って十数メートルと、無意味に行ったり来たりを繰り返したあげく、ようやく諦めて足を止めた。近辺に人は誰もいない。一台の自動車も見えない。疲労困憊《こんぱい》した先生は地面に座り込んだ。もう立ってはいられないほど膝ががくがくしていた。呼吸もまともにできないくらい息苦しかった。座り込むだけでは足りず、先生はリュックも麦わら帽子も放り出して、地面に大の字になった。桜の大樹が枝を広げて陰を作っている場所に。一時間ほど前には確かにそこにあのボルボが停まっていた場所に。

静かだった。枝葉のあいだから覗く空には濃い雲が浮かんでいた。ときおり涼やかな風が吹いた。

先生は荒い息で胸を波うたせながら目を閉じた。外野のフェンスの外側には、この特別な桜だけではなく同じように緑の葉を繁らせた木立が並んでいるのにやはり蟬の声も鳥の声もしなかった。聞こえるのは先生の呼吸と、ときおり吹く風が起こす葉擦れの音に過ぎなかった。

どのくらい時間が経ってからか、その葉擦れの音にカサカサと耳障りな音が混じっているのに気づいて先生は目を開けた。地面に仰向けに寝た先生の真上に太い枝が張り出し、枝分かれしたいちばん低い細い枝の葉っぱの上で白い蝶《ちょう》が戯れていた。最初はそう見えたのだが、目が慣れるとそれはただの白い紙切れだった。二つ折りにして先生がボルボのワイパーに挟んでおいたメモ用紙だ。寝たまま手を伸ばしてみたが枝までは届かなかった。伸ばした手の、てのひらの手首に近い部分に擦り傷があって血が滲んでいるのに気づいただけだった。おそらく下山中に滑って尻餅をついたときにできたかばい傷だろう。

反対側の手は無傷だった。先生は上体を起こし、身体にどこかほかに怪我をしていないか点検した。土埃で汚れたズボンに一カ所裂けたところが見つかったが大した怪我ではなかった。それだけ確認すると先生は座った姿勢で背伸びをして指先で下枝に触れ、メモ用紙を払い落とした。ワイパーに挟んでいたこのメモを読んだ者は誰もいないのだ。これを読んだ者も、これをここに捨ててボルボを運転して去った者も誰もいないはずなのだ。先生はそう自分に言い聞かせ、拾いあげたメモ用紙をひらいた。

そしてそこに書かれた文字を読んだ。

いまから裏山に登ります。

自分で書いたメモだ。間違いない。湊、と署名もしてある。だがひらいたメモ用紙にあったのは自筆の文字だけではなかった。その横にもう二行、誰かの手で書き足してあった。見たことのあるようなないような金釘流の文字が二列に分かち書きされていた。

先生、あんまり無茶すると
また腰にきますよ

即座に頭は働かなかった。このメモ書きが誰の手によるものなのか判断がつかなかったし、この筆跡に見覚えがあるとは、先生には言い切れなかった。ただ先生はこれと同じメモ用紙に、同じように拙い文字で分かち書きにされたメモを、そう遠くない昔に見たおぼえがある。記憶をたぐり寄せるのに時間がかかった分、驚きはだいぶ遅れて先生を襲った。

桜の木の下で先生は手にしたメモ用紙に目をこらした。数秒、数十秒、いや一分もそこに書かれた文字を見つめたあげく、先生は片方の手で、傷ついて血の滲んだてのひらで、口もとを覆った。てのひらは震えていた。震えていたのは唇だったかもしれない。なぜだか理由はわからない。わからないが突然、神経が昂《たかぶ》り、自分の口からいまにも洩れそうな嗚咽《おえつ》を、先生はくい止めようとしたのだ。

なぜこれだけなんだ。

なぜこんな愚にもつかぬことしか書けないんだと先生はメモを手に思った。もっと大事なことがあるだろう。わたしに伝えることならもっとほかにあるだろう。きみの肉体はすでに火葬に付され、遺骨は墓に納められたというのに、それなのにわたしの腰の心配などしている場合か？　だいいちきみはどこにいるんだ。どこからわたしに語りかけているんだ。パラレルワールドか。遠い宇宙の星か。肉体は死んでも魂としてそこらを浮遊しているのか。そういう大事なことを真っ先に伝えるのが筋じゃないのか。こんなものでわたしを驚かせるくらいなら、マルユウが言ったように握り飯を柏餅に変えてみせたほうがよっぽどましだ。そしてそう思ったとたん、先生はいまだかつて経験したことのない感情に心をもみくちゃにされていた。

マルセイの死を知ったとき先生は泣かなかった。妻が死んだときにも泣かなかったのだ。でもいまは泣いていた。こみあげる涙を止められなかった。さっきはここに停まっていた自動車が消えていた、ただそれだけのことなのに。ワイパーに挟んでおいたメモにたった二行、他人の手で腰痛を心配する文章が書き加えられていただけなのに。

てのひらでは間に合わず、タオルを口に押しあてて先生は嗚咽を堪えようとした。でも堪えられなかった。涙が頬を流れていた。タオルで拭っても拭っても足りないほど涙は溢れ出ていた。自分が握りしめている小さな紙切れが、このメモが、マルセイがどんな姿にせよここに現れ、裏山のあの場所でマルユウと会っていた、もしくは何らかの方法で接触していた証拠だと考えるなら、むしろ先生の空想は当たりで、泣くようなことではないはずなのにどうしても悲しかった。

何が悲しいのかわからない。何もかもだ。何もかもが先生には愚かしく悲しいことに思えた。真夏の昼間に現れたＵＦＯも。透明なＵＦＯを目撃したという子供たちも。子供たちを信じなかった大人も、子供たちの見たUFOを記事にした大人も。記事に添えられていたふたりの小学生の後姿の写真――マルセイがマルユウの肩を抱いている写真も。

天神山の自動車事故も。二名の死者をふくめ関わった者すべての未来を狂わせてしまった不幸な事故も。あの事故さえなければこうはならなかったはずなのに。そう悔いている者たちも。冬に子供が生まれる、彼女がおまえの子供を生むと予言のメッセージを送りつけたマルセイも。そのメッセージを真心から受けとめ、現に生まれた子供の父親になっているマルユウも。

マルユウとマルセイの綽名を混同して気づかない彼らの同級生たちも。同窓会で集まると決まって『UFOの子供たち』のネタを持ち出して笑い事にする中学の教え子たちも。杉森真秀の妊娠と出産を不品行と見なして職場から追放した教育者や生徒の保護者たちも。亡くなった夫の血をひいた子供を再婚した夫が父親となり育てる、そう考えれば世間にはありふれた出来事のはずなのに、そして事実は単にそういうことなのかもしれないのに。だが何ら反論も抵抗もせずに辞職してしまった杉森真秀も。実際のところを何ひとつ知らない肉親たちも。娘に憎まれていると信じこんで嘆く母親も。息子との縁を絶った父親も。自分たちに起きたことを言葉では他人に説明しようとしない、もしくはそれができないのかもしれない孤立した夫婦も。

先生が一生見ることのない、おぞましい動画の存在を暗示しながら具体的には何も教えてくれなかったマルセイも。人知を超える能力を先生に対して発揮しておきながら、悪者を成敗しましたなどと突拍子もないことを言い残し、いまに至っても、腰痛持ちの先生の心配だけして肝心な成敗の内容には一言も触れないマルセイも。きみたちを信じる、『UFOの子供たち』の見たものを信じる、何が起きていたとしても驚かないと本気で言う先生をはぐらかすマルユウも。先生がどう言おうと耳をかさず、この世界から消えた友人の意を酌んで、おそらく何らかの秘密に加担しているらしいマルユウも。

そして私だ。マルユウにはぐらかされて傷つく先生も。古希を目前に控えたいまもなお、教え子たちから先生と呼ばれている独り者の、元中学教諭の先生も。だが彼らのために力にもなれず、こうして桜の木の下でひとりで泣くことしかできない先生も。

あの雨の夜、マルセイに危ういところを救われ、彼の言うこの世界の不思議を信じた先生も。パラレルワールドだとか、テレパシーだとか、遠い星からのコンタクトだとか、マルセイの肉体は死んでも魂は存在しているとか空想している先生も。だがその一方で、ここに停車しているのを見たあのボルボを、いま手に握りしめているこのメモを、頭のおかしな人以外、誰も現実と見なしたりはしないだろうと頭のどこか、常に冷めている頭のどこかではまったく矛盾することを考えている先生も。

妻に死なれて初めて自分が孤独であると思い知った先生も。自宅に閉じこもり、教え子に言われるまま小説を書き出した先生も。人生の終盤に夏目漱石の真似事をしている先生も。一日一日同じことの繰り返しで少しずつ溜まっていく原稿を、たとえ完成したとしても誰にも読んでもらえない先生も。仮に読者がいるとすればマルセイか、小学校以来の親友だった妻がどこかから見守っていてくれるだろうと、ここでもまた空想にすがるしかない先生も。つまり毎日机の前にすわり死者以外に読む者のいない無意味な小説を書いている先生も。だが無意味な仕事に時間を費やすことでしか一日一日を乗り切る手段を持たない先生も。いまは無意味な小説を書くことのほかに生き甲斐など見出せない先生も。書くことをやめてしまえば、それこそ「自分の人生」を見失ってしまいそうな不安に怯えている先生も。

凡人も、非凡な人間も、すべての人間が悲しかった。

何もかもが愚かしく悲しいことに思えて涙が止まらなかった。

雲が流れて晴れ間が戻ったせいか静かだった蟬が一斉に鳴き出していた。どれだけの数がいままで時をうかがっていたのか、驚くばかりの音量がどっと押し寄せてきた。

先生はもう涙を止めようとは思わなかった。マルセイがどこか高みから見ているのかもしれないがかまわなかった。仮に妻が見ていたとしてもかまわなかった。なんならそこらじゅうに死者が集まって年寄りのむせび泣きに呆れているのだとしてもかまわなかった。子供も年寄りもない。いくつだろうと生きている人間は泣くのだ。激しい耳鳴りのような蟬の声に包まれて先生は泣いた。大きな桜の木の根方に座りこんで、一生分の涙を出しつくすかのように、タオルに顔を埋めて先生は泣きつづけた。

作中に引用した本

『歌行燈・高野聖』泉鏡花（新潮文庫）＊「歌行燈」より（十返舎一九『東海道中膝栗毛』からの引用）

『こころ』夏目漱石（岩波文庫）

『茨木のり子詩集』谷川俊太郎選（岩波文庫）＊「あほらしい唄」より

『宇宙人はほんとにいるか？』桜井邦朋（ポプラ社）

初出

「WEBきらら」二〇二三年一月号〜九月号

佐藤正午 Shogo Sato

1955年長崎県生まれ。83年『永遠の1/2』で第7回すばる文学賞受賞。2015年『鳩の撃退法』で第6回山田風太郎賞受賞。17年『月の満ち欠け』で第157回直木賞受賞。ほかの著作に『Y』『ジャンプ』『5』『アンダーリポート』『身の上話』『小説の読み書き』『小説家の四季』など。

冬に子供が生まれる

2024年2月4日　初版第一刷発行

著　者　佐藤正午
発行者　石川和男
発行所　株式会社小学館
〒101-8001　東京都千代田区一ツ橋2-3-1
電話　編集 03-3230-5806／販売 03-5281-3555

DTP　株式会社昭和ブライト
印刷所　TOPPAN株式会社
製本所　牧製本印刷株式会社

造本には十分注意しておりますが、印刷、製本など製造上の不備がございましたら「制作局コールセンター」（フリーダイヤル 0120-336-340）にご連絡ください。（電話受付は、土・日・祝日を除く9:30〜17:30）

ISBN978-4-09-386707-8